LA REPÚBLICA DE EAST L.A.

"Es raro hallar a alguien que pueda hablar del sufrimiento con tanta sinceridad. Aquí hallamos lo mejor de Rodríguez, ya sea el sufrimiento amoroso, o el sufrimiento del trabajo agotador—el mundo plagado de dolor, la ciudad y el amor, en toda su brutalidad y belleza."
—SANDRA CISNEROS, autora de
The House on Mango Street, y *Hollering Creek*

"Rodríguez es, en primer lugar, siempre y ante todo un poeta y un cuentista. Los relatos que narra en *La República de East L.A.* se ven elevados y enriquecidos por su talento."
—JONATHAN KIRSCH, *Los Angeles Times Book Review*

"Rodríguez crea imágenes inolvidables que ilustran cómo a los soñadores de zonas fronterizas se les invita constantemente sólo para descubrir más tarde que ésta no es su casa."
—JOHN FREEMAN, *San Francisco Chronicle*

"La agridulce conjunción de los detalles incongruentes y las contradicciones emocionales de sus personajes nos recuerdan que en cualquier barrio existen misterios, no importa qué tan bien hablemos el idioma."
—ARIEL SWARTLEY, *Los Angeles Magazine*

"Luis Rodríguez tiene la percepción del periodista y la sensibilidad del poeta(combinación perfecta para escribir relatos que adquieren vida propia y respiran en un trasfondo del barrio mexicano-americano más grande, más mítico y más malentendido de los Estados Unidos. Al leer este libro usted caminará por calles hermosas y dilapidadas. Comulgará con el alma de un territorio cuya dolorosa historia no puede negarse a soñar."
—RUBEN MARTINEZ, autor de
Crossing Over: A Mexican Family on the Migrant Tale y
The Other Side: Notes from the New L.A., Mexico City and Beyond

"Doce relatos que detallan la experiencia de vivir en el pobre y violento este de Los Ángeles. Hace falta valor y humor para superar las circunstancias, para sobreponerse a este enclave urbano y los personajes de Rodríguez tienen ambos, valor y humor."

—ROSEMARY HERBERT, *Boston Herald*

"Un talentoso cuentista . . . entre la crudeza y la brutalidad, en cada esquina hay destellos de esperanza y belleza, y el lirismo florece en cada página."

—BRUCE TIERNEY, *Bookpage*

"Una vibrante descripción de la naturaleza humana que resiste o se deja doblar frente a obstáculos abrumadores. Entrelazando los géneros de poesía, ficción, y no-ficción, Rodríguez nos introduce a un fascinante mundo que conoce bien, ayudándonos a conocerlo mejor."

—JEREMY KEMPTER, *Rocky Mountain News*

"*La República de East L.A.* de Luis Rodríguez presenta las vidas imperfectas de ángeles varados en una ciudad de oscuridad e imperfección. Oímos el chirrido de un tren infinitamente largo que corre por este paisaje efímero en donde la esperanza es una palabra sin sentido. Sin embargo, sabemos que detrás de esta tremenda oscuridad hay una luz todavía más grande, una ternura incandescente, un sentimiento abrumador de amor y majestuosidad que llena el silencio de la temida y temible mirada al interior del alma humana."

—DENISE CHÁVEZ, autora de *Face of an Angel*, y *Loving Pedro Infante*

"Como una versión latina de *Night on Earth,* esta colección de cuentos es perceptiva y a veces inquietante en su manera de ver la vida cotidiana en el lado este de Los Ángeles. Rodríguez trata a sus excéntricos personajes con afecto y simpatía, pero es su prosa poética la que hace esta colección un libro extraordinario."

—*Booklist*

"Rodríguez describe una parte de Los Ángeles, el lado este que casi siempre es excluido de las relumbrantes fantasías que tiene el resto del país sobre el sur de California."

—BEN EHRENREICH, *Mother Jones*

"Rodríguez recrea hábilmente el aura de East Los Angeles."

—*Kirkus Reviews*

"Inolvidable. . . . Tanto en la integridad de una adolescente en "Las Chicas Chuecas" como en la lealtad interracial de "¡Pas, Cuas, Pas!"; leer un cuento de Rodríguez es como salir de un sórdido bar de mala muerte a una calle bañada por la cálida luz californiana."

—TIFFANY LEE-YOUNGREN, *San Diego Union-Tribune*

"Un libro poderoso . . . *La República de East L.A.* nos ofrece dolorosos retratos que nos hacen pensar en por qué el sueño americano no ha llegado a ciertas partes de la sociedad."

—ANA MENDIETA, *Chicago Sun-Times*

"*La República de East L.A.* nos ofrece la singular oportunidad de ver a través de los ojos del política, poética y culturalmente indocumentado. Comprendemos que el amor es la máxima revolución, que a Dios se le puede decir 'Tata' y que tanto en Beverly Hills como en El Barrio, el sufrimiento y la redención son universales. Estos relatos llegan directamente al corazón como suaves boleros."

—WILLIE PERDOMO, autor de *Where a Nickel Costs a Dime*

"Doce valientes y demoledoras instantáneas sacadas de las vidas de personajes agobiados luchando por sobrevivir en medio del crimen, la pobreza y el racismo en el barrio del Este de los Ángeles."

—*Publishers Weekly*

"*La República de East L.A.* es una colección de cuentos sobre la vida de los mexicano-americanos en Estados Unidos. En sus diestros relatos Rodríguez destruye los estereotipos. De acuerdo al autor, el barrio vibra con oportunidades, cultura y personajes excéntricos. En East L.A. hay violencia y tragedia, pero también hay una comunidad, y mucho humor."

—DYLAN FOLEY, *Milwaukee Journal Sentinel*

"*La República de East L.A.* es una brillante ilustración de la vida de los latinos en Estados Unidos que demuestra incesantemente el talento que tiene Rodríguez para escribir. Un libro que vale la pena leer una y otra vez."

—ANDREA AHLES, *Fort-Worth Star Telegram*

"En *La República de East L.A.* Rodríguez ha creado un mundo de personajes fascinantes que van desde la mujer que baila con una sandía al joven soñador y poeta *heavy-metal*. Hay pobreza en las ardientes calles de los barrios de Los Ángeles, pero también hay risa y la esperanza de una vida mejor."

—*Denver Post*

Luis J. Rodríguez *es un talentoso cuentista, poeta y ensayista. Es el fundador de Tia Chucha Press, y actualmente vive en San Fernando, California. Sus otros libros son:*

poesía

Poems Across the Pavement ☐ The Concrete River ☐ Trochemoche

ensayo y memoria

Always Running: La Vida Loca: Gang Days in L.A. ☐ Hearts & Hands: Creating Community in Violent Times

literatura infantil

America Is Her Name ☐ It Doesn't Have to Be This Way: A Barrio Story

antologías

Power Lines: A Decade of Poetry from Chicago's Guild Complex

(Editado por Julia Parson-Nesbitt, Luis Rodriguez, y Michael Warr)

LA REPÚBLICA

DE EAST L.A. *cuentos*

Luis J. Rodríguez

 Una rama de HarperCollins*Publishers*

diseño del libro por shubhani sarkar

Este libro fue publicado originalmente en inglés en 2002 por HarperCollins Publishers.

PRIMERA EDICIÓN

La foto de película en la página titular y las páginas que abren los capítulos son de *La Jetée* (1962), reimpresa con autorización de *chris marker*.

Impreso en papel sin ácido

Library of Congress ha catalogado la edición en inglés como:

Rodriguez, Luis J.
The Republic of East L.A.: stories/by Luis J. Rodriguez.
p. cm.
ISBN 0-06-621263-4 (English)
ISBN 0-06-001162-9 (Spanish)
1. East Los Angeles (Calif.) —Fiction.
2. Hispanic Americans —Fiction. I. Title.

03 04 05 06 07 DIX/RRD 10 9 8 7 6 5 4 3 2 1

Algunas versiones de estos relatos han aparecido anteriormente en las siguientes publicaciones:

THE REPUBLIC OF EAST LOS ANGELES: El título es de una cita atribuida al evangelista del barrio, JoJo Sanchez, en un artículo de *Los Angeles Times* publicado a principios de los ochenta.

"ALGUNAS VECES SE BAILA CON UNA SANDÍA" Una versión anterior de este cuento ganó el segundo lugar de Prosa de Ficción en el Concurso de Literatura Chicana del Departamento de Español y Portugués de la Universidad de California en Irvine en 1983. Apareció en *Los Angeles Weekly* como un artículo no literario de Tracy Johnston y Luis Rodriguez en 1979. Se publicó también como prosa de ficción en la revista *The Southern California Anthology* en 1982; *The Best Chicano Writing—1986* (Bilingual Review Press); y *Mirrors Beneath the Earth: Short Fiction by Chicano Writers,* editado por Ray Gonzalez (1992 Curbstone Press)

EL EPÍGRAFE es de *Cantares Mexicanos.*

AGRADECIMIENTOS

T lazokamati, muchas gracias—a todos los que han hecho esta travesía literaria posible: Camila Barros, su madre Felicitas, y su quintaesencial familia del Este de Los Ángeles; la Asociación de Escritores Latinos de los primeros años de los ochenta y su revista *Chismearte; Los Angeles Weekly* que me ofreció espacio para escribir en los últimos años de los setenta y principios de los ochenta; Eastern Group Publications donde conseguí mi primer puesto de periodista de tiempo completo; las publicaciones *Q-Vo, Catholic Agitator, People's Tribune, Obras, Quinto Sol y Milestone* (del Colegio Comunitario del Este de Los Angeles) que publicaron algunos de mis primeros trabajos; el *San Bernardino Sun* donde empecé como reportero cotidiano; KPFK Pacifica Radio y el ahora inexistente California Public Radio donde realicé mis primeras obras de radio; a mi compadre, Anthony Prince y mis ahijadas Janelle y Micaela; a Leo Oso, Francisco Chávez, Juliana Mojica, Jorja Wade, Pablo Mendoza, Manazar Gamboa, Reynalda Palacios, Susana Gil, María Elena Tostado y otros amigos y familiares (lo siento, no puedo nombrarlos a todos) que me ayudaron a alimentar estos relatos. También gracias de corazón a Dan Spinella y mi agente Susan Bergholz por su ayuda en la redacción de los borradores. Y a René Alegría y Rayo Books por creer en estos relatos y ampliar su visión.

Estoy muy agradecido también al Lila Wallace-Reader's Digest Fund por honrarme con el Premio para Escritores, al Illinois Art Council por su apoyo con algunas becas para escritores a través de los años, al North Carolina Writer's Network por una residencia de diez semanas, y a la Lannan Foundation por darme el espacio y tiempo para escribir en Marfa, Texas.

ÍNDICE

Mi Carro, Mi Revolución ☐ 1

Sombras ☐ 29

Las Chicas Chuecas ☐ 51

El Baile de los Dedos ☐ 81

¡Pas, Cuas, Pas! ☐ 99

Los Mecánicos ☐ 117

¡Oiga! ☐ 147

Amor Detrás de la Cerca de Alambre ☐ 157

Los Pichones ☐ 177

La Reina del Este de Los Ángeles ☐ 191

La Operación ☐ 219

A Veces se Baila con una Sandía ☐ 243

Canio nican in antocnihua tontotlanechuico in tlpc. y ticcauhtehuazque yectli yan cuicatly ticauhtehuaz que yhua in xochitl a ohuaya.

Aquí en la tierra, oh amigos,
sólo venimos de prestado.
Nos vamos y dejamos estas bellas canciones.
Nos vamos y dejamos estas flores.

MI CARRO, MI REVOLUCIÓN

La larga y lustrosa limusina descansa en la ondulada calle mientras un grupo de niños de todo tamaño y de muchas toses y risitas pelean a su alrededor trepando por su armadura blanca de cromo deslumbrante y manchando de suciedad sus ventanas ahumadas y dejando marcas de dedos. Otro grupo de hombres, sin rasurar, la rodean tratando de decir algo de esta maravilla de la carretera, tratando de desenterrar un nuevo vocabulario que explique algo de esta intrusión que parece burlarse de su pobreza al reposar como un diamante en un basurero. Pero de cualquier manera, la ven como su rehén. Está aquí en un área dilapidada del Este de Los Ángeles donde no tienen cabida las limusinas; está aquí—riéndose del destino, del lema "todo en su lugar," de la sociedad separada entre "los que tienen" y "los que no tienen"—diciéndole prácticamente al mundo: "¡Ya lo ven . . . aquí estoy en el barrio!—¡Quiubo!"

Estoy despierto, sentado a la orilla de la cama con las manos en la cabeza, anonadado por los rayos de luz que cruzan las cortinas rotas, por las voces e inflexiones, por su abandono desorde-

nado y por la búsqueda de los hombres para hallar un efecto con-
movedor, viviente, a esa monstruosidad pulida ante sus ojos.

Mis vecinos y yo vivimos en unas pequeñas casitas cerca de
Prospect Park en Boyle Heights. Las casitas están una frente a
otra y dan a un patio seco, como suele ocurrir con las otras vecin-
dades cada que reaparece la antigua ciudad de Los Ángeles entre
la tierra gris. De esto sé algo porque leo, porque paso muchas
horas en las bibliotecas, porque me interesa saber casi todo sobre
nada. Una de esas casitas, *me cae*, tiene veinte personas: niños,
abuelos, esposas, esposos, tíos, tías, y probablemente algún desconocido al que nadie conoce, pero al que le preparan el des-
ayuno de cualquier manera.

Soy el chofer de la limusina. Es difícil creer que yo, un hombre
de pelo largo, de cara marcada y piel cobriza pueda ser el chofer
de un vehículo que vemos casi exclusivamente en las películas y
en las revistas. Pero éste es sólo el último empleo temporal en la
larga lista de trabajos temporales y a veces extraños que he tenido
en mis 29 años—normalmente porque no hago trabajos que me
exigen comprometerme o una inversión emocional. Por ejemplo, no voy a limpiar las ventanas de los edificios del centro ni a
hacer zanjas—de cualquier manera, sólo los indocumentados
hacen esto—ni voy a matar ratas en las alcantarillas del drenaje, o
sentarme en la celda de una oficina rodeado de medias paredes,
tableros de noticias y teléfonos.

Odio los teléfonos, *mano*.

He sido extra en películas poco conocidas, aunque debo decir
que soy como el extra del extra—nunca me reconocerían entre
una multitud de don nadies. He tocado la guitarra acústica en la
estación del metro en el centro cuando se inauguró—y antes que
la policía empezara a echar fuera a los músicos. Y he cuidado los

departamentos de gente con gatos pulguientos—en una ocasión tuve que fumigar el lugar con *Raid* para deshacerme de los latosos bichos chupa sangre que prácticamente me devoraron vivo. Esos gatos fueron probablemente los colaboradores más agradecidos que jamás haya tenido.

Lo que me gusta son trabajos donde pueda pensar, escuchar música, quizá leer un libro, e investigar cada lunar y barro de la ciudad.

Como un chofer de limusina.

Acabo de empezar. Apenas el otro día traje la limusina a casa por primera vez. No es tu Chevy típico con la pintura descascarándose o una *picop* oxidada como el resto de las carcachas de por aquí. Es una epifanía de 360 pulgadas de metal y cristal ondulado—de un blanco crema, ventanas ahumadas e interior de piel gris oscura. Y aparentemente es todo un éxito ya que por lo general no impresiono mucho a mis vecinos de las otras casitas.

Me llamo Cruz Blancarte. Soy mexicano, pero indio. Eso es lo que todos por aquí me dicen—como si ellos no lo fueran. Lo único es que yo parezco alguien que acaba de salir de una reservación de indios. Eso se debe a que soy lo que se llama purépecha. Es bueno aclarar estas cosas, especialmente para aquéllos que no tienen ni idea de ellas. Algunas personas nos llaman tarascos. Se nos conoce por habernos enfrentado a los aztecas—los mexicas—antes de la conquista. Aun a los españoles los hicimos arrepentirse de haber cruzado nuestro camino. Somos gente fuerte de las partes más duras de Michoacán. Muchos purépechas todavía hablan sus idiomas originales y no tienen nada que ver con los mestizos—quienes son en su mayoría indios que se han olvidado que lo son. Pero los purépechas se están acercando a su fin debido a que se les echan encima la pobreza y el abandono.

Hoy día la mayor parte del tiempo están tan hambrientos, tan borrachos y se les desprecia tanto que no pueden hacer nada substancial para mejorar su situación.

La cosa es que no llevo el pelo largo por ser indio. Lo llevo largo porque estoy en una banda de "rap-and-rock." El grupo se llama La Cruz Negra. Es un juego de palabras con mi nombre y también con la oscuridad y con ser y no ser Cristo. Algunos pensarán que somos un grupo roquero—ya sabes, esos grupos de rock en español que han salido a montones de México y otros países latinoamericanos. Pero aparte de nuestro nombre, únicamente soltamos unas cuantas palabras en español de vez en cuando. Cantamos principalmente en un inglés ininteligible. Pero a nadie le importa. Lo que echamos son hipos y gritos; roncos sonidos de la garganta acompañados de guitarra y una batería fuera de serie. Somos cables de transmisión eléctrica para hacer arrancar al corazón—esto es lo que somos.

Somos cuatro—cuatro como la mayoría de las bandas de garaje, como *Metallica,* como *Rage Against the Machine,* como *Limp Bizkit.* Somos Lilo, Dante, Patrick y yo. Los otros *compas* en la banda no saben tocar muy bien—soy el único que en verdad ha estudiado algo de música: guitarra, un poco de piano y bajo. Pero son fantásticos, compadre. Son lo máximo.

Mi mamá, Ruby, es una activista chicana de hace siglos—ya sabes, los sesenta y los setenta: La Moratoria Chicana, el Movimiento Aztlán Libre. Ruby me enseñó muchas cosas incluyendo el estar orgulloso de lo que soy, por eso sé tanto de mis antepasados. Pero Ruby nunca se casó después que me tuvo. Es una organizadora de la Comunidad en una agencia no lucrativa—también tiene una maestría en asistencia social—que ayuda a las familias que viven en el vecindario Flats.

Ruby ha tenido novios, claro, pero yo vengo antes que casi todo—vienen primero mis excentricidades, mis ideas tontas, mi música. Sé que no le gustan algunas de las decisiones que he tomado—y que a veces estoy perdiendo mi tiempo con metas frívolas—pero nunca me descorazona. Adoro a Ruby.

Creo que me crió bien. Las madres solteras no son malas. Algunas veces hacen milagros con lo poco que tienen. Pero el amor es el amor, *mano*. No estoy metido en drogas, por ejemplo. No bebo mucho porque eso me descompone y no puedo pensar, no puedo crear, no puedo hacer nada que valga un carajo. Me enorgullezco de poder pensar, así que me alejo de cualquier cosa que me amortigüe los sentidos. Tampoco me meto en problemas con la ley, excepto a veces por el ruido que hacemos cuando tocamos en el pequeño cuarto de la casita.

Como te puedes imaginar, no soy como la mayoría de la gente. Me he pasado la mayor parte de la vida tratando de ser diferente. Cuando los grupos del vecindario se separan para agruparse en sus propios mundos, yo me voy por otro lado escuchando mi propio ritmo. No quiero ser uno de los cholos, de los pandilleros. Estoy seguro que tienen sus propios problemas, sus propios asuntos de identidad. No puedo identificarme con ellos. Lo que quiero es vivir. No me gustan mucho los grupos de baile. No quiero terminar siendo un zombi trabajador, atrapado en una fábrica explotadora, esperando jubilarme para terminar sentado en el patio de atrás con una cerveza en la mano y muerto de aburrimiento. No quiero ser como esos mexicanos que adoran las canciones rancheras y se van a los bares para ahogar sus fracasos. Tampoco me gusta ponerme traje—como los vendedores en First Street que tratan de venderte, por más de lo que valen, muebles de segunda mano retapizados. O los persuasivos estafadores de los lotes de autos usados en Atlantic Boulevard. Como dije, detesto trabajar en un banco o en una tienda.

Pero tampoco quiero andar a la deriva en el mundo. Me considero un filósofo—y no quiero decir un filósofo de esos que se dice que todos somos. Claro, todos tenemos opiniones. Todos tenemos nuestras creencias e ideas a las que dedicamos la vida. Pero, para repetir, me gusta leer: Buda, la Biblia, Marx, Jung, Black Elk, Stephen King. Lo que quiero decir es que si vas a poner todo tu esfuerzo detrás de cualquier cosa, debes saber lo más que puedas sobre todo lo relacionado. Tengo una curiosidad espiritual que no se conforma con sólo llenar los vacíos de lo que ignoro. Tampoco se trata de adherirse a ninguna creencia—es la satisfacción que recibe uno al enterarse del vibrante universo de las artes, palabras, imágenes e ideas que los seres humanos han creado a través del tiempo.

A Ruby le debo esto. En su corazón vive un revolucionario. Y no quiero decir un malcontento revoltoso o un aguafiestas. Para Ruby, un verdadero revolucionario cree en el valor de la gente, en su valor y en su inteligencia.

"Si quieres cambio—tienes que estudiar," me decía siempre Ruby. "Y tienes que impactar a la gente y al mundo a tu alrededor."

No sólo teoría. No sólo práctica. La verdad es ambas cosas. Aunque al principio pensé que Ruby estaba medio chiflada, con el tiempo me di cuenta que no era así. Es fácil ver las cosas como ella si—como a Jesús o a Zapata—te preocupan los que están abajo. No es difícil si tú mismo no armonizas con los demás. Si tú sientes y saboreas las injusticias e hipocresías diarias—y te dan náuseas. Si te parece que las iglesias, las escuelas, los políticos y las corporaciones están todos confabulados contra ti. Así es como lo veo yo—es bueno estar a favor de algo que ellos detestan.

Por eso toco el bajo para La Cruz Negra—aporreándolo con una furia maldita y llamando a un levantamiento mundial.

¡Claro que sí, carajo!

Por ahora también tengo que manejar esta impecable y brillante limusina blanca.

M anejar una limusina te da ciertas ventajas. Es el poder ver el mundo a través de un lente, lo que no muchos pueden hacer. Ver no sólo las vidas de los "ricos y famosos," sino las vidas del resto de nosotros—los valientes talentosos cuyas glorias nunca salen del garaje; los rebeldes del Hip Hop y las mujeres de la calle hambrientas de sueños; los vaqueros urbanos con sus sombreros de paja moldeados, tejidos firmemente, con botas de cuero ricamente decoradas; y los reyes y reinas de la línea de montaje esperando que termine el turno de la semana para ir a reinar a una pista de baile.

Me refiero a todos aquéllos que se dejan convencer que todo lo que importa es ver la tele, ir de compras los fines de semana, o beber tequila y cantar corridos lacrimosos en la casa de la comadre.

En mi limusina veo el mundo debajo del mundo, el tren de aterrizaje de la ciudad de cristal y mármol, cada bache y alcantarilla a lo largo de nuestros grasosos caminos poco transitados, cada pizca de polvo y moho en los edificios de ladrillo, de tejado de pizarra o de estuco.

La compañía de limusinas me permite, en raras ocasiones, traerme la "bestia" a casa cuando he trabajado toda la noche. Mi jefe me tiene confianza, si lo puedes creer—pero sí, me la debe tener. A pesar de mis ocasionales rarezas, nunca me aprovecharía de nadie. Eso no va conmigo—Ruby no me crió así.

Así que traigo la limusina a la cuadra—y debido a los chiquillos pago por las lavadas extras—y en esto soy especial. Un héroe local. Pero, ¿sabes qué? Esto no va a durar mucho porque la vida sigue adelante. Las calles no dejan de ser de mala muerte. Las casitas siguen siendo tristes cajas de cerillos.

El hecho es que ninguna limusina va a mejorar las cosas a largo plazo. Aun para los esclavos de fábrica que han estado parados alrededor de este carruaje real hablando de los misterios de la vida. Aun por la poca magia que hago con el único símbolo auténtico de poder y riqueza que jamás ha honrado nuestro pequeño lugar temeroso de Dios, lleno de gallos y patios traseros llenos de yerbas. No. Ninguna limusina va a cambiar eso.

El aeropuerto es siempre un santo dolor de cabeza. Especialmente para los choferes de limusina. Tienes que estacionarte en lugares pequeños en los que no cabe una limusina larga. Siempre hay un policía diciéndote que circules. Tienes las largas esperas hasta que tu cliente se aparece. Siempre hay la posibilidad que tengas que entrar corriendo al área del equipaje con un letrerito mal hecho que tenga el nombre de tu cliente para que te pueda hallar. Y hay que darle *mordida* al maletero para que te cuide el carro.

Y luego están los que odian a cualquier persona que está en una limusina. Entiendo por qué lo hacen—los que van en la limusina dan la impresión de creerse mejor que cualquier otra persona porque ven el mundo a través de cristales ahumados. Trato de no dejar que esto me moleste—es un trabajo que por ahora me gusta.

Te puedo contar cuentos de estas calles, de edificios parcialmente iluminados, bosquejados por la noche, y de casas anguladas en jardines cansados. Te puedo hablar de las fastidiosas carteleras—fume esto, coma eso, compre esto, mire aquello—que aparecen como recuerdos indeseados. Te puedo contar de la limusina y de la gente que ha honrado su interior meticulosamente pulido. Te puedo narrar de los mundos en los que algunos de ellos escupen—y del mundo de gargajo en el que la mayoría de ellos ha acabado. De como una risa silenciosa parece emanar del pavimento mientras paso.

Te puedo contar de los hombres de negocio taiwaneses que llevo a hoteles de fantasía en Alhambra—por el Rodeo Drive Asiático de Valley Boulevard que tiene esas preciosas letras orientales en todas las tiendas. Los hoteles se ven como cualquier otro—con el mejor servicio y clientes felices—sólo que éstos tienen casas de juego, bebidas y mujeres en un cuartito trasero reservado sólo para estos hombres de negocios.

O te puedo decir del senador estatal de California que tenía la mano metida dentro de la blusa de una jovencita—que no era su esposa—a quienes llevé a un baile político de etiqueta en el Santa Mónica Boulevard.

O acerca de las parejas de los próximos graduandos de la Beverly Hills High School—Código Postal 90210—que dejan fluidos de todo color y forma en el piso y en los asientos . . . bueno, ya te das cuenta.

La limusina es mi puerta de entrada a un mundo de ostentación, poder y corrupción dentro de los palacios con doseles de Los Ángeles, que de otra manera jamás hubiera conocido.

Pero todo esto pasa pronto de moda. La gente del lugar de donde soy yo se espanta, se desespera, se vuelve mala, estúpida y sinceramente fea. El Este de Los Ángeles tiene su parte de asesinos, violadores, abusadores, borrachos y psicópatas. Sin embargo, me doy cuenta que es casi lo mismo por todo Los Ángeles—sólo que el nombre de algunas de esas gentes aparece en las carteleras, las cuentas de banco y las opciones de la bolsa.

Después de un tiempo el brillo de esa limusina blanca no parece tan resplandeciente. Los asientos de cuero no se ven tan finos. Después de un tiempo—como casi todo—el entusiasmo disminuye. Las celebridades, los banqueros, los deportistas de secundaria, las damas de sociedad de pelo blanco, las prostitutas del aeropuerto—todos empiezan a verse y a oírse igual.

Un día voy al aeropuerto a recoger a un autor famoso. Leo un montón de libros, pero nunca he leído ninguno de sus libros. Dicen que es un *bestseller*. Sin embargo yo no había oído su nombre. Thaddeus Rosewood Turner. Un sureño, si me preguntan. Y lo es—uno de esos escritores *noir* tejanos que rumia acerca de verdaderos asesinatos, verdaderos lugares, con un verdadero acento tejano.

Aunque hay algo acerca de la opinión que tienen algunos fureños de Los Ángeles—aun antes de llegar aquí ya odian el lugar. Turner no es la excepción.

"Hijo, puedes subir un poco más el aire; me estoy secando como pinacate en invierno," dice el Sr. Turner mientras trata de introducir su gran cuerpo en los asientos de cuero. "Carajo, este pueblo no tiene sabor. No me explico ¿cómo lo pueden aguantar?"

Famoso o no, el Sr. Turner resulta ser una verdadera lata. Para empezar, tiene esos ojos grises estrafalarios, como nubes en un cielo que oscurece, la piel bronceada color naranja y una barbilla puntiaguda con pegotes de carne a su alrededor. Sus manos parecen peludas tarántulas color de rosa con anillos de oro cargados de diamantes.

Desdichadamente, nosotros los choferes de limusina pertenecemos al cliente durante el tiempo que una editorial o compañía pague por nuestros servicios. Así que literalmente estoy a disposición del Sr. Turner. La mayor parte del tiempo, la gente es agradable y no exige mucho. La mayoría de ellos está contenta sólo por estar dentro de una limusina viendo el mundo a través de cristales ahumados (quizá crean por un momento que son mejores que los demás). Pero el Sr. Turner ha estado en muchas limusinas. Esto no le impide quejarse de todo y de todos.

"Esta bandeja de fruta parece un sombrero marchito que acaba de entrar de la lluvia," empieza a decir de la canasta de frutas que la compañía de limusinas pone en el asiento de atrás. "Tráeme fruta que sea fruta, hijo, manzanas y duraznos, no esta mierda californiana; estas *bananers, kiawas* y *pinches* uvas."

Así que nos paramos en fruterías, corbaterías, tabaquerías, tiendas de pornografia (ya sé, pero qué chin . . .) entre el ostentoso hotel, del que se queja el Sr. Turner, y la peluquería. Todos a corta distancia del Westside. Hablando de eso, toda la gente famosa que recojo nunca se aventura al centro de Los Ángeles, ni cerca del Este de Los Ángeles. Para ellos todo es el Westside: Beverly Hills, Santa Mónica y Hollywood. Creen que eso es Los Ángeles. ¡No tienen ni idea de lo que es Los Ángeles!

Y algunas veces se fijan en mí, otras no.

El Sr. Turner se fijó.

"Oye, ¿tú eres uno de esos indios?" me pregunta mirando fijamente mi pelo negro y grueso y mis facciones oscuras y angulosas. "Pareces indio . . . ¿te lo ha dicho alguien?"

"Una o dos veces."

"Yo también tengo algo de indio," Turner me responde astutamente. "Cherokee. De la familia de mi madre, que descanse en paz."

Muchos sureños dicen esto, y cuando pregunto, me dicen por lo general que son cherokees.

Lo que también he descubierto que no vale la pena es decirles que soy mexicano. Cuando lo hago, de un momento a otro, dejo de ser el estoico y heroico indio (que, para empezar, algunos de sus antepasados mataron, robaron y dejaron morir de hambre en reservaciones que daban miedo).

Pero le digo a Turner de todos modos.

"*Pinches* meshicanos—están en todas partes," el Sr. Turner trata de complacerme. "Ahora están manejando limusinas; me lleva . . . Ahora sí que lo he visto todo."

L a compañía de limusinas me manda a este hotel colosal en Wilshire Boulevard—un edificio como un castillo por el que tienes que manejar casi una milla desde la calle para llegar a los escalones del frente. Tengo una cinta de *"Pavement"* en la autocasetera de la limusina—te digo, esta bestia tiene todos los adelantos electrónicos. Espero a mi cliente moviendo la cabeza al ritmo de las guitarras que gimen.

Cuando la veo, no lo puedo creer. Es una de esas muñecas de ensoñación—bonita con pantalones de seda apretados, una blusa transparente y debajo un sostén de encaje negro. Tiene el pelo negro lustroso hasta los hombros y una cara maquillada que acentúa sus pómulos y labios. Colorete y brillo en abundancia. Me bajo para abrirle la puerta de atrás.

"Oye guapo, estoy lista ¿y tú?" me dice.

No sé lo que quiere decir, pero yo digo, "Como siempre."

"Ya sabes, no tengo ganas de ir a ningún lugar en este momento—¿qué te parece si sólo manejamos por un rato?"

"Lo que usted quiera," le digo un poco nervioso. "Soy suyo por toda la noche."

"Oye, oye espérate tigre, solamente maneja y ya veremos acerca de eso de la noche."

"No quise decir nada malo, señora, sólo que el servicio está a su disposición mientras está pagado."

"Si, ya sé lo que tú . . . solamente maneja, por favor."

Tiene mal genio debajo de su burbuja de belleza. Está bien. Mi trabajo es ser tan agradable como pueda, con cualquiera. Al menos ésta es una chulada.

Terminamos en Hollywood, lo que para aquéllos que no han estado aquí no vale la pena. Para mí, Hollywood es completamente ordinario. Supongo que ha tenido sus días gloriosos—aún hoy tratan de recapturarlos con los nuevos bares especializados, carteleras brillantes en los teatros y autobuses de turistas. Pero Hollywood para mí tiene más que ver con adolescentes perdidos de clase media adictos a la heroína; con los motociclistas sentados alrededor de sus *Harleys* ante las tiendas de tatuaje y sus novias perforadas en diferentes partes del cuerpo: o el subir y bajar por el bulevar los sábados por la noche de los *lowriders* haciendo brincar sus carros con amortiguadores hidráulicos y balaceras esporádicas. Tiene que ver más con los solitarios hombres en camisa blanca que entran a las librerías para adultos y a los espectáculos obscenos.

Allí están también las pandillas callejeras de salvadoreños y armenios, los desamparados adictos a la cocaína *crack* y los moteles que se rentan por hora donde de vez en cuando hallan a alguna prostituta asesinada en una tina. La mayoría de la gente que llega con ilusiones y sueños no llega a los estudios de las películas ni a los estudios de modelaje bien pagados. Ya has oído esto antes, ya lo sé, pero es la verdad. En realidad creo que muchos de ellos ni siquiera quieren lograr sus sueños. Se estancan en la vida de moteles, en la siguiente euforia con drogas, en la vida de la calle con sus gritos, violencia y coito rápido—y eso es todo. Desaparecen.

Bajo las luces brillantes y el encanto de las películas está este Hollywood—uno está conectado al otro.

Y ahora la Señorita Soy-preciosa-y-tú-eres-un-estúpido-chofer-de-limusinas empieza a hablar de nuevo.

"Esto está verdaderamente muy lejos de Nebraska."

Creo que se refiere a Dorothy y a Kansas y a Oz.

Agarra una botella de Chivas Regal del bar enfrente de ella. Prende la televisión, enmudece el sonido y con sus deditos manicurados saca un delgado cigarrillo de color café de una cigarrera de plata. Creo que sus acciones dicen muy bien quién es ella.

"¿Tienes fuego, guapo?" me pregunta. Empujo el encendedor en el tablero y espero a que se bote. Ella empieza a servirse un trago en un vaso. Una cosa que tienen estas limusinas es que son suaves. Así que nos estamos deslizando por Hollywood Boulevard. Deslizándonos por la tierra de sueños y de luces brillantes, y de alguna manera desde atrás del parabrisas de este vehículo,

Hollywood empieza a verse como se supone que sea—sin preocupaciones, seductor y seguro.

"Tengo muchos planes, guapo," dice mientras le paso el encendedor. "Voy a ganarme mi dinero. ¡Más vale que lo creas! No voy a acabar como algunas de esas putas y padrotes bastardos que no tienen nada que enseñar por sus pinches esfuerzos."

Ella sigue bebiendo. Sigue hablando. Yo sigo manejando. Y muy pronto la que había sido mi visión de belleza está más borracha que la *chingada*.

"Estaba sólo visitando a este tipo riquíííísimo—ya sabes, donde me recogiste."

Yo asiento con la cabeza mientras la veo fugazmente por el espejo retrovisor. Después de un rato otra cara emerge por debajo del maquillaje—una cara trajinada, una cara esculpida por la vida de la calle, un tipo de cara forjada en la destrucción.

"Voy a fiestas con los mejores, guapo, y me pagan muy bien también. Y sabes qué—valgo todo lo que me pagan."

Ahora me doy cuenta lo que es—una de esas acompañantes caras. Me calmo. Se me calman los nervios, creo que porque sé que no va a sacrificar nada por mí. Así que escucho—la mayor parte de mi trabajo es manejar, escuchar y esperar que nadie me haga algo malo.

"Lo único es que su dinero no puede hacer que su mierda huela bien." Dice, tirando cenizas en la alfombra del piso. "El tipo trata de decirme lo que debo hacer. ¡Yo lo hago verse bien! No soy su esclava ni su vieja. Pero el hombre me empieza a gritar, a empujar por todos lados. ¡Quiubo!"

Me doy la vuelta en una callecita de al lado, doy la vuelta a la izquierda un par de veces y me deslizo por el bulevar una vez más.

"Sin embargo, algunas veces quisiera estar en Nebraska. ¿Has estado allí alguna vez, guapo?"

"No señora, sólo en Arizona . . . y en México."

"Oh, *Meks-i-co*. Me encanta *Meks-i-co*. *Cancuun*. *Alcapuulco*. *Porto Valarda*. Me encantan las *margaridas*. ¿No tienes *margaridas*, o sí?"

"No, sólo lo que está ahí en el bar."

"Sííí, Chivas; ¡el mejor!" exclama, quitándose el cabello que le ha caído sobre la cara. "Soy de Nebraska. Un pueblo chico llamado Brewster. Muy pequeño. Conocía a todo el mundo. Todo mundo te conoce. ¡Fui reina del juego de 'Homecoming' si puedes creerlo! Por eso es que no soy una pu . . . callejera—soy pura clase alta, por donde me veas. Siempre lo fui, siempre lo seré."

Me doy cuenta que es una persona solitaria y triste, a pesar de su trabajo. En algún momento tomó decisiones equivocadas, conoció a personas equivocadas, y ahora no puede hallar la salida a su situación si no es soñar con dinero—lo que todo mundo tiende a hacer. El dinero, sin embargo, es una ilusión con *caras verdes*. Creo que esto es para que el dinero tenga personalidad— igual que nuestras deidades terminan con características parecidas a las nuestras. La gente crea el dinero y entonces deja que el dinero la crea a ella. El dinero no es sino una fachada pero tiene una fuerza más grande que la naturaleza. Claro, todos hemos ido a los bosques, a la más suave de las playas, o a un desierto sereno, y hemos alabado al Creador por su trabajo. Pero tan pronto como el dinero adquiere importancia, ¡olvídate!

Mi bella amiga aquí es como mucha de la gente para la que manejo en esta espejeante ciudad. Gente tan alejada de cualquier inspiración con la que nació que todos sus sueños se vuelven lodo. Ella no es diferente—está herida y es verdaderamente bella.

"Brewster tiene unos campos bonitos—algunos de verde maduro y otros de maíz amarillo. Me encantan esas mazorcas, van derecho al cielo, como un mar más vivo para mí que cualquier océano," dice suavemente. "Altos tallos con brazos llenos de hojas para abrazarte. Vivíamos en el pueblo; no éramos agricultores ni nada parecido. Pero me encantaba ir a los campos. Sólo caminar por entre las mazorcas. Y hay bichos; pero no me preocupan los bichos. Hay algo del maíz que me atrae, el olor, las tardes al anochecer con el sol muy bajo en el cielo y más tarde cuando las luciérnagas brillan aquí y allí como luces de Navidad. No sé— creo que lo echo de menos en esta época. Echo de menos no ver a mis hermanas, a mi mamá y a mi papá, esos campos verdes y ese sol. Creo que lo que echo de menos es no ser la que era. Pero te digo una cosa—estoy mejor ahora. Tengo más dinero del que hubiera tenido en toda una vida en Brewster, te digo . . . Pero hay días, guapo, días como los del verano que tienen esa luz anaranjada en el horizonte, pajaritos trinando y esos cuervos volando como manos negras por el cielo—umm, umm, algunas veces hay días . . ."

Después de manejar la mayor parte de la noche, finalmente dejo a mi "Reina del juego de *Homecoming*" de Brewster, Nebraska, en un complejo de apartamentos de edificios bajos con guardia de seguridad en *Hollow-Wood*. Le abro la puerta. Me da un billete de veinte dólares, lo cual es un bello gesto de ella—o de cualquier persona. Me pone suavemente una tarjeta en la mano. La tarjeta es negra brillosa y tiene letras de oro grabadas en relieve: "She-La's Premier Escort Service." Más abajo de las letras está el número de un localizador electrónico.

"En caso de que te sientas solitario, guapo," dice.

Sonrío y le doy las gracias. Cuando no me ve, aplasto la tarjeta con la mano y la pongo en un bolsillo de mi saco para tirarla más tarde.

"Oye," me pregunta She-La mientras se aleja, "¿Te han dicho que pareces indio?"

Cuando no estoy con la limusina, estoy con la banda.

Como de costumbre nos apretujamos en el cuarto de mi casita. Lilo empieza desgarrando la primera guitarra, cortando las cuerdas con dedos callosos; Dante descarga los palos sobre la batería como si fuera una lluvia continua; y Patrick grita un odio incoherente en el micrófono. Yo muevo la cabeza, tirando de las cuerdas del bajo como si estuviera jalando mala yerba de una huerta de nopales—a propósito, esto es algo que ya he hecho en mi historial de trabajos.

> Mentiras, traiciones, este sistema apesta
> Mi cerebro está apretado de clavos oxidados,
> Ya es hora de tirarlo todo—hay que combatirlo—
> Tirarlo todo—
> No puedo ser cruel con la Raza.

Estas son las palabras que Patrick escupe en un micrófono de mano mientras el resto de nosotros lo envolvemos con ritmos de batería, acompañamientos, y guitarras chillantes. En cuanto a la canción . . . bueno, sólo digamos que manejo una limusina mejor de lo que escribimos la letra de las canciones, ¿está bien? Pero estamos aprendiendo, como nos hace ver Ruby. Somos La Cruz Negra—en el nombre hay una intención valiosa. Además, a la

poca gente que viene a oírnos al bar del centro donde practica-
mos a veces, parece no importarle un carajo. La música amateur
es mejor; es el poder. La música amateur significa que nunca nos
vamos a conseguir un contrato para grabar un disco.

Esto es lo que sé. Ahora, se trata sólo de estar allí—perderse
uno en los venenosos asaltos de la guitarra que sólo toca tres
notas y que te hacen hervir la sangre, el bajo que te detiene el corazón, y la batería con intención de mutilarte. Es el estar en ese
espacio innombrable entre la voz y el micrófono, la mezcla de
carne y metal, entre los gritos que saco de mis manos que jalan el
bajo y los ojos suicidas de la gente que nos escucha.

A la *chava* de Patrick, Luz, la chica metálica del pelo pintado,
le gusta. Está sentada cómodamente en un asiento en forma de
bolsa rellena y trae puesta una delgada blusa sin espalda y vaqueros usados, mientras golpeamos las paredes con ruidos ensorde-
cedores. Pasan unos diez minutos antes de darme cuenta que
alguien toca a la puerta.

"Esperen . . . esperen—alguien llama a la puerta."

Camino por encima del amplificador en medio de la habitación para quitar el seguro de la puerta. Ruby entra haciendo gestos como suele hacerlo cuando nos visita. Trae con ella una
cubeta del Pollo Loco para que comamos.

"Carajo, *mijos*, podían pelar la pintura con ese ruido," nos
dice.

"Qué tal, Ruby, ¿cómo sonamos hoy?" le pregunta Lilo.

"En realidad, mejor; mucho mejor. Casi podía oír una me-
lodía."

"*Chingao*, estamos metiendo la pata entonces," agrego yo.

En realidad la mayoría de la gente de las casitas no soporta
nuestra música. Pero aun después de las maldiciones y las amena-

zas de muerte, eventualmente se acostumbraron a escucharnos. Así como todos nos hemos acostumbrado al rugido incesante del tráfico en la autopista de San Bernardino. Sólo que no podemos tocar por la noche ni durante los fines de semana, cuando los trabajadores del turno de noche descansan—la gente como yo, en realidad. Pero los sábados podemos tocar durante el día si le bajamos un poco al volumen para no perturbar la inmensa generosidad de nuestros vecinos (Si hablamos de derechos, deberían habernos linchado).

Salgo al sol del mediodía con una pieza de pollo en la mano. Los vecinos están afuera este día caluroso de verano. Los chiquillos juegan por todas partes; en el patio una niña de diez años empuja a un pequeño en una carriola tambaleante y llena de tierra.

Al otro lado, un cholo y su robusta novia descansan en dos sillas metálicas de jardín al lado de la puerta de entrada, con cervezas en la mano, al lado hay un bebé de tres semanas en una cunita. Los seis tipos indocumentados que comparten un cuarto al final del complejo de casitas están trabajando en un Dodge sedán montado sobre unos ladrillos de ceniza en el callejón detrás de las casitas.

Mi galardonada limusina está estacionada en la calle, vigilada por casi todos cuando la dejo allí en caso que algún buey piense robársela.

Y luego está Bernarda.

En ese brillante e inmaculado día, Bernarda está parada en la puerta de entrada con un sostén de bikini y shorts negros apretados alrededor de sus caderas voluminosas.

"Entonces qué, ¿cuándo me vas a llevar a pasear, Cruz? Me prometiste."

"Ah, quiubo Bernarda . . . ¿cómo estás hoy?"

"No cambies el tema. La primera vez que trajiste esa cosa me dijiste que íbamos a pasear en ella—¿Y qué pasó?"

"No es tan sencillo. Me puedo meter en problemas si le pasa algo a la limusina cuando no estoy trabajando."

"Entonces para qué la trajiste aquí—¿para tomarnos el pelo?"

Este intercambio entre Bernarda y yo es reciente. Antes de la limusina, Bernarda sólo decía cosas malas de La Cruz Negra y de mí. Pero la limusina se ha convertido en algo como mi comodín para negociar—creo que es la razón por la cual la gente tolera que toquemos una vez por semana.

Así que déjame decirte algo acerca de mi amiga. Bernarda vive sola en esa casita suya. También trabaja por la noche en un salón de baile del centro donde los hombres—la mayoría hispano hablantes—compran boletos que les permiten bailar y beber con las mujeres por un tiempo determinado. Supuestamente la compra de boletos no implica actos ilícitos, pero se oyen cuentos de tipos que pagan un poco más para recibir un poco más.

No estoy seguro de lo que hace Bernarda en estos casos. Considero denigrante trabajar en un lugar así, pero no culpo a las mujeres. Es como caer en algo—de lo cual, algunas veces, no pueden escaparse.

Bernarda es extraordinariamente alta—para ser mexicana. Mide un metro y setenta centímetros sin tacones. Una verdadera giganta. Yo sólo mido un metro sesenta y cinco centímetros. Es morena y tiene pelo corto chino y una cara ovalada. A pesar de todo su supuesto bailar y fiestear, tiene una complexión de seda y un cuerpazo de maravilla.

"Bueno, Cruz, no te voy a dejar que te eches *pa 'tras*. Me debes una noche de paseos en esa cosa."

ernarda tiene puesta una falda color de rosa y una blusa blanca de seda. Se ve tan bien como cuando se va a su trabajo en el baile. Sólo que ahora va a salir conmigo. Finalmente, después de meses de insistir, decido sacarla a ella y a la bestia a dar una vuelta.

Las cosas se ponen más lentas en el invierno—aun en Los Ángeles, donde más vale que lo creas, hace frío. Puede no ser Minneapolis o Buffalo, pero he oído que mueren tantos desamparados de hipotermia en las calles de Los Ángeles como en las de Chicago. No tengo las estadísticas, es sólo lo que oigo.

Bernarda tiene una amiga—muy amable, casi encantadora—que trabaja en el mismo salón de baile. Se llama Suyapa y es hondureña. Son un buen par—Bernarda y Suyapa—especialmente antes de salir para el trabajo con los vestidos más elegantes, los tacones más altos, y el pelo ondulado y delicadamente cepillado hacia atrás.

"Crucito, más vale que nos apuremos para poder recoger a Suyapa antes que anochezca," me dice Bernarda mientras se pone un abrigo de piel y se mira por última vez en un espejo que cuelga de la puerta del baño.

Sí, su amiga hondureña nos acompaña esta noche. No pensaste que iba a conseguir una cita yo solo con Bernarda, ¿verdad? Yo sé el trasfondo de todo esto. Ella viene sólo por pasear, por nada más. Está bien. Ruby me enseñó a ser realista, aun con los sueños.

Traigo puestos mi mejor saco y pantalones beige con mi camisa azul preferida de rayas blancas—la única ropa decente que tengo. No hace falta decir que cuando estás en una banda de rock no necesitas *garras* finas. Y pensé que no estaba bien que me pusiera mi traje negro y la camisa blanca que uso para trabajar.

Aunque no sea una cita oficial, voy a tomarlo con calma y a divertirme un montón.

Hay un viento rápido que atraviesa los árboles y llega a la ciudad con velocidad intensa y por ángulos extraños. Nubes oscuras amenazan el horizonte. Espero que esos vientos no traigan lluvia. El problema está en que en el invierno pueden ocurrir cambios drásticos de temperatura en cualquier momento.

Suyapa vive en Echo Park. De nuestra calle doblamos hacia el oeste en la Chávez Avenue y seguimos derecho—pasamos casitas, taquerías, bares oscuros y tiendas de "todo a un dólar" camino hacia el perfil iluminado del centro mientras el sol empieza a ponerse. Pasamos las torres gemelas de la cárcel del condado, la Union Station y los puestos de baratijas y recuerdos mexicanos; pasamos también cerca de la antigua California de la Calle Olvera llena de turistas japoneses y estadounidenses que se amontonan en esta especie de callejón. Entonces cruzamos Chinatown con sus banderas, pagodas y restaurantes y vamos hacia Sunset Boulevard y el barrio de Echo Park.

Al llegar a la Alvarado Street damos vuelta hacia el norte, y entonces vamos a la izquierda en otra calle. Después de unas cuantas calles le damos a la derecha donde me estaciono rápidamente en doble fila en frente de un grupo de casitas para familias.

Suyapa sale de un dúplex beige con un vestido de satín rojo oscuro que la envuelve en cada una de sus curvas. Carajo, estas son dos chuladas de mujeres, creo. Pero mis planes son ser caballeroso—un verdadero caballero—y tratar de divertirme sin imponer ningún deseo impuro. De verdad quiero que Bernarda piense lo mejor de mí—aunque en el fondo de mi alma lata la posibilidad de una futura cita con ella sola.

Tienes que ver a la gente rodeando la limusina que había pulido hasta sacarle un brillo perfecto. La mayoría de los residentes en la calle de Suyapa son centroamericanos. Una limusina para uno de ellos—esto es algo que va a recordar por algunos días. Siento una pizca de orgullo machista, debo admitirlo, al abrir las puertas y permitirle la entrada a canciones de la naturaleza como Bernarda y Suyapa a mi castillo en ruedas.

Los hombres parados en frente de carrocerías sin ruedas me sonríen y después hablan entre ellos. Otros, incluyendo a una mujer embarazada, dan la vuelta alrededor de la limusina como si estuvieran evaluándola. Entonces los niños se le empiezan a encaramar a la limusina y yo decido que es hora de irnos.

"Entonces qué Crucito, ¿dónde empezamos?" me pregunta Bernarda desde los asientos de atrás los cuales están uno enfrente del otro mientras nos metemos por Sunset Boulevard y Suyapa saca la mano por el *quemacocos* abierto y la agita saludando a todo el mundo en la calle. Manejo hacia las secciones más famosas y elegantes de Sunset Boulevard en el Westside.

"Adónde quieran ustedes," les digo. "Piensen que soy su chofer particular."

La velada empieza agradablemente. Las chavas se ríen disimuladamente, disfrutan de la bebida, cuentan chistes, se burlan de mi cabello. Vamos de club en club—pero parece que no tanto para pasar algún tiempo en ellos, sino para ver las caras de las personas cada vez que la escultural Bernarda y la suntuosa Suyapa salen y entran del vehículo.

Bebo esporádicamente—ya que no me gusta. Pero las chamacas se han vuelto locas con el trago. Conforme transcurre la noche, Bernarda finalmente se sienta junto a mí mientras que Suyapa se tumba a dormir en el asiento de atrás. Pongo una antigua cinta *AC-DC*, "Highway to Hell"—y a Bernarda por poco le da un ataque.

"No, no, no, cariño. No vamos a escuchar esa monstruosidad." Bernarda insiste. "¿No tienes nada sentimental?"

"No. Lo siento, no tengo," le digo enojado. "Pero tú puedes poner lo que quieras en la radio."

Entonces Bernarda se atreve a hacerme la pregunta prohibida sobre la gran limusina—tiene el suficiente valor para preguntar si la dejo manejar la bestia.

"No, no puedo hacer eso," le explico. "Soy el único calificado para manejar. Además no estoy casi tomando."

"Ayyy, Crucito," Bernarda ronronea. "No tenemos que meternos al tráfico. En un lote de estacionamiento está bien. ¿Qué tal alguno en la playa? Después podemos salirnos y sentarnos en la arena un rato."

Soy débil. Lo sé, lo sé. Pienso que no le va a pasar nada a la limusina si Bernarda la maneja en un lote. Y así manejamos hasta Malibu Beach en el Pacific Coast Highway. Son las tres de la mañana. La vista del mar es agradable y tranquila—casi no hay ni un alma. Me meto a un lote al lado de un edificio de condominios junto a la playa. Suyapa ronca a sus anchas. Parece que el lote es lo suficientemente grande para que Bernarda sienta lo que es manejar esta cosa.

Mientras tanto me imagino que más tarde, sobre una cobija cerca de las olas, beso sus carnosos y húmedos labios.

Bernarda corre al lado del chofer. Brinco al lado del pasajero. Sé que ella sabe manejar porque tiene algo así como un Nova. Se sienta allí por un rato—admirando el extraordinario número de luces en el tablero y disfruta la sensación del volante bajo sus dedos.

"¿Estás lista?" le pregunto. "Ahora ponlo en *drive* y maneja un poquito, entonces para, da una vuelta y regresa. ¿Entendiste?"

Facilito. Pero cuando las cosas son así, ya sabes que Tatadios tiene otros planes. Es cuando sabes que hay una razón por la que no debes dejarte convencer por mujeres borrachas que ronronean, cuando sabes que es mejor no hacerlo. Es en ocasiones como ésta cuando la palabra pendejo tiene un gran significado. Creo que Bernarda tiene todo en su lugar—las ruedas derechas, las luces puestas, quitado el freno de mano, la palanca en *drive*. De cualquier manera, es lo que creo.

Aprieta el acelerador—lo que ya de por sí está mal hecho—pero sin darse cuenta había puesto la palanca en reversa. La limusina se lanza hacia atrás y choca contra una hilera de arbustos enanos y contra el edificio de condominios atrás de nosotros; una explosión de vidrios y maderos sigue enseguida cuando aplastamos la pared de vidrio que separa la sala de los arbustos. Destrozamos antiguas vitrinas de porcelana, mesitas cubiertas de figuras de cerámica y lámparas de Tiffany antes que se le ocurra a Bernarda frenar.

Sí, dos parejas estaban descansando en un sofá, viendo la tele tranquilamente, mientras pasamos volando ante ellos. Sí, Bernarda grita y Suyapa no despierta. Y sí, por supuesto, una lluvia con viento empieza a caer mientras esperamos que llegue la policía y la grúa mientras nuestros inesperados anfitriones nos gritaban a los oídos las más exquisitas obscenidades.

Supongo que no tengo que decirte en los grandes problemas que me he metido por esto. No tengo que decirte que pierdo el trabajo (aunque la limusina tiene seguro para proezas como ésta). Y que nunca voy a tener otra cita con Bernarda.

Las últimas palabras que Bernarda chilla desde el lado del chofer son: "¿Por qué me dejaste hacer eso?"

De regreso al Eastside, sin limusina, con mi valor entre los vecinos grandemente disminuido, practico mi bajo con el volumen apagado. El olor a menudo y a tortillas recién hechas entra flotando por la ventana abierta. Es un domingo por la mañana. Las casitas empiezan a moverse bajo la neblina parda. Las aproximadamente veinte personas que viven al lado empiezan a hacer su escándalo mañanero—las alacenas cerradas de golpe, pelotas que rebotan, un evangelista gritando aleluyas en español por la tele. Pienso en mi siguiente paso, mi siguiente aventura con los empleos, la siguiente función posible para La Cruz Negra. Pienso en los sucesos del pasado fin de semana—y sé que voy a extrañar la limusina aunque no la haya tenido mucho tiempo. Pienso también en la vergüenza que les he causado a los purépechas por todas partes. Pero me doy cuenta que tengo que sobreponerme—y pronto. A la vuelta de la esquina me esperan los grandes 30 años. ¿A dónde voy en la vida? ¿Quién voy a ser? Pienso en esto como por dos minutos antes de decidir pedirles a mis vecinos un plato de menudo—tal vez como caridad. Aunque me sienta tan mal, también sé que siempre hay otra cosa después de la última aventura. Quizá, algún día, me voy a poner verdaderamente serio acerca de mi revolución.

SOMBRAS

Rudy se despertó bajo la sombra de un frondoso árbol en el Cementerio Evergreen con el sol de la tarde que le molestaba los ojos y con el rocío que le hacía cosquillas en la cara y las orejas. Aspiró los olores del pasto recién cortado y el humo de los carros cercanos, mientras respiraba corta y superficialmente, el corazón le latía fuertemente en el pecho; el aire húmedo era su única cobija.

Durante el día el cementerio rodeado de tumbas dilapidadas era el lugar favorito de Rudy para reposar. Unas cuantas de las lápidas estaban adornadas de flores frescas, pero la mayoría eran olvidados testamentos a vidas relativamente sin incidentes. Rudy se sentía en casa aquí. Frecuentemente se sentaba con la espalda contra una de las lápidas inclinadas, después de unos momentos quedaba desmayado bocabajo en el pasto.

Como de costumbre hoy se levantó vacilante, sin molestarse en limpiarse la humedad y la tierra de su ropa manchada y usada. Brevemente miró a su alrededor para ubicarse tratando de enfocar la vista. Buscó por todo el saco de pana que usaba sin importarle el calor. En un bolsillo interior halló una pinta vacía de

White Port. Enojado, arrojó la botella al suelo como si tuviera la cara del diablo—y el nombre de Rudy—en ella. Después de una larga pausa, empezó a caminar.

Rudy salió por las verjas adornadas del cementerio caminando por el camino de asfalto. Se tomó su tiempo, parándose de vez en cuando para agarrar aliento. Se fue hacia su lugar habitual, la esquina de las calles First y Soto. Había poca distancia del cementerio a esa esquina, pero le pareció más largo porque sentía que muchas miradas lo seguían a cada paso—miradas del otro lado de las ventanas de apartamentos, espiando a través de rejas de hierro, o de niños que lo miraban fijamente desde los ruidosos patios escolares.

Rudy llegó a su lugar de costumbre en la Major Liquor Store. Al otro lado de la calle un puesto de periódicos tenía a la venta revistas de México en español y tiras cómicas para adultos. En la contra esquina del puesto de periódicos la "Guadalajara Auto Sales" adornaba la calle que de otra manera no tendría nada de especial.

La gente se congregaba en esa esquina para comprar, hablar o vender cualquier cosa en carritos de supermercado. Rudy se sentó del lado soleado de la intersección recargado en una pared llena de anuncios, incluyendo un cartel de la Virgen de Guadalupe cerca de la cantante Madonna de pechos puntiagudos. Al lado de él un mexicano joven vendía casetes piratas de artistas mexicanos—Ana Gabriel, Los Tigres del Norte y Vicente Fernández con un sombrero detalladamente decorado en su disco compacto. Algunas de las cintas eran de artistas estadounidenses como Mariah Carey, *Destiny's Child* y *N'Sync;* su música se podía oír a todo volumen en un tocacintas gigante en el suelo.

Rudy se sentía a gusto en este lugar, aunque la mayoría de la gente pretendía que él no existía. Sabía que lo veían. Lo que veían no era sólo un hombre extraño y deshecho en un cuerpo extraño y destrozado. Era el espectro de sus dolencias más profundas, ejemplo de lo que pasa cuando abandonamos tanto las tradiciones por lo nuevo. De cómo comunidades y familias, en otro tiempo estables, podían llegar al extremo opuesto y decaer completamente—de lo que tuvieron que sacrificar para hallar "la buena vida" en los Estados Unidos.

Rudy buscaba su comida en los basureros y en las alcantarillas. Cuando no hacía eso, simplemente se paraba en esa esquina mirándose los pies, las piernas de los peatones y las llantas de los carros que pasaban. De vez en cuando alzaba la vista para ver a la gente que pasaba por ahí a esa hora. Las imágenes flotaban por su mente—pero nunca estaba seguro si eran sueños o simplemente recuerdos. Rudy se quedaba allí hablándole a sus pies, a las llantas, a las miradas errantes que trataban de evitar su cuerpo jorobado; era una triste sombra en la banqueta.

Rudy se quedó allí hasta que se le pasó un poco la borrachera. Quería distanciarse un poco del trago antes de empezar de nuevo por la noche. Le gustaba la sensación de la mente que pierde su equilibrio, su lucidez, y que empieza a ahogarse, una especie de muerte sin morir. Entonces una voz dentro de él le exigía que consiguiera algo de beber, rápido.

Cuando la puesta del sol atenuaba la luz de la esquina, cuando el número de peatones disminuía, cuando pasaban menos carros, Rudy se levantó de su lugar y caminó hacia las bancas del parquecito más abajo en la First Street, al otro lado de la calle del antiguo edificio de la Catholic Youth Organization. Ya había otros apiñados allí y Rudy empezó su acostumbrada tomadera ya que siempre hallaba a alguien dispuesto a compartir una botella y a escucharlo.

"Quiubo buey, ¿tienes una feria?" Rudy le farfulló a un joven con un toca CD portátil enchufado al oído y una mochila por la espalda. El tipo le echó a Rudy una mirada de *"chinga tu madre"* y siguió caminando. Entonces Rudy vio a un hombre que reconoció como alguien recién llegado de México.

"¿Qué pues, *compa?*" le dijo. "¿No tienes cambio? *Pa'* ayudar un *paisa,* ¿no?"

Se sabía todas las jergas.

Pero de vez en cuando Rudy molestaba a alguien a quien no le importaba un carajo lo que Rudy quería ni su estado.

"¡Vete a la chingada, pinche güey!" le gritó un *vato* fornido que vestía pantalones cortos al estilo cholo cortados a la altura de la pantorrilla cuidadosamente planchados con tatuajes artísticos en unos bien desarrollados músculos debajo de la camiseta atlética.

Pensarías que Rudy se haría para atrás como muchos de los otros borrachitos. Pero siguió al *vato* por un rato, el tipo se paró y sin decir palabra le dio un trancazo por el costado de la cabeza dejándolo como mosca aplastada. Rudy trató de levantarse pero otros tres *vatos* salieron del aire y empezaron a patear y a golpear a Rudy por un buen rato. Había otros hombres allí parados que ignoraban la gresca.

Casi cada tercer día alguien le pegaba a Rudy. No se necesitaba mucho para que lo golpearan—algo que decía o cómo lo decía, o cómo se veía . . . nunca sabía por qué. Más de una vez se halló a sí mismo caminando al cementerio con un ojo morado, con sangre en el saco y en las manos y algunas veces la dejaba hasta en el pasto. Algunas noches iba a parar al tanque de borrachos en la Comisaria Hollenbeck, vomitando, alucinando y gritando—rodeado de paredes y respirando una asquerosa peste. Pero una vez que salía de allí, todo empezaba de nuevo.

Todo esto tenía sentido para Rudy. Todo esto: sus caminatas solitarias, la bebida, las golpizas, el tanque de borrachos. Tal vez otros no pudieran entender, pero para él este tipo de vida tenía sentido—Rudy parecía haber nacido para vivir así.

La familia Godínez vivía cerca de la Roosevelt High School en Boyle Heights. Rudy Godínez creció conociendo sólo una casa, en la Calle Fickett cerca de la Cuarta. La familia era gente muy trabajadora. Su padre, un hombre parcialmente calvo y bien cuidado que tomaba la mayoría de las cosas con una absoluta seriedad, era el gerente de un lavado de coches. Su madre, una mujer cortés y jovial que parecía tener siempre galletas en el horno, cosía ropa para vecinos, maestros y cualquier otra persona que se enterara de su buen trabajo. En la Roosevelt Rudy era un estudiante decoroso; pasaba la mayor parte del tiempo en los equipos de *football* y lucha. Era ágil, grácil y tenía un fuerte cuerpo atlético y facciones angulosas. Se podía decir que era guapo, pero de alguna manera carecía de porte y confianza. En algunas cosas funcionaba bien, especialmente en el gimnasio o en el campo deportivo. Pero en los corredores Rudy parecía ingenuo y torpe. La mayoría de las estudiantes con experiencia lo evitaban.

Rudy tenía una fuerte naturaleza competitiva. Le gustaba especialmente la rivalidad explosiva que tenían con la Garfield High School del Este de Los Ángeles. Mucha gente iba a los juegos de *football* con esa escuela que se jugaban en el Estadio del Colegio Comunitario del Este de Los Ángeles. Era la rivalidad de la que más se hablaba en el Este de Los Ángeles y había durado por generaciones y a veces terminaba en violencia. La vida escolar de Rudy era de lo más ordinario. Tocaba la guitarra en la banda de la escuela. Sacaba calificaciones promedio. Parecía que le iba bien en esa secundaria que tenía más estudiantes que ninguna otra escuela en el país, circunvalada por la extensa ciudad a su alrededor.

No había casi nada de espectacular acerca de Rudy. Nunca se metió en una pandilla, a pesar de las agrupaciones que se hacían de calle a calle en Boyle Heights. Casi nunca se metió en problemas y a la mayoría de la gente le caía bien, lo que algunos dirían que ya era de por sí espectacular.

Pero nadie le preguntó a Rudy cómo se sentía. Durante casi toda su vida parecía estar vacío emocionalmente, estar en blanco. Cuando le preguntaban acerca de su futuro siempre respondía, "No sé lo que quiero hacer." Y era verdad. Claro que hacía lo que tenía que hacer para irla pasando. Pero no le daba mucha importancia para qué servían las notas, los deportes y la música. Parecía estar en un largo viaje aburrido sin un destino final. Vivió la adolescencia a la deriva sin saber nunca dónde terminaría.

"¿Por qué no vas al Colegio Comunitario del Este de Los Ángeles?" le sugirió su madre una mañana mientras le servía sus famosos chilaquiles con huevo, tomate, cebolla, cilantro, chorizo y tres clases de queso.

"No sé, *amá*. Ya no me gusta estudiar," le contestó Rudy.

"Pero siempre te ha ido bien en los estudios, *mijo*," insistió su madre. "¿Y los deportes? También puedes hacer eso en la universidad."

"Ya sé, pero creo que me voy a tomar un descanso de la escuela por un tiempo, tú sabes, trabajar tiempo completo," razonó. "Iré a la universidad algún día, sólo que necesito hacer algo diferente primero. Lo que pasa es que he estado yendo a la escuela toda la vida. Como que ya me aburrió."

La mamá de Rudy le lanzó una mirada feroz como si su hijo hubiera perdido el sentido común. Pero no insistió. Siempre le había tenido confianza a Rudy, quien nunca le había dado tantos problemas como otros hijos del vecindario le habían dado a sus madres. Pensó en los tres hijos gángsteres de la señora Flores— uno que le mataron y los otros dos en la cárcel purgando una condena por asesinato.

"Pues tú sabrás," contestó y regresó a trabajar a la cocina.

Clarita, la mamá de Rudy, recordó que cuando su hijo era pequeño parecía reservado—muy parecido a su padre Santos, un hombre insensato de gran tamaño y enorme silencio. Santos nunca pareció responder a nada a su alrededor. Se movía sólo de acuerdo a sus propios impulsos dejando a su esposa con una sensación fría, solitaria y marchita. Esto le molestó a Clarita por años—cómo su padre trataba su madre, sin emoción, sin conexión. Santos nunca le pegó a su madre, pero le echaba una mirada devastadora que la hacía marchitarse como una flor sedienta de agua. Clarita se recordó cómo cuando era niña se escondió en su cuarto, abajo de las cobijas, rodeada de muñecos de lodo seco, angustiada que Santos entrara y la destruyera con su terrible mirada.

Un día Rudy entró en la sala y les anunció a sus padres que iba a rentar un lugar con su amigo Augie.

"Augie acaba de conseguir un trabajo en un taller de mecánica en la Calle Primera," explicó Rudy. "Creo que puedo trabajar más horas en la taquería. Vamos a vivir cerca, hay unos cuartos de renta en Boyle Avenue."

"No sé Rudy," su padre interpuso. "Tal vez debieras quedarte aquí hasta que ahorres suficiente dinero para mudarte. ¿Qué pasará si no tienes suficiente dinero para pagar la renta?"

"Mira, *apá,* todo va a salir bien," insistió Rudy. "Puede que se ponga duro a veces, pero con lo que gana Augie, si no tengo suficiente dinero, no habrá problema. Creo que esto me va a ayudar hasta que sepa qué es lo que quiero hacer en realidad."

Como de costumbre y a pesar de sus dudas, los padres de Rudy tuvieron que creer que su hijo saldría adelante. Así que no dijeron nada cuando al siguiente día Rudy metió en reversa el camión alquilado para mudanzas de U-Haul por la cochera, y él y Augie empezaron a vaciar su recámara de todos los muebles, discos, carteles, ropas, trofeos, guitarra y amplificador. Rudy siempre era responsable. Era su único hijo. Le iba a ir bien.

Durante los primeros días Clarita deambuló por la casa, a veces conmovida pues echaba de menos la música y la conversación de su hijo. Por su parte, Rudy no le ayudó mucho. No llamó por unas cuantas semanas. Pero su primera visita fue muy placentera, parecía relajado, en realidad contento.

"Cuídate *mijo,*" le dijo su madre cuando Rudy anuncío que tenía que irse.

Entonces las visitas y llamadas disminuyeron, generalmente sólo llamaba para saludar o para preguntar si había recados y correo.

Un día el padre de Rudy decidió darse una vuelta por la taquería para ver cómo le iba a su hijo.

"Sr. Godínez, ¿cómo le va?" le preguntó el Sr. Pérez, el gerente del establecimiento en el Whittier Boulevard.

"Muy bien, gracias," respondió el padre de Rudy sonriendo. "No andará Rudy por ahí."

"Bueno no, de hecho," contestó el Sr. Pérez con una expresión de preocupación en la cara. "Tal vez no sepa, pero su hijo ya no trabaja aquí. Quiero decir, simplemente dejó de venir. Lo llamamos y lo llamamos, pero sólo había una máquina contestadora. Nunca regresó, nunca devolvió las llamadas. Tuve que despedirlo."

El Sr. Godínez abrió la boca con una mirada de confusión en la cara.

Regresó a su carro, manejó a casa y entonces se llevó la dirección de su hijo de un tablero de anuncios de la cocina. Tenía que hallar a Rudy. El cuarto estaba en un edificio grande de ladrillo de cinco pisos cerca de la intersección de las carreteras interestatales 5 y 10. El Sr. Godínez empujó la puerta principal para entrar, la que llevaba a las escaleras de alfombras oscuras, quemadas en algunos lugares. Los niños jugaban en estas escaleras. Algunos adultos estaban sentados en ellas o en sillas plegadizas afuera de sus apartamentos. Con todas las balaceras desde carros que pasaban por el vecindario, o *drive-bys,* la gente prefería congregarse mejor en los corredores del edificio que estar afuera.

El Sr. Godínez halló el número del apartamento en una puerta del tercer piso. Tocó y esperó. Entonces volvió a tocar. Pensó oír algunos crujidos dentro del apartamento. Pero nadie vino a la puerta.

"Rodolfo," dijo el Sr. Godínez, usando el nombre completo de Rudy, lo que hacía sólo cuando estaba preocupado.

Aún así no respondió nadie. El movimiento dentro cesó. El Sr. Godínez tocó unas cuantas veces más. Pero nadie contestó.

C uando Rudy dejó de llamar a sus padres, de ir a trabajar, o de regresar llamadas telefónicas, les pareció raro a los que lo habían conocido. Quizá Rudy no era un extrovertido, pero era respetuoso y frecuentemente considerado en casos como ése. La familia y sus amigos hablaron sobre cómo parecía que a Rudy no le importaban ya ellos ni su trabajo. Otros trataban de no decir mucho. Oyeron que Rudy andaba de pachanga con Augie todo el tiempo, algo que raramente hacía cuando estaba en la secundaria. Bebiendo. Conociendo a personas. Hablando con las mujeres en los salones de baile por todo el barrio.

Algunas veces hasta Augie se cansaba de esperar a que Rudy dejara de tomar y saliera de ese ambiente de borrachera y de ruido.

"¿Ya estás listo para irnos?" le preguntaba Augie con ganas de irse para la casa.

Rudy lo ignoraba mientras bebía como si estuviera en un planeta completamente distinto.

"Vamos, *mano, hora de hacer la meme,*" le decía Augie.

Pero Rudy sólo veía a Augie, movía la cabeza y seguía tomando.

"Bueno *cuate,* como quieras."

No era que no le gustaran las fiestas a Augie. Estaba de fiesta todo el tiempo. Simplemente se ponía sus mejores *garras,* bailaba casi todas las piezas y trataba por todos los medios de conocer muchachas. Lo único es que la bebida para él era sólo una táctica para divertirse. Pero no lo era para Rudy.

La última noche que Rudy rehusó irse con él después de una noche de diversión, Augie dejó a Rudy en la Taberna de Tito en el Olympic Boulevard. Cuando no supo nada de Rudy durante varios días, Augie se preocupó. Al llegar a casa del taller mecánico se dio cuenta que Rudy había estado allí. Pero nada más—no había nota, recado, ninguna indicación de dónde podía haber estado Rudy. Entonces una noche Augie abrió la puerta, entró al apartamento y casi se desmaya. El lugar era un desastre, como si un tornado hubiera bajado y lo hubiera arrasado. Una pantalla de lámpara estaba en el piso. Había cintas y discos compactos regados por todas partes así como cajas de pizza y botellas de licor vacías. En medio de la sala estaba una guitarra cubierta de comida y vómito. Augie se fue al baño y allí en el piso, enrollado en una toalla, estaba Rudy, había vómito en el excusado y sobre su cabeza.

"¡Se acabó, *chingado,* no te aguanto más!" exclamó Augie. Rudy no se movió mientras Augie pasaba por encima de él para descargar el excusado.

"Noche tras noche," seguía gritando. "Lo mismo de siempre. Ya me cansé. Rudy. Se te acabó, *cuate.* Te voy a mandar a la *chingada.* "

Rudy no se movió ni dijo nada.

Para las primeras horas de la tarde del siguiente día, Rudy parecía haberse recuperado lo suficiente para hablar con Augie cuando éste regresó del trabajo.

"Mira Augie, voy a estar bien. No te preocupes, *compa.* Esto es pasajero, tú sabes lo que te quiero decir . . . lo siento, *mano,* " explicó Rudy arrastrando casi todas las palabras de la disculpa.

"Pasajero, *madre,* " replicó Augie. "Traté de ayudarte Rudy. Siempre pensé que eras organizado. Pensé que serías una gran ayuda aquí. La primera vez que te pasaste, pensé que era sólo para divertirte. Pero ya han pasado varios meses y esto es todo lo que haces. No me has pagado lo que te toca de la renta. No limpias nada. Sé que tampoco estás trabajando porque tu padre me llamó para preguntarme por qué habías dejado la taquería. No puedo seguir así. No tengo el corazón para decirles a tus padres la mierda en la que te has convertido. Siempre han sido buenas personas."

"No tienes que decirle nada a nadie," dijo Rudy, "ya está todo resuelto. No te preocupes tanto. Ya he pensado en otro trabajo. Ya fui allí, es un almacén. Es trabajo seguro."

"¡Mentira, *vato!*" le respondió Augie y pausó por un segundo. "Okey, no te voy a echar a la calle, pero te lo advierto ahora, deja la jodedera, empieza a trabajar y a pagar renta, o te me vas de aquí."

Por un rato parecía que las cosas iban a estar bien. Augie llegó del taller una tarde y vio que Rudy había limpiado el lugar. Y no estaba allí. Podía ser que estaba buscando empleo. Pero muy pronto se dio cuenta que cuando Rudy no estaba en el apartamento, estaba en la licorería de la esquina bebiendo y hablando con los borrachitos locales en un callejón.

Rudy acabó por regresar a su antigua casa con unas cuantas cosas. La mayoría de las demás cosas, excepto por su preciada guitarra, habían sido vendidas o simplemente desaparecido quién sabe donde. Perplejos, su madre y su padre lo admitieron de nuevo en la casa. La cara de Rudy, en un tiempo bella y llena de colorido, ahora estaba apagada y tenía el pelo largo y desaliñado. Tenía la piel seca. Para este tiempo Augie ya les había contado sobre el estado de Rudy.

"Te vamos a conseguir ayuda, ¿okey?" Clarita le dijo a Rudy

tan pronto como estaba instalado en su antiguo cuarto. Rudy no dijo nada.

"Contéstame *mijo*," exigió, pero él se fue a la tele y la prendió. "¿Qué fue lo que hice?" pensó su madre mientras se volteaba con el rostro bañado en lágrimas de dolor.

Durante las noches las botellas adquirían vida propia. Para asegurarse que no estaban retorciéndose, Rudy llegaba hasta patear las botellas de cerveza de 40 onzas o las de oporto barato regadas por todo el cuarto. Durante el día pensaba que podía dejar de tomar—que no se iba a dejar vencer. Pero cuando caía la noche, la bebida lo hechizaba, lo atraía. Por todo su cuerpo parecía que las puntas de los nervios querían estirarse para alcanzar alcohol. Antes de tomar siquiera un trago, su mente respondía como si ya estuviera perdido en la bebida. Se mareaba sólo de pensar en su primer trago. Se sentía con una energía avasalladora y tenía que gastarla. Caminaba por el cuarto. No se estaba quieto. Se hablaba a sí mismo. Se recargaba contra la pared. Entonces agarró una botella y bebió dejando que el alcohol se precipitara por su cuerpo inundándolo todo, la energía, el vacío, la vergüenza. Era su único alivio durante esos días. Días de no saber. Días de no sentir. Días de no importarle si despertaba o no. Lo único que importaba era el áspero calor que lubricaba su garganta, su ardor, y después el apagarse del mundo a su alrededor hasta que él parecía ser las sombras, las grietas de los pisos de paneles de madera, las grietas manchadas de agua del techo. Finalmente, la voz acerada de alguna parte de su cerebro, o quizá de la tele, que tenía prendida aunque rara vez la mirara, le decía que estaba bien. Que ya no necesitaba preocuparse. Todo estaría bien.

e vez en cuando Rudy conseguía un trabajo, pero por alguna razón u otra lo perdía. Empezó a frecuentar agencias de desempleo, sitios de jornaleros temporales, o almacenes donde se decía que podía hallar trabajo. Rudy se quedaba en casa los días que no tenía ningún tipo de trabajo, le echaba un vistazo a la tele o escuchaba el estéreo, y realmente nunca le hablaba a nadie. Un día Rudy llegó a casa después de trabajar su primer turno nocturno en una línea de montaje en Vernon. Tenía una sonrisa en la cara, lo cual no era normal para Rudy.

"¿Qué pasó contigo?" le preguntó Clarita. "No cabes en ti de satisfacción."

"No lo vas a creer, *amá*, pero conocí a alguien," dijo Rudy.

"¿A alguien? Quieres decir a una muchacha—¡conociste a una muchacha! *Mijo*, qué buenas noticias."

"Ya sé, pero no quiero desperdiciar la oportunidad. Tú me entiendes, ¿qué no? Quiero que esto tenga buen fin."

Rudy empezó a levantar las cosas que regaba. Un día salió temprano de la casa para ir a pelarse, comprar una camisa y un par de pantalones nuevos. Hasta llegó al trabajo media hora antes que empezara su turno. Se llamaba Fabiola. Tenía el cutis impecable, la piel no muy oscura ni muy blanca y rayitos teñidos de rubio entre su cabellera negra.

Fabiola trabajaba con un grupo de mujeres, la mayoría mayor que ella, todas mexicanas o salvadoreñas que hablaban en español. Rudy estaba en otra parte de la línea con los hombres, haciendo básicamente lo mismo, montando aparatos de cocina.

A la primera hora de la cena, Rudy localizó a Fabiola con las mujeres y sólo la miró fijamente. Durante los primeros días parecía que Fabiola no notaba las miradas de Rudy. Pero un buen día ella alzó la vista y sonrió.

Rudy casi se cayó de la silla. Fabiola sonrió una vez más y tímidamente miró hacia otro lado. Después de ese incidente todo fue paso a paso, día a día, etapa a etapa. Una noche estando en el cuarto de atrás, Rudy se paró detrás de Fabiola. Después de algunas nerviosas tentativas, al fin estiró la mano y le tocó el hombro. Ella se volvió lentamente.

"Me gustaría conocerte mejor," le dijo; podía sentir el latir del corazón en el pecho. Fabiola sonrió.

Todos hablaban de la bonita pareja que hacían Rudy y Fabiola. Un suspiro de alivio colectivo pareció acompañar su pequeña pero placentera boda, a la que siguió una acogedora recepción en el patio de atrás de la casa de los Godínez en la calle Fickett.

Los Godínez habían pensado que su hijo nunca superaría sus borracheras. Pero desde que se había unido a esta hermosa y lista Fabiola, las borracheras eran raras.

Rudy parecía haber vuelto a ser el dependiente e introvertido hombre que había sido. La joven pareja halló un lugar para rentar en un garaje renovado atrás de una casa en Gleason, cerca de First Street. Compraron unos cuantos muebles, incluyendo una mesa de cocina usada, sillas y sofá. Rudy mantuvo su trabajo en la línea de montaje por más tiempo que ningún otro empleo que hubiera tenido. Fabiola también siguió trabajando allí.

Algo dentro de Rudy luchaba por levantarse dentro de él, algo vivo y asombroso—casi nunca se sentía así. Había pasado mucho tiempo desde que Rudy había querido algo tanto, una vida, una mujer, un sitio con propósito en un mundo que parecía no tener propósito o significado o sorpresas. La última vez había sido con su guitarra. La madera brillante y las cuerdas estiradas—cuando la tuvo por primera vez, la miró fijamente durante horas. Se sentía así con su nuevo hogar, su trabajo y Fabiola—quería pasar horas gozando todo esto.

Después de unos meses la noticia se regó por el vecindario y entre la familia y los amigos de Rudy: Fabiola estaba en estado. Rudy parecía un hombre transformado. Tal vez la llegada del bebé lo alejaría de la bebida completamente. Tal vez lo peor ya había pasado.

Le pusieron Santitos al bebé por el abuelo de Rudy, Santos Cortez. A pesar de que el primer Santos había fallecido hacía ya algunos años, Rudy lo recordaba con cariño. Cuando era niño caminaba a su casa para visitar a Santos y a su abuela, Luisa.

Rudy recordaba al viejo Santos como un hombrachón—amplio pecho, abundante cintura y fuertes dedos carnosos. Era irritable y normalmente no se rasuraba. Sus vecinos lo evitaban. Se quejaban principalmente de su fija, desconcertante y profundamente oscura mirada que parecía penetrar los rasgos exteriores hasta llegar a los huesos del alma—como si pudiera llegar al interior de cualquier persona y mostrarle sus íntimas vergüenzas y secretos personales. Santos había trabajado en los talleres del ferrocarril apenas al sur del Este de Los Ángeles. Trabajaba, pero a parte de eso nada parecía importarle.

Pero para Rudy, el abuelo había sido un viejo amable y chistoso. Después que un accidente en el trabajo forzó a Santos a dejar el empleo por discapacidad, por lo general sólo se sentaba en el porche bebiendo algo cubierto por una bolsa de papel. Sin embargo, cuando Rudy llegaba a casa de la escuela, Santos revivía inventando juegos con cartas o con tableros, como la lotería que había jugado en su viejo pueblo de Guerrero, México. Rudy veía en Santos a un viejo genio mágico. Vio sus ojos inquietos, su lengua mordaz y su sonrisa traviesa. Rudy halló a un amigo en el hombre que otros evitaban.

Rudy no sabía que Santos era un gran bebedor—el aliento alcohólico de su abuelo se mezclaba con el olor a grasa vieja de sus gastados overoles. Sus padres nunca le hablaron a Rudy sobre esto, lo cual profundizaba para ellos la pesadilla de la situación de Rudy. Así que aunque Rudy estuviera casado y tuviera un nuevo bebé, estaban preocupados por él.

"Tal vez debamos decirle a Rudy sobre el alcoholismo de su abuelo," Clarita le dijo a su esposo un día mientras cenaban.

"No, no resolvería nada," insistió el Sr. Godínez. "Rudy tiene que enfrentarse a esto él solo. Es su problema, no el de tu padre."

"Ojalá y tengas razón," dijo Clarita. "Sólo que es muy raro que de repente Rudy se parezca tanto a mi padre. Nunca pensé que esto fuera posible. Y aún después que traté tanto de no tener licor en la casa mientras Rudy crecía. Pero ya viste cómo se puso por una temporada, igual que mi padre."

"Esas son tonterías," contestó el Sr. Godínez. "Rudy sabe que tiene el poder de cambiar. Si piensa que es algo que ha heredado, que tal vez su beber no tenga solución, puede volver a beber. No es el alcohol, es su mente la que justifica que lo necesita. No quiero que crea que no tiene control sobre esto."

"Bueno, tú entiendes estas cosas mejor que yo," concedió Clarita. "Pero mira cómo se parece el carácter de mi padre al de Rudy, es como si Santos hubiera poseído al muchacho."

"No seas ridícula, esas son palabras de brujería," dijo el Sr. Godínez. "Aquí no hay fantasmas. La única posesión es la de Rudy aferrándose a una botella. Ya tiene suficientes excusas para beber.

A lo mejor con el bebé se le pasa. Pero lo que sí sé es que no debemos darle más excusas."

Clarita pensó que tal vez su esposo tenía razón, excepto que ella no podía recordar que Rudy diera nunca una excusa para beber. Sólo bebía, mucho y frecuentemente, y por un tiempo parecía que no podía dejar de hacerlo. De alguna manera pensó que decirle o no a Rudy no sería un factor importante, pero no estaba segura cómo expresarlo. Sin embargo, tomando en consideración lo bien que le iba a Rudy, decidió no traer más a colación las inquietantes similitudes entre Rudy y su padre.

La Comisaría Hollenbeck era un caos: mucha gente gritando, corriendo por todas partes y policías tensos con la mano cerca de la pistola. ¿Había ocurrido un asesinato? Alrededor de la entrada principal una pareja de padres hablaba español y esperaba oír noticias de su hijo. El Sr. Godínez concluyó que esta situación no podía ser cotidiana. La mayor parte del tiempo probablemente sería aburrido. Como en una guerra. Quizás muchas veces era monótona. Esperando. Matando tiempo. De repente ocurre una batalla. Y todos corren por todas partes, la sangre se derrama, la adrenalina fluye, y por todos lados hay entusiasmo.

Un policía detrás de un escritorio se perfiló sobre el Sr. Godínez. "¿Qué se le ofrece, señor?" exigió el policía con un desdén apenas disfrazado.

"Estoy tratando de averiguar acerca de mi hijo, Rodolfo Godínez. Se supone que esté aquí."

"¿Por qué está aquí?" inquirió el policía.

"Creo que por borrachera."

El policía no cambió su expresión. El Sr. Godínez supuso que esta situación era probablemente muy común en este lugar. Además estas cosas tienen que ser consideradas menores comparadas con los casos más dramáticos a los que tenía que enfrentarse la policía.

"Sí, lo tenemos aquí," finalmente dijo el policía después de una larga demora mientras veía sus notas y otros papeles.

"Todavía lo están procesando. Se va a tardar todavía dos horas más mientras revisan sus huellas para que podamos darle información de su situación."

Ya eran las cuatro de la mañana, pero el Sr. Godínez esperó. Cómo lo había hecho varias veces antes.

R udy había empezado a beber fuerte de nuevo después de que él y Fabiola tuvieron una gran pelea. Rudy quería regresar a su música y tocar en los bares. Fabiola no estaba de acuerdo. Entonces, repentinamente, Rudy se disparó. Hasta agarró su guitarra y la hizo pedazos contra los muebles. La guitarra había sido todo para él.

Fabiola sintió miedo por lo inesperado de la destrucción, la manera en que alguien tan recto pudiera convertirse en alguien tan torcido. De ser considerado y afectuoso, Rudy se convirtió en alguien que lo quería todo para sí—sólo sus preocupaciones le interesaban, sólo su universo que se achicaba rápidamente—o nada.

Desdichadamente la situación de Rudy empeoró. Llegaba a casa intoxicado, fuera de control y sucio. Fabiola, temerosa y confusa, se llevaba al pequeño Santos a la casa de una vecina o a la de sus suegros. Esto sacaba de quicio a Rudy, gritaba, aventaba las cosas y se iba. Poco después Fabiola y el bebé se mudaron a casa de los Godínez. Después consiguió otro empleo para que Rudy no la acosara en el trabajo.

"Rudy es una persona tan diferente cuando toma," Fabiola le decía llorando una noche a Clarita mientras la familia veía la tele en la sala. Santitos en su regazo volteó a mirarla sin decir nada. "Ya no lo conozco cuando está así. Me enamoré de un hombre atento y trabajador; era un hombre que hablaba bien, que tenía tanta paciencia. Dios mío, ¿qué voy a hacer?"

En ese momento unos fuertes golpes contra la puerta hicieron que todos dejaran de ver televisión.

"¡Fabiola . . . abre, soy Rudy!" gritó una voz profunda y cansada desde fuera.

"No, no abra," le dijo Fabiola al Sr. Godínez cuando iba a la puerta.

"Tengo que hacerlo, aún es mi hijo," dijo el Sr. Godínez.

Cuando la puerta se abrió, Rudy se calmó, casi se avergonzó al enfrentarse a la mirada severa de su padre. Las mejillas de Rudy tenían arrugas prematuras, tenía los ojos hundidos en el cráneo, su ropa estaba arrugada y apestaba.

"¿Por qué, hijo? ¿Por qué le haces esto a tu esposa y a tu hijo?"

"Qué te importa, papá," Rudy respondió mirando hacia el suelo. "Sólo quiero hablar con Fabiola. Necesito hablarle, papá. Dile que salga."

"No, Rudy, no," le dijo el Sr. Godínez. "Te tiene un miedo espantoso. No puedes seguir así—tienes que organizarte . . ."

"Organizarme; ¿qué me organizo, papá?" De repente Rudy, enojado, alzó la vista. "No te gusta quién soy. Ya no te sirvo de nada. A mi mamá. ¡Vamos, padre! Dime lo que en realidad piensas."

"Hijo, creo que más vale que te vayas."

"No, no me voy. Vine a ver a Fabiola, y carajo, voy a verla."

"Rudy, por última vez, vete. Regresa cuando estés listo para asumir la responsabilidad por tu familia."

Estas palabras parecieron cortar a Rudy. Se le endureció el rostro. Sus ojos enrojecidos, como los de un perro de caza, humeaban de furia. Entonces, sorpresivamente le pegó a su padre que cayó hacia atrás en la sala. Fabiola se paró del sofá de un brinco haciendo que gimiera el bebé que estaba en sus brazos. Clarita llegó corriendo hacia su esposo que estaba en el suelo, se puso de rodillas y le levantó la cabeza. Entonces miró a Rudy, la cara llena de cólera y la boca temblorosa. Rudy se quedó allí por unos momentos, repasando una vez más las palabras y el coraje y el golpe a su padre. Entonces, sin decir nada, se volteó y corrió sin saber adónde iba, atravesando capas de oscuridad que se hacían más espesas y que parecían enredar sus dedos oscuros sobre sus hombros sumergiéndolo más profundamente—donde no había compasión ni sentencia, sólo oscuridad.

La cara de la sucia figura desaliñada que salió de la Major Liquor Store estaba sangrienta y no se había rasurado. Aunque era joven, parecía un viejo zapato de cuero gastado. Se hablaba a sí mismo y a alguien a quien nadie podía ver. Dijo, "abuelo." Dijo, "Santitos," y la gente que lo conocía sabía que era su hijo. Parecía estar hablando con el aire, como si el viento pudiera llevar las voces de su abuelo y de su hijo.

En el pliegue del codo mecía una bolsa con una botella de vino sin abrir. La llevaba torpemente y la botella se le cayó al piso. Rudy se puso furioso. La botella no se rompió, pero la pateó hacia la calle donde la aplastó un camión.

Rudy masculló una maldición, se dio la vuelta y se fue.

Mientras cruzaba la calle el chofer de un sedán Nissan, que pasaba un poco rápido el semáforo, frenó y chirrió sobre el cruce de peatones pegándole a Rudy en la cadera y en el muslo. Se desplomó sobre el suelo. La gente se detuvo y miró hacia el ruido del choque, el golpe sordo de metal contra el cuerpo. Llegaron corriendo al lugar del accidente. Lastimado y desorientado Rudy se levantó del asfalto rehusando las manos que se estiraban para ayudarle. Lentamente cojeó como pudo para llegar la banqueta y se sentó en ella.

El hombre de mediana edad, ligeramente calvo que estaba en el sedán miró fijamente a la figura desplomada en la banqueta, pero no se bajó. Otros se le aproximaron. Alguien le preguntó, "¿Está bien, señor?"

Pero no respondió. Algunos de los espectadores se alejaron. Uno movió la cabeza con gesto de disgusto. Entonces el Sr. Godínez se volteó y miró derecho en frente de él. Cuando el semáforo se puso verde, aceleró atravesando la intersección hacia el humo y el ruido del tráfico delante de él.

LAS CHICAS CHUECAS

Simplemente desapareció.

Así lo platicó Noemí, después de que su hermana fuera botada del coche por el novio mientras éste manejaba por la autopista de Pomona. Noemí iba en el asiento de atrás. Luna y Eddie estaban como de costumbre en medio de una calurosa discusión, esta es la razón por la que Noemí, quien tenía entonces ocho años de edad, ignoró lo que se estaban diciendo. Mientras que Luna y Eddie se gritaban y se maldecían, Noemí no hacía sino mirar el tráfico en la dirección opuesta en la autopista, imaginando cosas, una fantasía más, entre las muchas que ella tenía, en las que peleaba dando fuertes golpes con su espada y poderosas patadas contra ejércitos de esqueletos y duendes.

Noemí dejó de hablar por unos segundos cuando su consejera de la escuela secundaria le pidió detalles de lo que había ocurrido hacía ocho años. Sin mostrar emoción alguna, Noemí sólo dijo: "Simplemente desapareció."

La señorita Matsuda escuchaba a la muchacha de dieciséis años, quien ahora tenía tan sólo un año más que Luna cuando ésta fue asesinada aquel terrible día. Noemí era una de las 'chicas conflictivas' a quienes la Srta. Matsuda había dado trabajo para que la ayudara en la Escuela Secundaria Garfield. Pero al contrario de lo que ocurría con las ruidosas chicas que ella aconsejaba, muchas de ellas metidas en alguna pandilla, Noemí era callada, no pertenecía a ningún grupo, pero también estaba completamente aburrida de la escuela, de sus amigos y de sus consejeros; parecía vivir en otro mundo. A pesar de todo esto, era muy fácil hablar con ella. La Srta. Matsuda pensaba que era fácil estar con ella.

"Platícame más sobre lo que pasó," urgió la Srta. Matsuda.

Noemí fijó la vista en una hilera de libros escolares tumbados en una estantería de metal y, al lado, en un certificado blanco con el nombre de la Srta. Matsuda escrito a mano. Noemí pensó que era llamativo, algo poco característico de la formalidad de la consejera japonesa-americana. Noemí se volteó hacia una parte del piso inundada de luz, se concentró en sus pensamientos y, lentamente, comenzó a platicar sobre aquel día con Luna—era la primera vez que hacía eso desde que la Srta. Matsuda había estado aconsejando a la muchacha.

"De veras que estaban discutiendo, señorita. Yo estaba en el asiento de atrás, sin meterme en nada, tarareando una canción en mi cabeza para no escucharlos discutir. Y comencé a pensar que estaba en otro lugar, un lugar de esos donde hay héroes, peleando contra monstruos . . . Ni siquiera sé por qué discutían. Desde que Luna había comenzado a salir con Eddie Varela, siempre había algún pleito entre ellos. Eddie era un gran pendejo. Luna tenía quince años, pero ya había tenido muchos novios. Eddie era más viejo, tal vez tenía dieciocho años. Ni modo, en ese momento se estaban diciendo babosadas, cuando Eddie nomás pasó su brazo por encima de ella, abrió la puerta del carro, y empujó a Luna. Todo ocurrió tan rápido. Luna todavía miraba a Eddie cuando salió volando por la puerta del carro. Yo me quedé helada. Eddie siguió manejando más rápido, actuando como loco. 'Estúpida, estúpida,' repetía. Parecía haberse olvidado de que yo iba en el carro. Manejó por un rato, luego salió por una rampa, detuvo el carro y echó a correr. Me dejó allí. Yo no sabía qué hacer. No podía ni gritar ni nada. Al rato, algunas personas se acercaron al carro. Luego llegó la policía y una ambulancia. Agarraron a Eddie cuando trataba de escapar a México."

Noemí se detuvo. La Srta. Matsuda no estaba segura de qué más preguntar.

"¡Ay qué Luna, era tan linda, tan segura de sí misma!" Noemí continuó. "Y ella estaba segura de que lo que sentía era importante—como el que la escucharan, como el que hicieran lo que ella quería, aunque nunca culpaba a nadie si las cosas no salían como ella quería. Luna y yo éramos muy amigas. Ella me enseñaba cosas. Éramos tres muchachas, Ud. sabe, Luna, después yo, y luego Olivia. Nosotras la llamamos Oli. Usted la conoce—ella está en primer año, Olivia Estrada."

"Sí, conozco bien a tu hermana Olivia," respondió la Srta. Matsuda. Olivia era sin duda la más ruidosa y malvada pandillera, con quien la consejera tenía que tratar en Garfield. No era difícil comprenderla, sólo era difícil ayudarla.

"No teníamos papá, Ud. sabe—quiero decir, teníamos papá, pero no es como la Virgen ni nada parecido. Nunca tuvimos nada que ver con ellos."

"¿Ellos?" preguntó la Srta. Matsuda.

"Sí, Luna tenía otro papá, que todavía anda por ahí trabajando en el norte. Nuestro papá—el de Oli y mío—es un *tecato* del barrio. Ud. ya sabe que mi mamá era drogadicta, ¿verdad?"

"Sí, lo sabía—pero creo haber oído que ella ya no usa drogas."

"Sí, así es, dejó de usarlas después de que Luna murió. Ha tenido alguna recaída, pero, por lo general, ahora no toma nada, lo que me da mucho gusto."

"He escuchado también que una vez te separaron de tu mamá," dijo la Srta. Matsuda.

"Sí, claro, nos separaron por un tiempo. Pero cuando Ma' dejó la droga, ella hizo todo para recuperarnos a Olivia y a mí. Nomás que para entonces yo ya no conocía a Oli tanto. Era tan diferente, estaba tan furiosa . . . yo no sé, ella no me quería—ni quería a nadie."

"Platícame más de tu familia, de Luna."

"Bueno, Luna era Luna, Ud. sabe. La luna, la loca. Una enloquecida. Se pasaba el tiempo en las calles. Recuerdo que me parecía muy en onda, muy lista, siempre cuidando de mí. Cuando Ma' y papá se drogaban, Luna nos llevaba a algún sitio: al parque, al río de Los Ángeles, a las fiestas a las que ella iba. Ella tenía el doble de años que yo, pero era más mi mamá, Ud. sabe, Ma' era de onda gruesa. Quiero a Ma'. No era mala, ni nada por el estilo, sólo que no estaba del todo allí. Yo no sabía que la heroína era mala. Pensaba que era medicina, Ud. sabe. Ella se calmaba con heroína. Echaba atrás la cabeza y los párpados le temblaban, luego se le iba hacia adelante la cabeza, como si no la controlase. Ahora ya sé mejor. Mi papá, nunca platico con él. Ma' se libró de él para poder dejar las drogas. Una vez lo vi en un callejón de la Avenida Fetterly, con otro tipo, inyectándose algo. El no me vio, así que me fui por otro lado. No volví a pasar nunca más por allí. Nomás no hay razón para tratar con él."

"¿Ma'? ¿Por qué la llamas Ma'?" preguntó la Srta. Matsuda.

"No sé, simplemente así la llamamos. Yo creo que Oli, de niña, la decía así, y todas empezamos a llamarla así."

"Vaya has tenido una vida agitada, Noemí," dijo la Srta. Matsuda, con un deje de tristeza en la voz.

"Pues no sé," dijo Noemí. "Es Oli, quiero decir Olivia, ella es por la que hay que preocuparse."

¿Puede alguien amar un nombre? Graciela. Sonaba tan bien, era tan dulce a la lengua. Un nombre para ser cantado, paladeado. Un nombre con grandes ojos cafés.

Olivia amaba ese nombre y a la muchacha, Graciela—delgada y con estilo, con un cuerpo hecho por unas manos hábiles, y una piel cremosa y suave. Graciela era mayor que Olivia—tenía dieciocho años, ya había salido de la escuela, y ahora trabajaba. Pero la primera vez que Olivia la vio en la hamburguesería del Boulevard, con las otras muchachas de Las Chicas Chuecas, cayó en un trance. Aunque Olivia tenía catorce años y estaba bien formada, con pechos grandes y muslos hermosos, parecía como si un hilo invisible, desde la frente o el ombligo de Graciela, jalara de ella, manteniéndola a la distancia adecuada, donde la tensión era mayor, donde ella más se sentía inflamada por el deseo.

Graciela miró a Olivia, que a veces se sentía tan fea que quería estrangular a alguien, pero Graciela le sonrió, "Oye, ¿cómo te llamas, chula?" Olivia estaba perdida. Le había hablado un poema con piernas. Todos los detalles del mundo se veían ahora mejor. El nombre se le había grabado en su cerebro como una canción. Graciela, Graciela. Olivia no quiso decir que la llamaban Oli. Así que, por primera vez desde que era una niña pequeña, respondió, "Olivia, me llamo Olivia."

"Bueno," sonrió Graciela. "Salgamos juntas, ¿te parece bien? O-li-via," pronunciando el nombre como Olivia lo había dicho, parecía como si la bautizaran otra vez de nuevo. Olivia. Graciela. Después de eso ya no eran tan solo nombres.

H ombre, vas a ir o qué, Noemí.
  "*Simón*, nomás tenía que agarrar mi saco."

Olivia iba al lado del chofer en el Chevrolet de Luxe, 1950, que pertenecía a Mario, hermano de Graciela y *lowrider*. Salían a pasear con estilo. Era una fiesta mixta, y Graciela, siempre creativa, pensó que sería bueno si las chuecas llegaran también en *la bomba*. Cinco muchachas se metieron en el pequeño carro—Graciela manejaba, Oli iba sentada a su lado. En el asiento de atrás, iban La Loca, Cuca, y Seria. Al acercarse Noemí al carro vio el dilema.

"Hombre, ustedes le dan mala fama a los mexicanos," dijo Noemí. "¿Cómo voy yo a caber ahí?"

"No seas chillona. Siéntate en mis piernas," ordenó Oli. "Somos carnalas, nadie va a decir nada."

El cuerpazo de Oli ocupaba casi todo el asiento en el lado del pasajero. Noemí era pequeñita comparada con su hermana menor, así que empujó la puerta con la espalda y se apretujó para entrar. Por un momento pensó en Luna cuando cayó del carro a la calle.

"Ya sé ahora por qué no me gusta juntarme con unas locas como Uds," dijo Noemí.

"Te va a gustar, no te preocupes," respondió Graciela. "Después querrás ser una de nosotras."

"Ya estoy bastante chueca aquí," replicó Noemí, haciendo que las otras se echaran a reír. Noemí jugaba con la palabra chueca, que significaba torcida o doblada. Tal y como las muchachas usaban esa palabra, chueca significaba vidas torcidas, mentes retorcidas, y no la vida recta y honesta que se esperaba llevaran las muchachas. No estas muchachas—cuyos padres borrachos abusaban de ellas, humilladas por sus despreciativas madres, golpeadas por sus hermanos furiosos. Se sentían más duras que la mayor parte de las muchachas, sabían que eran sobrevivientes, que recibían las peores golpizas, asaltos sexuales, insultos, y que todavía podían aguantar las lágrimas y decir, "tú no me has cambiado."

Tenían el corazón doblado, pero no quebrado.

La Loca, con las letras L-C-C tatuadas en su barbilla, y tres lunares también tatuados en forma de triángulo bajo su ojo izquierdo, lo que significaba La Vida Loca, empezó a mostrar las fotos de su novio, conocido como Chemo. Éste estaba en la prisión para jóvenes en Ventura. En una foto se veía a Chemo con la cabeza rapada sentado en la sala de su casa, con postura de cholo, al estilo de los pingüinos, y con unos pantalones supergrandes bien planchados. Con los dedos formaba las iniciales LV, que significaban Lil' Valley, o Valle Pequeño. La Loca había usado un alfiler para marcar alrededor de la foto, con símbolos cholos, las palabras—La Loca y Chemo juntos para siempre.

Bajo esto había unas estilizadas ele, ce, ce, iniciales de Las Chicas Chuecas, la pandilla de muchachas del barrio. Ellas salían con muchachos de otros barrios, incluso con *vatos* que eran enemigos conocidos. Era peligroso lo que éstas hacían, considerando cuántas otras muchachas del barrio las echaban miradas de odio, pero Las Chicas Chuecas tenían vidas torcidas, con mentes retorcidas. Y eran feroces guerreras, y Oli sin duda era la mejor del grupo.

La fiesta iba a ser en Highland Park, en la Avenida 47. Las Avenidas, nombre de una grande y antigua pandilla, controlaba esas calles. Aunque la mayor parte de las chuecas vivía en áreas no incorporadas en el Este de Los Angeles, nunca tenían miedo de colarse en una fiesta en otra vecindad; Noemí, a pesar de esto, estaba intranquila. Sabía que estaban lejos de casa, lejos de cualquier ayuda, lejos de cualquiera que le importara un carajo si algo les ocurría a ellas.

Graciela estacionó el de Luxe en un lugar estrecho cercano a la casa de la fiesta. Puso la mano bajo el tablero para apagar el interruptor que desconectaba el motor, y así ponérselo más difícil a los ladrones de carros. Lo último que quería era que Mario la regañara por haber dejado el carro sin el seguro. Las chicas salieron por los dos lados del carro. Noemí miró a su alrededor. La vecindad estaba callada, excepto por los perros que ladraban, y los ruidos mezclados con música que salían de la fiesta. Vio algunas personas paradas en el camino al garaje y en el porche de la casa. Por favor, Diosito, que no haya problemas, pensó ella. Luego miró a Olivia, quien había puesto el brazo en la espalda de Graciela, y que la retuvo un momento antes de dejarla seguir. Olivia asumió la personalidad de la temida Oli que tan bien conocían.

"¡Aquí paramos—Las Chicas Chuecas—y qué!" gritó Oli, mientras caminaba delante de las otras hacia la casa.

Graciela sacudió la cabeza, y con cierta elegancia, ya ensayada, redujo su paso detrás de Oli, jalándose la falda de cuero sobre las caderas. Noemí la miró y pensó, "no me gustan las mujeres, pero puedo ver por qué ésta le gusta a Oli."

Cuando las chicas entraron, los demás se apartaron de su camino. Algunos se reunieron en los rincones del cuarto alrededor de los sofás y asientos. Algunas de las otras muchachas en la fiesta miraron a Las chuecas con una mirada de Me-importa-todo-un-carajo. Pero algunos de los chicos se fijaron en Graciela y en las otras, y empezaron a alegrarse, sonrientes, cumplidores, y pavoneándose como guajolote, como los chicos hacen cuando hay cerca chicas nuevas.

Algunas parejas ya estaban bailando; unas cuantas chicas miraron por encima del hombro y agitaron las nalgas. Graciela se metió de inmediato en la fiesta, bailando con todos y con ninguno. Oli se paró, miró a Graciela, cuyos seductores movimientos aumentaban con el ritmo de la música, haciendo que todos, chicos y chicas, se agruparan a su alrededor.

A Oli le gustaba ver bailar a Graciela, pero no que todos tuvieran ese privilegio. Oli se volteó, fue donde estaban las cervezas y trató de actuar como si nada le importara. Pero Noemí, siempre cuidadosa, era la que tenía mayor sensibilidad, sabía que Oli se preparaba para alguna acción violenta. Noemí conocía a su hermana. Sabía de sus furias. Y esto asustaba a Noemí más que ninguna otra cosa.

La noche se iba. Como de costumbre, la marihuana y la heroína empezaron a circular. Whisky, tequila, y botellas de cerveza se amontonaban encima de sillas, manteles y escaleras. Graciela había tomado varios vasos de licor. Había empezado a bailar ardorosamente—se pasaba las manos sobre los pechos, la cintura y las caderas. Oli estaba afuera bebiendo con La Loca, Cuca y Seria. Una vez Oli miró y por una ventana vio a Graciela jalando de su falda hasta mostrar los muslos. Algunos muchachos sonreían y gritaban animándola.

"¡Mierda!" dijo Oli, abriéndose paso a empujones para entrar en la casa. Noemí estaba en el segundo piso de la casa cuando escuchó voces familiares más fuertes que las del resto de la fiesta. Corrió abajo y vio que Oli agarraba a Graciela del brazo.

"Qué te pasa, chica," dijo Graciela casi incomprensiblemente, sus ojos apenas abiertos.

"¡Nos vamos de aquí—ya!" gritó Oli.

"¡No, *chingado!* Estoy bailando, ésa."

"Estás fuera de control otra vez," dijo Oli.

Entonces los demás empezaron a gritar, "Que baile," y "Tómalo con calma, hombre."

Pero Oli no escuchaba.

"Mira chica, eres una principiante comparada conmigo," dijo Graciela. "No me importa si puedes madrear a cualquiera aquí, yo vine a bailar, y estoy bailando."

Oli se volteó y dio fuerte con la mano en la mejilla de Graciela; ésta cayó hacia atrás y dio en el piso, resbalando varios metros. Noemí corrió hacia Graciela que sangraba y se quejaba, la espalda ahora apoyada en una pared. Algunas muchachas se echaron encima de Oli, que se volteó y dio justo en la cara a otra chica, rompiéndole la nariz. Para entonces, La Loca y las otras chuecas se habían metido ya en la pelea.

"Órale . . . las rrrucas se están dando en la madre," gritó alguien medio borracho. Noemí ayudó a Graciela y se la llevó a un excusado. Graciela estaba mareada y sangraba de la boca, se metió un dedo en ella y sacó un diente ensangrentado. Las lágrimas le corrían por las mejillas. Noemí cuidadosamente le limpió la sangre con una toalla humedecida en agua caliente del lavabo.

"Yo quiero a tu hermana," trató de decir Graciela. "Pero tengo cuatro años más que ella; y ella no me va a decir qué hacer."

"Ya lo sé. Oli también te quiere," le aseguró Noemí. "Pero ya sabes cómo es. Ya sabes que se pone loca. Por tu bien, creo que necesitas no verla por un tiempo."

Graciela parecía perdida, había perdido el ánimo. Aunque era la mayor y la más sofisticada de las chicas, en ese momento parecía una niña. Noemí pensó que Graciela no había madurado del todo todavía.

Cuando Noemí y Graciela salieron del excusado, el caos reinaba en la casa. Oli había tirado a una chica al suelo y le golpeaba en la cara, mientras las otras chuecas jalaban y arañaban a las demás. Unos minutos después algunos chicos mayores comenzaron a aparecer, eran los 'veteranos' de Las Avenidas. Empezaron a separar a los que peleaban.

"*Chingada*—salgan afuera a pelear," dijo uno de ellos sacando una pistola .38.

Oli saltó, mirando fijamente a esos tipos. Ellos no se echaron atrás, pero dejaron de avanzar. Oli no decía nada, nomás fue hacia la puerta de la casa, mirando a todos según andaba; antes de salir dio una patada a una mesa y la tiró al piso con todas las botellas de cerveza que había encima.

Noemí empujó también fuera de la casa a Graciela. Las otras chuecas comenzaron a salir, una a una. Nadie se movía, excepto los que ayudaban a las chicas heridas. El tipo con la pistola la mantuvo en las manos mientras miraba salir a las chicas.

Cuca iba a manejar, mientras Graciela, Oli y las otras se amontonaron en el asiento de atrás. Noemí, se sentó sola al lado de la conductora.

"¿Cómo se arranca esto?" preguntó Cuca, preocupada por si

los de la fiesta salían detrás a perseguirlas y dañaban el carro antes de que se pudieran ir.

"Hay un interruptor al lado de la columna del volante—lo encontrarás fácilmente. Nomás jálalo," pudo decir Graciela, salpicando sangre en el respaldo del asiento delantero.

Cuca jaló el interruptor y dio la vuelta a la llave del motor que arrancó en seguida. Mientras arrancaban nadie dijo nada. Al poco tiempo Oli sostuvo con sus manos la cara de Graciela. Esta se puso a llorar y Oli la besó suavemente en la mejilla y alrededor de sus labios. Noemí miraba por la ventanilla, como había hecho antes, imaginando que tenía un duelo con una banda de hombres-reptiles jorobados. Cortaba cabezas, brazos, y atravesaba corazones.

"¡Ajúa!" gritó La Loca. "Las Chicas Chuecas *rifamos.*"

E l edificio frontal de la escuela secundaria James A. Garfield tenía tres pisos y era de color beige; estaba separado de la calle por una tira de césped. Un mosaico multicolor adornaba uno de sus lados. Una imagen en piedra del dios sol azteca miraba airadamente encima de otro mosaico. Una cerca de malla metálica rodeaba la escuela como si fuera una prisión. Padres voluntarios, con camisas especialmente marcadas vigilaban con intercomunicadores los pasillos de la escuela. Los oficiales del sheriff tenían uno de sus coches patrulla estacionado al final de la cuadra.

Todos los días de clase Noemí atravesaba junto a otros estudiantes las cuatro puertas metálicas en la Calle Sexta. Lo primero que notaba era la mascota de la escuela, un perro bulldog cuya imagen adornaba una pared. Ésta era la única muestra de "arte oficial" que permitía la dirección de la escuela, tratando así de controlar el graffiti que durante muchos años había cubierto las paredes de los baños.

Durante el día, Noemí iba rápidamente de un aula a otra entre las cortas clases, en las que apenas se aprendía nada. Algunas de sus clases tenían lugar en bungalows temporales en la parte trasera de la escuela. Los bungalows fueron construidos para solucionar el problema del exceso de estudiantes en Garfield—que tenía más de cinco mil estudiantes y era una de las escuelas secundarias más grandes en el país.

Y eso era en los mejores días de escuela.

En la década de los 70 Garfield tuvo la distinción de ser tan académicamente débil que hasta perdió la acreditación. Era una escuela en la que grandes números de estudiantes—por un tiempo, hasta dos tercios de ellos— habían abandonado sus estudios, o eran expulsados. Las pandillas paseaban por partes de la escuela como ejércitos que patrullaban sus fronteras.

Luego, a principios de los 80, Garfield logró cierta respetabilidad. Una película, *Stand and Deliver*, que presentaba el trabajo de Jaime Escalante, un profesor de matemáticas, y quien con la ayuda de los otros profesores, los padres, la administración de la escuela, y los estudiantes, hizo que la escuela se convirtiera en un ejemplo de cómo una entidad pública podía hacerse funcionar bien otra vez. Garfield tenía ahora estudiantes que iban a Harvard y a Yale.

A pesar de esto demasiados estudiantes no llegaban a nada. La comunidad alrededor de Garfield consistía principalmente de familias pobres que vivían en casas de estuco o en edificios de apartamentos con varios pisos. Garfield también atraía a estudiantes de barrios pobres como Maravilla, que incluía viviendas subvencionadas de las colinas de La Gerathy Loma y de City Terrace. Dos cuadras más al sur estaba el boulevard de Whittier—donde antes los pandilleros se paseaban con sus carros por todas partes, hasta que los hombres del sheriff obligaron a cerrarlo en 1979 arrestando a 538 personas y dando varias golpizas.

En vez de ser un oasis en el desierto, Garfield era un atasco en un cruce de la autopista en las horas pico. Dentro de la escuela, los profesores, los padres, y los administradores urgían a los estudiantes remolones para que fueran a sus clases. Había un política de "no tolerancia." Y aunque los adultos gritaban a los estudiantes, éstos no se suponía que podían responder igualmente.

Cuando era estudiante de primer año, Noemí se acordaba de un provocativo chiste que había causado mucho ruido. Mostraba a varios estudiantes subiendo por la cerca. Uno de ellos decía, "De verdad nos la ponen difícil para entrar aquí."

Ese mismo año, el Presidente Clinton y su mujer, Hillary, fueron a visitar Garfield—la primera vez que un presidente de los EE.UU. había hecho algo así. Noemí ahora se acordaba que unos días antes de esa visita, el personal de la administración con sus comunicadores, fueron substituidos por agentes del Servicio Secreto con sus aparatos de escucha. Mientras el Presidente hablaba, la directora de la escuela decía a todos lo impresionada que estaba con el silencio y la paz entre los estudiantes. Pero Noemí sabía por qué—todos los estudiantes podían ver a los francotiradores que les apuntaban desde los tejados y los pisos altos de los edificios vecinos.

En la atestada oficina de la administración, en un cuarto lateral, la Srta. Matsuda se sentó detrás de una arañada mesa de metal. Repasó una hoja de papel que tenía delante y en la que había un poema escrito en letra redondilla. Un buen poema, pensó la Srta. Matsuda, un poema revelador. Noemí había entrado a la oficina para mostrarle el poema de Olivia que había encontrado bajo el colchón. El título era "Soñadora." Al principio, la Srta. Matsuda no podía creer que Olivia tuviera nada que ver con el poema.

Hay chicas que son poemas
Como una sonrisa es un poema
Chicas que ríen su canción
A través de los ojos
Hay chicas que ven un mundo
Pero tocan debajo de él
Y hay chicas que sufren demasiado
Demasiada realidad para los sueños
En tus ojos, he visto a la soñadora
Que ve un charco de agua lodosa
Pero mira fijamente los arcoíris
Así que todo lo que puede hacerse, se ha hecho
Es dar luz a que la soñadora pase
Las puertas de tus temores
Sabiendo que la mujer en ti conducirá
Por tus ojos
Por tus sueños.

A GRACIELA, "SOÑADORA"

"Vaya, estoy impresionada," dijo la Srta. Matsuda. Con el paso de las semanas se había hecho más amiga de Noemí, aunque Olivia seguía sin prestarle atención.

"Yo no hago esto normalmente—enseñar el poema de Olivia sin su permiso—pero no creo que ella se lo mostraría a nadie," Noemí dijo. "Ella es buena, ¿verdad?"

"Sí, y muestra fuertes sentimientos," dijo la Srta. Matsuda. "Yo no percibo esos sentimientos cuando hablo con ella. Pero esto dice mucho de lo que ella esconde detrás de su fachada de chica dura. No le diré que me has mostrado este poema, pero te lo agradezco. Sólo va a ayudar a Olivia. De alguna forma tenemos que desarrollar este talento de ella. ¿Sabes? Están pensando en expulsarla de la escuela. No va bien en sus clases. Apenas asiste a la escuela y, cuando lo hace, tiene ataques de ira y se escapa de sus maestros. No puede seguir así mucho tiempo más."

"Ya lo sé, ojalá que pudiera hacer más para ayudarla," dijo Noemí. "Pero Oli no me escucha. Como le he dicho, vivimos juntas, pero no somos amigas íntimas. Ella tiene su mundo y yo el mío. Pero, y a pesar de todo, no quiero que le ocurra nada malo."

"Lo comprendo. Te veré mañana a la misma hora," dijo la Srta. Matsuda. "Y Noemí, otra vez, gracias."

"Por nada," respondió Noemí mientras se levantaba y salía.

La Srta. Matsuda leyó por segunda vez el poema. Pensó que ahora tenía algo de qué hablar con Olivia, algo que haría que ésta se franqueara con ella. Si no, Olivia acabaría haciendo algo terrible, algo que podría no tener remedio.

Noemí, Olivia, y su mamá vivían en la Avenida Ditman, a poca distancia de la calle Hubbard. La zona consistía de viejas casas con armazón de madera y de casas adosadas, algunas tenían macetas con flores en las ventanas, o jardines esparcidos por los patios traseros. Muros de ladrillo con rejas de hierro, rodeaban alguno de las casas. Los perros ladraban sin cesar y alguno que otro gallo cantaba la llegada del día.

Una de las razones por las cuales la zona era famosa era que en 1985 los vecinos capturaron, sometiéndolo a una golpiza, a uno de los asesinos más prolíficos en el país—"El Acechador Nocturno," Richard Muñoz Ramírez, buscado por el asesinato de más de treinta personas. Hasta entonces, Ramírez había eludido a la policía del norte y del sur de California.

Esa noche, los vecinos lo celebraron con una *chingona* fiesta de toda la cuadra.

El área también fue en 1970 el epicentro de los disturbios en el Este de Los Ángeles. Todo empezó cuando los representantes del sheriff armados, atacaron a un grupo de cerca de más de treinta mil personas que protestaban en el Parque Salazar (cuando se llamaba Laguna Park) contra la guerra en el Vietnam. Entre ellos estaba el periodista chicano Rubén Salázar que fue asesinado; hubo cientos de arrestos y partes del Boulevard Whittier ardieron por completo.

Había una buena distancia desde Garfield hasta la casa de Noemí. Muchas veces Noemí atravesaba andando la parte Este, tomando su tiempo y, con frecuencia, dejando atrás su casa. A ella le gustaba mucho visitar El Mercado, entre las calles Primera y Lorena, para allí escuchar a los mariachis, comer tacos, y buscar ropa y música mexicana difícil de encontrar. Otras veces se detenía en la botánica La Curandera Doña María ("¡limpiezas diarias y lecturas espirituales, garantizadas!") en la Avenida Chávez, cerca de la Avenida Eastern, para allí ver las primorosas y coloreadas velas, las hierbas, y los artículos espirituales. A Noemí también le gustaba mirar a los vendedores callejeros que vendían mangos en un palito, elotes con chile, churros, y raspados en las esquinas, en los estacionamientos y en los parques.

Otras cosas atraían también los ojos de Noemí: la Plaza de los Mariachis en las calles Primera y Boyle donde se reunían los músicos antes de ir a los bares y a los restaurantes; el templo budista en la calle Cuarta; La Luz del Mundo—Casa de Dios y Puerta del Cielo, una estructura que surgía como una aparición de otro siglo en la calle Primera; también estaban diversos cementerios, incluyendo el de los chinos entre las calles Primera y la Eastern, donde a menudo había entierros al estilo chino, con incienso y bombos.

Uno de los tíos de Noemí trabajaba en El Pedorrero Taller de Mofles y Radiadores en el Boulevard de Whittier y la Avenida Record. Enfrente había un llamativo carro, artísticamente soldado. Noemí a menudo se detenía allí para saludar a su tío.

Durante esos paseos, Noemí se imaginaba muchas batallas y exploraciones, iba con ropa brillante cubierta de armamentos complicados, y un mundo era la puerta a otros mundos. Llevaba una armadura del oro más fino, delineada de diamantes y esmeraldas. En la cabeza llevaba un casco con imágenes de serpientes y aves de presa. Era un guerrero sin miedo que se enfrentaba audazmente a cualquier peligro—ya fueran otros guerreros, criaturas extrañas, extraterrestres, o espíritus satánicos de otra dimensión. En su imaginación, Noemí era temible.

Al llegar a casa, Noemí raramente salía de ella (excepto cuando Olivia la obligaba a salir con Las Chuecas). A Noemí le gustaba estar en su casa, con su mamá, que se levantaba tarde y miraba mucha televisión, mientras Noemí hacía casi todos los quehaceres de la casa—algo que Olivia no hacía nunca. A Noemí no le importaba eso. Sentía que si se quedaba en la casa y era hacendosa, su mamá no se iría a alguna fiesta, y no usaría drogas. Sería otra vez mamá.

Un día particularmente tranquilo y templado, Noemí llegó de la escuela como de costumbre. Al entrar en la casa sintió que algo no estaba bien. La puerta no estaba cerrada con llave. Su mamá, que normalmente estaba sentada en el sofá delante del televisor esa vez no estaba allí.

"Ma'," gritó Noemí. Nadie respondió.

Noemí recogió de la mesita en la sala un par de platos sucios y un cenicero lleno de colillas. Entró en la pequeña cocina y puso los platos encima del lavadero. Abrió el bote de la basura para echar allí las colillas y vio una corcholata quemada. La recogió y miró su oscurecido centro. La acercó a su nariz y el olor de sulfuro la invadió. Noemí no lo quería creer, pero ella lo sabía. Alguien había preparado allí heroína. Tiró la corcholata a la basura. Corrió hacia el excusado, donde se fijó en dos trozos de algodón en el suelo. Se volteó hacia el lavabo y vio allí la evidencia—una jeringuilla hipodérmica, el equipo de su mamá, su *herramienta*. "No, Ma', no," exclamó silenciosamente Noemí mientras se sentaba en la tapa del excusado con la jeringuilla húmeda aún de sangre en la mano. En ese momento Noemí levantó la vista y vio a su mamá en la puerta—los cabellos desordenados, su pequeño cuerpo perdido en un enorme camisón de dormir, una mirada eufórica en la cara mientras movía los dedos nerviosamente en el costado y se recostaba en el marco de la puerta.

"Ma', ¿cómo pudiste hacerlo?" fue todo lo que Noemí dijo antes de salir corriendo del excusado, empujando a su mamá a un lado y casi haciéndola caer.

oemí estaba demasiado confusa para poder hacer nada. Había bebido demasiado, fumado hierba, tomado pastillas. Ahora apenas podía estar de pie. Esto era algo a lo que Noemí no estaba acostumbrada y estaba asustada. Se las arregló para llegar a una cama en una recámara lateral y allí se echó. En la mañana estuvo enojada y confusa. Ni siquiera fue a ver a la Srta. Matsuda; no sabía ni cómo, ni si podría hablar sobre esto.

El drogarse de su mamá nunca la había afectado tanto, pero tenía tantos problemas con Olivia que el mundo parecía hundírsele de una vez. Así que cuando Seria y Cuca la invitaron a una fiesta cerca de las viviendas subvencionadas en la vecindad de los Ramona Gardens, decidió ir, aunque Olivia no estaría allí y Noemí normalmente no salía a menos que Oli estuviera con ella.

Seria y Cuca ya estaban en el carro besuqueándose con unos *vatos*. Noemí, en la cama, entraba y salía de un estado de semi-inconsciencia. Palabras, colores, caras, manos—todo entraba en la recámara sin un patrón definitivo; todo aparecía entre una niebla, mezclado con los colores del sueño y sin forma. De repente dos chicos aparecieron sobre ella. No estaba segura de si soñaba o qué. Sintió que le movían el cuerpo, que alguien le quitaba la ropa, y abría sus piernas, pero ella era incapaz de decir nada, de hacer nada. No podía ni gritar ni patear. Entonces sintió el peso de otro cuerpo sobre el suyo. Una boca dejaba escapar gruñidos. ¿Estaré dormida? ¿Será esto un sueño? ¿Dónde estoy? ¿Dónde está Oli? Oh, Oli, ¿dónde estás, hombre? ¡Oli, Oli! ¡Oh, Luna, querida Luna! ¿Dónde están Uds.?

Parte de ella sabía lo que estaba pasando. Otra parte no se preocupaba por ello. Otra parte quería gritar. Otra parte sólo quería dormir para siempre jamás. Estar en un mundo de aventuras y feroces batallas donde Noemí derrotaba a todos sus enemigos, vencía en todos los desafíos, con gran estilo y ferocidad—oh, eso valdría la pena de verse, este héroe temible, sin miedo y triunfante.

"Hay un pinche tren aquí, *vatos*," dijo excitado un tipo que estaba en la entrada a alguien que estaba detrás de él. "¡Vengan, entren!"

"¡Bájate de ella!" gritó alguien.

"¿Luna, Luna, eres tú?"

Hubo un alboroto alrededor de Noemí. Algunas cabezas se voltearon. Más gritos.

"¡Vete a la *chingada,* puta!"

"*¡Chinga* tu madre!"

"Oigan, *pinches* cabrones, ¡suéltenla!"

"A ti qué te importa—¡Vete al carajo!"

Entonces cesaron los empujones y el manoseo. Para entonces Noemí ya estaba en otro lugar, en otro tiempo, peleando contra un dragón. Vestía como una princesa azteca, como un caballero de la edad media, esquivando llamaradas y acuchillando al dragón.

Noemí nunca supo cómo llegó a la casa. Durante semanas no pudo decir nada a nadie. Seria y Cuca sabían qué había ocurrido, pero no dijeron nada tampoco. Pero Noemí sabía que la habían violado—pero no sabía quién lo había hecho. Sobre todo no se lo quería decir a Oli.

Después de esa noche Noemí dejó de frecuentar a la Srta. Matsuda. Recibía llamadas telefónicas de la consejera. Notas en su clase. Pero Noemí no apareció por la escuela durante varios días. Luego dejó de ir del todo después de que Olivia fuera expulsada por pelear con una chica por cuestión de un asiento vacante en la cafetería. Noemí quería que el mundo dejara de girar, pero no podía hacer nada. Lo más fácil era que ella girara con el mundo.

livia miró a Noemí que estaba sentada con el control remoto en la mano delante del televisor. Se dio cuenta de que Noemí no miraba ningún programa, nomás cambiaba de canales.

"¿Qué te pasa, mujer?" preguntó Olivia.

Noemí no respondió.

"Te hablo a ti, boba."

Noemí siguió mirando la televisión, ignorando a su hermana, pero temblando en su interior.

"Vete a la *chingada* entonces—junto con Ma', esa *pinche* tecata. Estoy harta de esta casa. Esta chingada casa—toda esta mierda de melodrama. Uds. dos se pueden ir al carajo," gritó Olivia.

Noemí, por fin, levantó la vista. Luego, sin avisar, dijo bruscamente, "estoy embarazada."

Olivia miró con fijeza a Noemí, como si la fuera a patear, o algo parecido, pero entonces se ablandó, caminó deliberadamente hacia su hermana, y en un tono más amable preguntó: "¿Estás embarazada? ¿De quién? ¿Quién es el cabrón que te ha hecho eso?"

"No lo sé."

"¿Cómo que no lo sabes? Tú tienes que saberlo, ésa."

"Fue en esa fiesta a la que te platiqué que fui, tú sabes, con Seria y Cuca."

"¿Lo sabían ellas?"

"Sí, pero no te enojes con ellas. Yo juré que las mataría si decían algo."

"Ahora tengo que matarlas yo por no decir nada."

"Escucha Oli, yo no sé qué hacer. No se lo puedo decir a Ma', ni a nadie. No puedo ir a ningún sitio. No tengo más remedio que tener el bebito."

"Díselo a Ma'," dijo Olivia con voz de resignación. "Ella está *retechingada,* pero tal vez te pueda ayudar."

"No, porque ella me hará lo que hizo con Luna."

"¿De qué estás hablando?"

"Tú no lo recuerdas porque tenías cuatro años, pero yo sí. Cuando Luna quedó embarazada."

"Yo no sabía que Luna había estado embarazada."

"Ya lo sé—nadie dijo nada de eso," explicó Noemí. "Luna tenía trece años. Yo no sé quién se lo hizo—se rumoreaba de que era un tipo que vivía calle abajo, algún mexicano, ya sabes, sin papeles. Ni modo, Ma' estaba enfadada. Durante días, nomás daba gritos por la casa. Yo nunca había visto a Ma' así—hablaba de matar a alguien, de llamar a la Migra. Toda clase de cosas. Luna le contestaba a gritos que Ma' no le podía decir qué hacer a ella, que ella era ya mayor—pero no lo era, tú sabes. Y recuerdo cómo lloraba Luna. A solas en su cuarto. Yo la escuchaba cuando ella pensaba que yo dormía. Ella tenía miedo, así que yo también lo tenía. Yo no sabía mucho de nada entonces, si te puedes imaginar algo así. Yo nomás tenía seis años. Pero una noche—una noche que recuerdo más como un sueño, incluso ahora cuando pienso en eso—me despertaron unos sollozos apagados. Me levanté de la cama. Cuando miré en la cocina, vi a Luna tumbada encima de la mesa, con las piernas abiertas, y sangre por todos lados. Luna tenía una toalla en la boca. Yo podía oler el vómito. Me debería haber ido de allí, pero quería ver. No sé por qué, nomás era así. Entonces vi a Ma'—ella se acercó a la cosa de Luna, tú sabes, a su panocha, y sacó de allí al bebito muerto. Yo lo vi—he tratado de olvidarlo, pero ahora no puedo. He vuelto a recordar todo—especialmente ahora . . . especialmente ahora que estoy como estoy."

"Hombre, Noemí, tú has visto todo eso y yo no, pero soy yo la que está enojada todo el tiempo," dijo Olivia, reconociendo esto por vez primera. "Pero tú eres quién, tú eres la que ha pasado por toda esa mierda, hombre. Siempre creí que tú eras una lambiche—tú sabes, que no estás en la onda, que eres rara. Nunca platicas mucho. Siempre vistes como si no te importara lo que diga la gente. Yo quería admirarte, pero nomás me sentía triste por ti. Yo me enojo y todo lo que haces es alejarte. Eso me enfada aún más, déjame que te diga, pero ahora ya sé. Sólo te guardas todo dentro de ti—toda esta mierda que has visto. Lo siento Noemí, por una vez en mi vida, lo siento."

"¿Qué es lo que tengo que hacer, Oli?"

"No lo sé, *mana*. Deja que piense en ello por un rato. Tal vez Graciela tenga alguna idea. Vamos a llamarla."

"No sé qué pensar sobre eso. Yo de veras no quiero que nadie se entere todavía."

Las dos muchachas se sentaron juntas en el sofá, un largo silencio las separaba. Luego Olivia puso la mano sobre la cabeza de Noemí—¡la primera vez que Noemí podía recordar que ella hiciera eso!

La Srta. Matsuda entró en la oficina central, saludó a los profesores y a los oficinistas antes de entrar en su despacho. Una de las profesoras, la Srta. Guzmán, se acercó a la consejera antes de que ésta se sentara y le preguntó, "¿Has oído lo de Noemí?"

"Ay, Dios mío," dijo la Srta. Matsuda cubriéndose la boca con la mano, esperando una mala noticia. "Dime que está bien."

"Ella está bien, pero está en el hospital," dijo la Srta. Guzmán. "Nos dieron la noticia esta mañana. Va a ponerse bien—al parecer nomás es un aborto."

"Aborto—ay, pobre Noemí. Yo no sabía que estaba embarazada—¿en qué hospital está?"

La Srta. Matsuda decidió visitar a Noemí en el Hospital del Condado. La muchacha no tenía mucho que decir a la Srta. Matsuda cuando hablaron por teléfono. Después del trabajo, la consejera canceló una sesión con unos estudiantes y manejó hasta el hospital en la parte oeste del Este de Los Ángeles.

Cuando la Srta. Matsuda entró en el cuarto de Noemí, Olivia estaba allí, sentada cerca de la cama, mirando el televisor que pendía anclado del techo. Olivia sonrió, pero no dijo nada.

"Vaya, hola chicas. Qué bueno que las veo—las he extrañado."

"¿Quiubo?" Respondió Olivia. "Ojalá que yo pudiera decir lo mismo, pero no puedo."

"Eso no importa," dijo la Srta. Matsuda, acostumbrada a la punzante boca de Olivia. "Y tú, Noemí, ¿qué tal? ¿Cómo te sientes?"

"Mejor—me dicen que he perdido mucha sangre, que tengo todo revuelto dentro, pero en general estoy bien."

"Tenemos mucho de qué hablar," dijo la Srta. Matsuda, dándole una tarjeta donde le deseaba una pronta recuperación y parada al lado de la cama de Noemí.

"No sé por dónde comenzar—pero salí embarazada. No sabía qué hacer. Nomás quería morirme, no le dije nada a Ud. señorita, pero mi madre ha recaído en las drogas otra vez. Esto de veras me confundió. Me escapé, pero regresé y la confronté. Ella nomás murmuró algo. Yo le grité por primera vez, y Ma' nomás saltó. Por fin me habló. Dijo que estaba cansada. Que sufría. La dije que ya no le creía. No confiaba en nada que ella me platicara sobre cuánto nos quería y que iba a dejar la droga porque Oli y yo somos importantes para ella—todo era una gran mentira. Ni modo—me chingaron en una fiesta . . . Oh, no quiero hablar más de ello, señorita, pero me violaron."

"No, Noemí, pero eso es terrible . . ." respondió la Srta. Matsuda.

"Ya lo sé—pero entonces no se lo podía platicar a nadie, ni siquiera a Oli—y especialmente a mi Ma'. Lo siento, señorita, sé que esto está mal, pero de veras que lo sentí. Por fin le platiqué lo del bebito a Oli, ella me ayudó. Pero fuimos a ver a Graciela, y eso no salió tan bien. Oli y Graciela tuvieron una gran pelea, discutiendo sobre no sé qué mierda. No lo sé. Me asusté. Comencé a pensar que alguien iba a resultar herido, así que me fui. Nomás comencé a andar. Graciela vive cerca de la Carretera de la Misión, cerca del río de Los Ángeles. Así que fui hasta el puente de la calle Sexta. Al otro lado hay una entrada al río. Entré por un túnel. Estaba lleno de basura y cristales rotos; todo olía muy feo— llegué hasta el río—nomás cemento con graffiti por todos lados. No había agua, como ocurre a menudo. Un sinhogar dormía en medio del maldito lugar, al lado tenía un carrito del mercado lleno de latas y de cosas viejas. Decidí andar, no sé adónde. Nomás andar."

La Srta. Matsuda acercó una silla y se sentó. "Por favor, como si estuviera en su casa," dijo Olivia. Pero la Srta. Matsuda la ignoró.

"Seguí caminando, señorita. Estaba llorando. Me fui tan lejos como pude," continuó Noemí. "Nomás pensaba en Luna, en mi

Ma', en Oli y en lo que ocurrió la noche que me violaron. Empecé a imaginar lo de ser héroe, empecé a ganar grandes batallas. Acuchillando y golpeando y de veras dando palizas a todos . . . vampiros, villanos, lo que fuera. Ni modo, el problema es que no sabía lo lejos que había caminado. Pronto el cemento se convirtió en hierbas y piedras. Me caí sobre una de ellas. Empezó a oscurecerse. Pronto comencé a asustarme mucho. Sentí dolores fuertes en mí. Jalé de mi falda, miré hacia abajo y vi que la sangre me caía por las piernas. El dolor era tremendo. Miré hacia arriba a una mujer tendiendo ropa en un tendedero al otro lado de una cerca. Le dije en español que necesitaba ayuda. Ella llamó a la ambulancia. Me di cuenta, señorita, de que yo no quería morirme. Sentí que Luna me protegía. En mi cabeza yo podía oír su voz, 'No te preocupes. Todo saldrá bien.' Yo la creí porque siempre he creído en ella. Todos mienten, pero Luna no. Yo sé que ella me protege."

Entonces la Srta. Matsuda acercó la mano a la cara de Noemí y la acarició.

"Me alegro que estés viva," dijo la Srta. Matsuda. "Tienes mucho por qué vivir—tienes tanto que ofrecer a este mundo. No dejes que nadie te diga lo contrario."

La Srta. Matsuda se detuvo un momento, pensando en qué decir y en cómo decirlo.

"Escuchen, compartiré algo con Uds. dos," dijo la Srta. Matsuda. "Yo nunca he conocido la clase de vida que Uds. han llevado, pero hace mucho tiempo yo también me sentí sola. Yo también quise suicidarme. Mis padres eran muy severos conmigo. No querían sino lo mejor para mí. Yo sé eso ahora, y por ello los amo. Pero yo sentía tanta presión para que tuviera buenas notas, para que fuera amable, para que no tuviera novios o no hiciera

nada que fuera una pérdida de tiempo. Me ahogaba. Como si
yo no fuera importante. Tal vez yo no sepa lo que tú sabes,
Noemí, pero sí sé lo que es el querer destruir todo sin ninguna
razón para ello."

La Srta. Matsuda tomó entonces la mano de Noemí. Ésta apenas podía hablar, pero le gustaba que la Srta. Matsuda estuviera
allí.

Olivia las miró, volteó los ojos hacia arriba y dijo, "Me
lleva . . ."

Noemí se volteó hacia la Srta. Matsuda y preguntó, "Señorita,
¿es verdad que Ud. quiso morirse?"

"Sí, bueno; sólo porque la gente tiene dinero y cosas no significa que no se sientan vacíos," explicó la Srta. Matsuda. "Repito
que mi vida no se puede comparar con la de Uds. Pero la presión
para tener éxito, para hacer todo mejor que los otros, no importa
qué, puede ser muy dura. De hecho, nadie se libra de sentirse
sola o desesperada."

"Pienso que si yo hubiera sabido que Ud. iba a comprender lo
que me pasaba, no la habría esquivado," dijo Noemí. "Muchas
gracias, señorita, de veras agradezco el que Ud. viniera aquí para
hablar conmigo."

"¿Quieres decir que vas a regresar a la escuela, Noemí?" preguntó la Srta. Matsuda.

"Sin duda, supongo—sí, voy a regresarme allí."

"Y, Olivia, si tú quieres ayuda," dijo la Srta. Matsuda volteán-
dose hacia Oli. "Yo puedo ayudar a que te admitan en otra escuela donde puedan echarte una mano. Pero eres tú la que debes
querer esto. Debes querer mejorarte—empezando por cambiar
de actitud. Yo te ayudaré, pero tú tienes que dar el 110 porciento
de tus esfuerzos, ¿me comprendes, muchacha?"

"Simón, comprendo," dijo Olivia.

Justo en ese momento, una enfermera asomó la cabeza en el cuarto y dijo, "Se terminó la visita."

Después de salir Olivia y la Srta. Matsuda, Noemí cerró los ojos para descansar. Se sentía bien por la visita y por los aparentes deseos de Olivia para mejorarse. Pero Noemí tenía aún mucho en qué pensar—tenía que enfrentarse a su mamá, aunque se daba cuenta de que en vez de echarle nada en cara, debería hacer todo lo posible por ayudarla.

Estaba también lo de la salud de Noemí después del aborto—los médicos no estaban seguros de que ella pudiera tener niños sin complicaciones. Ella pensó en la escuela y en las clases que debería tomar para ponerse al día. Y pensó en Las Chuecas —Noemí sabía que dentro de todo el grupo, ella era la única que podía de veras ayudarlas. Reflexionó en todo esto por un rato y luego tomó una decisión: Voy a ser consejera como la Srta. Matsuda. En realidad podría hacer eso bien.

Según se iba quedando dormida, se vio peleando contra gigantescos caballeros mutantes, cortando en dos mitades sus cuerpos o devolviéndoles sus armas.

Era una personalidad impresionante y heroica.

EL BAILE DE LOS DEDOS

La última vez que busqué rastros de amor en los ojos de mi padre todo lo que vi fue una neblina insípida, apagada, como si sus ojos fueran canicas de vidrio o plástico—color café y sin vida. Hacía mucho que mi padre había dejado de verme con alguna emoción que no fuera ira. Hacía mucho que había cortado la comunicación emotiva entre nuestros corazones.

Hacía diez años que mi padre, a quien llamábamos afectuosamente Chi Cho, pues se llamaba Narciso, se había sumido en un oscuro abismo, una larga noche; su otrora rápida y aguda mente se cerró al mundo a su alrededor, encerrada en un sitio secreto. Durante mucho tiempo su cara escondía misterios, era un templo de cuentos, pecados y secretos que jamás reveló. Nunca conocí su pasado, sus visiones, sus íntimas preocupaciones. Chi Cho era más un rumor que un hombre. Durante años se sentaba enfrente de la tele o en el porche con una botella de cerveza en la mano y sin decir palabra. Algunas veces se volteaba a verme con una expresión de interrogación cuando lo hallaba sentado allí.

Al principio no me di cuenta cuando su memoria empezó a apagarse. Era como viajar de Los Ángeles hasta El Paso en un autobús

Greyhound: lo que se ve es principalmente desierto, el mismo paisaje y los mismos edificios, pero si pones atención, unas cuantas señales y el paisaje que cambia te indican que estás por llegar. Y entonces, antes de darte cuenta, El Paso aparece en el horizonte.

Algo parecido pasaba siempre que trataba con Chi Cho: mi padre siempre hacía cosas extrañas. Pero en el transcurso de la última década sus actos se hicieron progresivamente más extraños de lo que eran antes.

Primero empezó a caminar por la casa en harapos. Esto no parecía tan fuera de lo común al principio: siempre fue muy raro con la ropa. Chi Cho tenía un cuerpo delgado y fibroso—era un cuerpo metabólico pues comía como toro. Pero la ropa lo traicionaba: como que le colgaba en sus hombros con forma de ganchos de alambre para la ropa.

Pero entonces empezó a salir de la casa en harapos, y sin decirle a nadie, para hacer largas caminatas. Un grupo de búsqueda, formado apresuradamente, lo buscaba y lo traía de regreso a casa. En dos ocasiones la policía lo regresó a casa. Chi Cho actuaba como si nada hubiera pasado.

La muestra más obvia de su estado anormal era su recámara. Nuestra antigua casa era una estructura de madera cubierta de estuco de dos habitaciones y estaba en la hilera de casas más antiguas, más malolientes y más atestadas de gente en Sunol Drive. Mientras crecíamos los muchachos, mi madre y mi hermana Monique dormían en la sala. Mi hermano Teto y yo (a mí me llaman Tutti, nombre corto de Arturo) estábamos en la habitación de al lado, y Chi Cho tenía toda una habitación en la parte de atrás para él mismo.

Probablemente te parezca raro, pero a mi madre, Mona, nunca pareció importarle. Creo que le gustaba así. Era el tipo de mamá que pregonaba que se sacrificaba para estar aquí—para ser madre y esposa, para caminar por los corredores, para ocupar espacio en el mundo. Aunque era insulsa. Generalmente se vestía sencillamente usando vestidos de color gris sólido o café, traía su pelo en moño y tenía autoridad. Aún así resentía lo que tenía que hacer por su marido y por su familia—decía que nadie le agradecía nada. Sin embargo una parte de ella también gozaba de esto.

El cuarto de mi padre daba al patio trasero donde las macetas de exuberantes plantas tropicales cubiertas de macramé de Mona tapaban la vista del gallinero y del garaje parcialmente derruido. Un gallo solitario deambulaba por el patio mientras las gallinas más pequeñas buscaban comida en el suelo sin pasto. Patas, a quien llamábamos así por el pelo blanco que le cubría cada pata, era nuestro perro negro y café que aparentaba tener cien años y que se echaba perezosamente cerca de una mal construida casa de perro de madera, la cual Teto y yo habíamos construido cuando éramos mucho más jóvenes. Aun cuando Teto se hizo constructor de casas profesional, nunca reconstruimos la casa de Patas—pero creo que al perro le gustaba así.

Entonces cuando menos lo esperábamos, después de una década de la loquera de papá, recibimos la noticia. Mi padre tenía cáncer del estómago. El deterioro mental de Chi Cho llegó lentamente, pero cuando apareció el cáncer, le devoró las entrañas con una velocidad devastadora. Los doctores dijeron que el cáncer estaba demasiado avanzado para detenerlo. A Chi Cho le quedaban semanas de vida. Las noticias afectaron mucho a mi familia, pero yo sentí alivio. Para mí era ya un muerto, un cuerpo en movimiento sin nada de valor dentro.

Chi Cho estaba limitado a su habitación pero se mantenía ocupado. Al lado de su cama, sobre una cómoda de segunda mano, había varios bloques de escribir donde escribía números, una y otra vez, con esas manos de dedos largos y cubiertas de venas. Anotaba diferentes números, los mismos números en orden diferente o sin ningún orden. En un rincón de la habitación tenía un montón de propaganda postal apilada cuidadosamente y la gran mayoría sin abrir.

Chi Cho adquirió también la desagradable costumbre de matar moscas y otros bichos desafortunados que se pararan en las cortinas blancas que Mona había colocado tan delicadamente sobre las ventanas. Y como si esto fuera poco, Chi Cho había colocado ligas, una sobre otra en la punta del pilar de su cama y por ello, después de unos cuantos meses se hizo una gigantesca pelota de hule.

Cuando llamaba a casa Chi Cho siempre me recordaba que le diera mi número de teléfono más reciente, a pesar de que lo había escrito ya unas veinte veces en su destartalada guía telefónica de color café.

Por lo general Mona estaba preocupada. Si yo mencionaba el deterioro de papá por teléfono, se echaba a llorar. Sin embargo, a pesar de sus crecientes excentricidades, nunca pensó en abandonarlo. Mona continuó siguiendo a Chi Cho por la casa recogiendo lo que tiraba y asegurándose que no se lastimara o se le olvidara dónde iba. A pesar de que ya hacía tiempo que habían dejado de tener relaciones, ella estaba tan unida a él como uña y carne.

No me vayan a malinterpretar, Mona no dependía de Chi Cho. Ella era en realidad la jefa de la casa. Pero cuando él perdió gran parte de la cordura, se convirtió en un niño, y ella reaccionó—más madre que esposa, más como niña con su muñeco.

De no haber sido por Mona, Chi Cho se habría convertido en uno de esos hombres sucios que pululan en Los Ángeles con carritos del mercado llenos de botes de refresco, ropas sucias, periódicos y botellas. Estoy seguro de ello. Los días que desaparecía en sus caminatas, Mona se montaba en el carro de la familia, un Fairlane de los años sesenta bien cuidado—para ir a buscarlo. Casi siempre lo hallaba parado en una esquina hablándose a sí mismo o sentado en una banca del parque con las piernas cruzadas, viendo fijamente una pantalla invisible de televisión en los arbustos y sosteniendo una invisible lata de cerveza en la mano.

"¡Dios mío!" exclamó Mona por teléfono una mañana después de haber ido a traer a Chi Cho a casa de una de sus escapadas. "¿Por qué me ha quitado Dios a mi Chi Cho?"

"Vas a necesitar una brújula especializada para hallar a Chi Cho, mamá," le comenté.

"¿Cómo puedes hacer bromas, malvado?"

"Mamá, pon a papá al teléfono."

Después de una larga espera y varios segundos de estática en la línea, Chi Cho llegó al teléfono.

"Tutti. ¿Cómo estás?"

"Muy bien, papá—escucha, ¿qué está pasando por allá?"

"Ah, espera un minuto, Tutti, antes que se me olvide . . . dame tu teléfono."

Había tres hijos que recordaban a un padre diferente, otro Chi Cho, un hombre que era temido, respetado y para ser sincero, simplemente terco.

Mi padre era artista. Trabajaba con metal y con las barras de soldadura para crear verjas de hierro forjado y barras de protección para las ventanas que ahora estaban a todo lo largo de la First Street en nuestro vecindario.

Chi Cho el soldador del barrio.

Antes de empezar a hacer sus piezas en la calle, Chi Cho había trabajado en las fábricas de las ciudades de Vernon y Maywood. Pero cuando estas fábricas y fundiciones cerraron a mitad de los ochenta, él empezó su propio negocio en su garaje—el mismo garaje que ahora parecía que iba a caerse con un fuerte viento o con un pedo prolongado.

Si algo era Chi Cho, era ingenioso. Cuando las plantas cerraron y muchos de sus amigos bebían demasiado o trabajaban en empleos degradantes, o peor aún, se suicidaban, mi padre empezó a diseñar con el metal.

Algunas veces Chi Cho nos llevaba a Teto y a mí a Tijuana para recoger ideas de diseños y el hierro y las herramientas que más tarde transformarían, como por magia, las dilapidadas casuchas de nuestro barrio.

La pieza más famosa de mi padre—su obra maestra—era un calendario azteca de hierro forjado a la entrada de una cochera en El Monte. Fui con él un par de veces cuando les mostraba el intrincado trabajo a sus amigos. Esta pieza era la esencia de lo que sus manos, su mente y sus ojos podían producir. Su gruesa voz, casi en llanto, me llenaba de orgullo mientras él explicaba cada minucioso detalle, cada soldadura, cada vuelta y desviación de los segmentos de hierro.

La imagen parecía una carátula enorme. Su estructura consistía principalmente en anillos circulares, cada uno de ellos representando el tiempo ritual o del destino. Había muchos símbolos, incluyendo los del viento, fuego, muerte, agua y movimiento. Había también imágenes estilizadas de un conejo, un mono, un perro, un venado, una hoja de obsidiana, un ocelote, una serpiente, una lagartija, una flor, un buitre, un águila, un cocodrilo, una casa y un junco. En el centro, la representación de la cara del sol era imponente pues tenía dos serpientes transportando al sol por el cielo en los círculos exteriores.

"Esta es nuestra herencia," me explicó Chi Cho una vez. "Le ponemos toda el alma en cada pieza. Así somos los mexicanos . . . toda el alma."

En ocasiones como ésta, admiraba a Chi Cho. Me parecía heroico, intenso; tal vez sin saberlo encendía los fuegos de la creatividad en mí.

Por esto se me hacía difícil verlo convertido en lo que se estaba convirtiendo—su mente transformándose, su memoria abriéndose paso con dificultad, los electrones torcidos . . . sin poder ya hacer una simple soldadura o caminar alrededor de la cuadra.

Un día recibí una llamada telefónica.

"*¡Mijo!*" me gritó Mona por el auricular. "Tu padre desapareció otra vez. ¡Qué caray! ¡Nunca faltan líos con este hombre!"

Mona recurría a mí buscando consuelo más que cualquier otra cosa. Yo sabía que en pocos minutos iba a agarrar las llaves del carro, lo iba a arrancar e iba a recorrer calles y callejones para buscarlo. Sabía que lo iba a encontrar. Esta era una carga eterna para ella. Aunque hubo veces en que mi hermana, mi hermano y yo tratamos de persuadirla a no hacerlo.

"Mira mamá, deja al viejo," le decía Teto, que era el que menos aceptaba todo esto. "Tú puedes conseguir una casa-trailer en donde vivir. Nosotros te ayudaremos."

Pero como siempre, Mona rehusaba. De vez en cuando mostraba interés en la oferta, pero al final de cuentas era parte de Chi Cho y no lo podía dejar.

De cuando en cuando traíamos a los nietos a la vieja casa. Les dimos a nuestros padres nueve nietos entre los tres. Yo tenía tres, Teto cuatro y mi hermana menor, Monique, tuvo dos. Todos eran bastante chicos, entre los dos y los doce años—escuincles en cualquier carro.

Cuando llegábamos todos, Mona trataba de mantener a Chi Cho en su habitación, aunque en realidad no hacía ningún daño. Principalmente caminaba por la casa, platicaba con las paredes y después se metía a su cuarto. Pero era sorprendente como reconocía a todos—a todos los nietos.

"¿Cómo están mis niños?" decía. "Carolina, Antonia, Bárbara, Soledad, Roberto, Titi, Jandro, Bebe e Israel—vengan, vengan *pa' cá.*"

No adivinábamos cómo podía recordar todo esto.

Recordaba todas las caras y los nombres que les correspondían. Siempre invitaba a que entraran los niños a la casa para platicar con ellos, aunque a estas alturas intervenía Mona y les decía a los niños que se quedaran en el patio de atrás. En un momento o dos, mi padre se daba la vuelta y se iba. Los niños miraban a Mona buscando alguna señal que les dijera qué hacer.

Chi Cho tenía éxito con los nombres de sus nietos. Tenía problemas con las cosas grandes, las *pinches* cosas que sí importaban.

En una ocasión, cuando tenía unos seis años, esperé después del oscurecer durante insoportables horas al lado de la ventana para que llegara Chi Cho en su dilapidado Fairlane verde que había tenido desde siempre, estacionara, y subiera lentamente los escalones de cemento hasta nuestra puerta.

"¡Papi, papi . . . ya llegó!" grité, forzando a que Teto, mi hermano de ocho años quitara la vista de la pantalla de la tele, despertando a mi hermanita de tres años de sus sueños y perturbando a mi madre hasta más no poder.

Chi Cho abrió la puerta de un empujón y yo corrí hacia él para que me levantara en sus brazos fuertes, rodeado de olores de azufre y hierro. Mientras estaba en sus brazos toqué la barba de su cara con mi mano.

En esos días Chi Cho trabajaba en una pequeña fundición a unas cincuenta millas de casa. Chi Cho salía temprano por la mañana antes que yo despertara y frecuentemente llegaba tarde por la noche, después que yo me había hecho bolita en una cobija roída por la polilla y me había quedado dormido.

Para que nos alcanzara el dinero—ya que el trabajo de soldador de un mexicano no era bien compensado—Mona nos cuidaba durante el día y cosía para el dueño de una fábrica de ropa por la noche. Pero siempre estaba en casa. Era Mona la que nos traía derechitos, se aseguraba que nos vistiéramos, nos recogía de la escuela, nos correteaba por la calle y se aseguraba que nos laváramos antes de la cena.

Mona era todo para nosotros, pero yo extrañaba a Chi Cho, que casi nunca se aparecía.

Chi Cho se quedaba en casa durante los fines de semana pero se metía al garaje a trabajar con sus herramientas. Cuando éramos niños se creía que podía hacer trabajos de carpintería y plomería, lo que nos ayudaba cuando se descompuso la plomería o cuando Teto me aventó una piedra y rompió una ventana de atrás.

En realidad mi padre casi nunca nos disciplinaba, pero su ira era peor que cualquier cintareada en las nalgas. En una ocasión mi padre golpeó a Teto por haber aventado a Monique sobre un rosal una tarde de verano. Atacó a Teto tan ferozmente que Mona tuvo que venir corriendo a la sala y físicamente refrenarlo antes que matara a su hijo. Todavía recuerdo la sangre en el sofá, los gritos de mi hermano y las lágrimas y rezos de mi madre al quitarle a Teto de las manos. Después de este incidente, Chi Cho dejó en gran parte que Mona nos castigara. Pero durante años, todo lo que tenía que hacer era gritarnos y salíamos corriendo a nuestros cuartos—yo lo hacía porque no podía olvidar la golpiza que le dio a Teto.

También había días buenos. De vez en cuando, al salir del garaje, Chi Cho nos acompañaba a cenar. Comía, nos contaba cuentos haciéndonos reír, ignorando a Mona que le rogaba que nos dejara comer. Ella quería que todos guardáramos silencio mientras comíamos: se podía oír el ruido de los tenedores en los platos, el tintineo de los vasos y el ruido de los dientes al masticar pan, ensaladas y carnes. Las únicas palabras eran "pasa el arroz." Pero con Chi Cho la situación cambiaba drásticamente. Nos sonreíamos y hablábamos entre bocados. Algunas veces cuando salía una canción alegre en el radio (tocábamos el radio todo el día y casi toda la noche) Chi Cho hacía el baile de los dedos—dos dedos encima de la mesa mientras mantenía los otros dedos hacia atrás con el pulgar y pretendía ser un experimentado Fred Astaire redivivo.

Chi Cho sacaba un baile irlandés o un jarabe tapatío. Los adornaba con bamboleos, marchas, y pataditas mientras su mano se movía a cualquier ritmo que salía del radio.

Y todos nos reíamos, incluso Mona.

Chi Cho no quería que lo molestaran cuando estaba en el taller de su garaje. Un verano entré a un equipo local de béisbol en Obregon Park. Las empresas del vecindario patrocinaban a cada equipo y pagaban por los uniformes, los cuales consistían principalmente de camisetas de color con el nombre del patrocinador en la espalda. Mi equipo se llamaba los Gigantes de "Ortiz Auto Parts."

Un sábado llegué corriendo con mi nueva camiseta verde y mi gorra de béisbol. Me sentía orgulloso de ser jugador de béisbol aunque no supiera cómo batear o tirar la pelota más de unos cuantos metros. Mientras subía los escalones del porche, Teto llegó corriendo por atrás, me quitó la gorra y se echó a correr por el patio chillando como un perrito enloquecido.

"Devuélvemela," le grité. "Devuélvemela, o te . . ."

"¿O me qué?" respondió Teto mirándome fijamente con mi gorra detrás de la espalda.

"¡Ya, cabrones! ¡Dejen de pelear!" gritó Mona desde atrás de la ventana de la cocina. Teto corrió a la cochera y después aventó la gorra al techo. Entró a la casa tranquilamente y riéndose con disimulo.

A los nueve años todavía me sentía vulnerable alrededor de Teto. En el momento que empecé a llorar, Chi Cho salió del garaje.

"*Mijo*, por qué eres siempre el que no se puede defender," me reprendió. "Mira, Tutti vas a tener que hacer, que actuar, o te van a hacer caca. Tienes que decidir."

Chi Cho agarró una escalera del garaje, la colocó contra los lados de tablas de la casa y subió. Recuperó la gorra, golpeándola contra la pierna para quitarle el polvo.

"Papi," empecé a sacar valor tratando de ser uno de los que actúan. "Tengo un partido más tarde. ¿Puedes venir?"

"Hoy no Tutti, pero a lo mejor más tarde en la semana, ¿okey?"

Durante semanas le pedí a Chi Cho que viniera a un partido. Siempre contestaba lo mismo, "Tal vez más tarde en la semana." Yo caminé al Parque Obregon.

Mi último partido era uno donde se reunían los padres y los hijos. Quería vehementemente que estuviera allí. Dijo que iría y hasta se subió al carro. Pero repentinamente paró, musitó algo acerca de un trabajo que no había terminado y regresó al garaje. Había muchos padres allí. Yo sabía que algunos niños no tenían padre, pero no parecían afectados por eso. A mí sí me afectó.

Yo tenía padre, pero él simplemente no se aparecía.

Por ningún motivo dejes que Chi Cho te lleve en carro a ninguna parte," le advertí a Celia, mi esposa y madre de mis pequeños hijos. Aunque está *lurio,* todavía saca ese *pinche* Fairlane. Te juro que un día se va a matar, es un loco maniático tras el volante.

Celia y los niños pensaban ir de visita a casa de Mona y Chi Cho ese fin de semana. Para ese tiempo nos habíamos mudado mucho más al este, a Pomona, donde yo tenía un puesto de maestro en una de las preparatorias. No necesito decir que no me hice jugador de béisbol. Pero por vivir tan lejos, cada vez que veníamos al Este de Los Ángeles a visitar a mis padres, teníamos que hacer una excursión.

La última vez que fui, mi padre insistió en llevarnos en el carro a un restaurante chino en Monterey Park. Siempre le había encantado la comida china y ahora parecía no querer comer otra cosa.

Mona perdió la discusión acerca de quién iba a manejar. Chi Cho empezó a hacer un berrinche, lo que me molestó sobremanera.

"Déjalo manejar mamá, no nos va a pasar nada," le sugerí tontamente tratando de terminar con la insistencia desmedida de Chi Cho. Lo cual resultó ser un gran error.

Chi Cho manejó a cincuenta millas por hora en un vecindario

residencial. Parecía que les iba a pegar a niños en bicicletas, mamás caminando, y trabajadores parados en las esquinas. Se metió a la autopista y se dirigió al este manejando como si no hubiera ningún carro a su alrededor. Se metía en otros carriles ocupados ya por otros carros. Un coro de cláxones estruendosos nos seguía a dondequiera que fuéramos.

"Chi Cho, te estás pasando de la salida," le gritó Mona y sus dedos aferrados al tablero empezaron a perder el color.

Chi Cho hizo entonces una cosa milagrosa que me hizo creer en la religión de nuevo. Paró el carro en medio de la autopista. Otros choferes maldecían y doblaban para no pegarle y hacían chirriar los frenos. Sin embargo nadie nos pegó. Tranquilamente Chi Cho puso el carro en reversa, llegó hasta la salida y se dirigió a dónde iba.

Como siempre, salió de esta situación sin un rasguño.

En otra ocasión casi le pegó a una anciana que trataba de cruzar la calle en un paso de peatones.

Mona le gritó, "¡Por qué no te fijas, viejo!"

Chi Cho Quitó las manos del volante todavía pisando el acelerador y exclamó, "Okey . . . entonces tú maneja."

Por poco y me muero.

Sin embargo al poco tiempo tuvimos que seguirle el rastro a todas sus actividades diarias. Llamaba a los trabajadores del aislamiento térmico para que vinieran a insular el desván; éstos se aparecían en grandes camiones con todo el material necesario. No tenía desván la casa.

En otra ocasión decidió cambiar su antiguo Fairlane por un carro nuevo. Regresó con una chulada de Honda nuevecito. Hasta rojo. Teto hizo que regresara el *pinche* carro.

Teto, en particular, no aguantaba a Chi Cho. Yo salí un poco menos alto, más como mi papá; Teto era más alto y fuerte, más como la familia de Mona. Era fanfarrón, como muchos trabajadores de la construcción que yo conocía y tenía un temperamento irritable. Yo tenía mis malos ratos con el viejo, pero casi siempre se me pasaban. Era mi padre después de todo. En realidad no nos maltrató. Se preocupaba por nosotros, si no iba a mis partidos de béisbol, al menos venía a casa después de trabajar; esto es más de lo que se puede decir de otros padres.

Pero Teto no era tan comprensivo, ni perdonaba. Quería un padre que lo llevara al cine. Alguien con quien jugar béisbol. Alguien que lo llevara a Disneyland o a la playa. Quería un padre que lo tomara de la mano y le enseñara cómo era el mundo, alguien que viajara con él por las espesas selvas de la vida como un hombre y un hombre-niño, y que nombrara y le explicara los misterios y los cuentos de la naturaleza que pisaban bajo los pies. Chi Cho no era ese tipo de padre.

El resentimiento de Teto creció con el tiempo y nunca se le olvidó la paliza que le dio Chi Cho cuando era niño. Aún después que mi hermano se mudó de casa, se casó y tuvo hijos, sentía este corrosivo vacío envuelto en ira, como si le debiera algo.

"A la chingada con ese *pinche* viejo," decía Teto frecuentemente. Y cada anécdota que salía de los labios de Mona sobre la locura de Chi Cho aumentaba el desprecio de Teto.

"No es tan malo, Teto," traté de explicarle en una ocasión. "Creo que pudo haber sido de mejor, pero *mano*, se aseguraba de que tuviéramos comida en la mesa y un techo que nos cubriera. De hecho, deberías estar contento que no estuviera siempre tras de nosotros ¿A quién le gusta eso? Es mejor que trabajara en el garaje o que se sentara enfrente de la televisión a que estuviera espiando todo lo que hacíamos."

"Sí, pero dónde estaba cuando lo necesitaba, cuando necesitaba que alguien me ayudara a decidir qué hacer, o simplemente tener alguien a quién hablarle." Teto empezó su letanía y la voz le subía con cada queja.

"Teto, deja eso," su esposa Lydia se interpuso. Pero cuando empezaba Teto, no había casi nada que lo pudiera parar.

En realidad todo el problema era triste. Me daba pena Teto. Sabía de qué hablaba. Simplemente no quería pensar más en eso.

M i padre negaba lo que le estaba pasando hasta el final; negaba la sangre en su deposición, el dolor, las veces que se caía y no podía levantarse, los lapsos de memoria. Negaba que se estaba muriendo.

Aunque había sido saludable la mayor parte de su vida, los años de trabajo industrial, inhalando quién sabe qué, finalmente se habían llevado al viejo. Chi Cho no bebía mucho, tal vez unas cervezas. No fumaba. El cáncer era el resultado directo de su trabajo.

Mientras la enfermedad le destruía el cuerpo, la condición mental de Chi Cho se empeoró rápidamente. No me gusta decirlo, pero cuando llegó el cáncer fue un acto de piedad.

Durante la mayor parte de sus últimos años había muy poco que uniera a mi padre con cualquier cosa que estuviera fuera de su mundo. Ah, sí tenía familia, es verdad. Tenía amigos. En un tiempo tuvo trabajo. Pero al final todo esto—familia, trabajo, y propósito—se vino abajo en la quietud de una húmeda habitación, como de asilo.

Chi Cho negaba la muerte como negaba el amor. Desempeñó todos los papeles—de padre, de marido y de amigo—pero en realidad nunca se entregó a ninguno de ellos.

Era un artista que algunas veces hacía piezas soldadas, exquisitamente diseñadas, para los vecinos, aunque nunca en realidad les cobró lo que valían. Había veces que jugaba dominó y póker con unos cuantos compañeros del trabajo, pero principalmente se encerraba en su garaje y no salía por horas. Cuando se frustraba discutía con Mona y con nosotros los niños, pero nunca se molestó en enfrentar los verdaderos problemas.

Chi Cho llegaba a casa por la noche, pagaba las cuentas, nos daba dinero suelto si lo necesitábamos, pero nunca pronunció las palabras, "te quiero."

Cuando le dio cáncer, todo lo que yo quería olvidar o esconder me brotó por dentro. No sentía amor, o lástima o preocupación. Sentí odio. Y cuando esto me pasaba, a menudo veía allí la cara de Teto.

"Muérete, papá, para que me pueda quitar esto de encima," me dije a mí mismo cuando Mona me dio la noticia del empeoramiento de la enfermedad de Chi Cho. *Pinche* viejo. *Pinche* Teto. Me lleva la *chingada* por no amar a mi padre, que él no me pudiera amar a mí.

L a familia se reunió en la casa. Los doctores le habían dado a Chi Cho sólo dos días de vida, a lo máximo. Se negó ir al hospital. Decía que los doctores le iban a quitar sus órganos y los iban a vender al mejor postor. Pensé que en realidad no estaba tan loco, que tal vez tenía razón.

Mi hermana, Monique, estaba bañada en llanto. Parecía una versión joven de Mona, pero al revés de mamá se ponía ropa brillante de color verde, color de rosa y amarillo. Monique y su esposo, un gabacho que trabajaba como celador de un hospital local, ayudaron a limpiar a Chi Cho.

Mi padre ya no podía hablar. Mona le dio de la morfina que había quedado de cuando el marido de su hermana había muerto de cáncer unos meses antes. Ya no había necesidad de doctores o enfermeras o camas caras de hospital. Lo único que quedaba era que hiciéramos que Chi Cho se sintiera a gusto durante sus últimos momentos.

Me esperé hasta el último momento para visitar a Chi Cho. Mona me llamaba todos los días para decirme cómo estaba. Tenía tanto dolor. Finalmente Celia me dijo, "Tienes que verlo antes que se nos vaya, Tutti. No te puedes olvidar que es tu padre. Al menos tienes que apretarle la mano."

Celia tenía razón, por supuesto. Llamé a Teto para saber cuándo iba a ver a Chi Cho. A pesar de todas sus críticas a nuestro padre, Teto visitaba a Chi Cho lo más que podía después del trabajo. Todos estuvimos de acuerdo en dejar de trabajar para pasar las últimas horas de Chi Cho con Mona y el resto de la familia.

Al entrar a la casa sentí náuseas por el olor. Era el olor de la descomposición como el del moho en el pan después de varios días. Mi padre reposaba encima de una cama en la sala; su propio cuarto era muy incómodo, especialmente ahora que estaba en el umbral de la muerte.

Tenía los ojos cerrados. Estaba consumido, demacrado, en realidad era sólo piel y huesos—el cáncer reduce todo a lo estrictamente necesario. Monique y Mona estaban allí. Teto estaba sentado en una mecedora en la que papá se mecía cuando estaba bien.

Cuando dormía, la respiración de Chi Cho era muy lenta,

débil, como la de un animal pequeño. Mona tenía un rosario al lado y susurraba oraciones.

Saludé a Teto con un "Quiubo, *mano,* ¿qué hay de nuevo?"

Me miró y sonrió débilmente.

"Además de vivir la vida a toda madre, nada," dijo bromeando; el sabelotodo como siempre.

Esperamos unas horas pasando por la cocina para hacernos un sándwich, hacer más café o simplemente para hablar entre nosotros. Tías, tíos, sobrinos y sobrinas iban y venían. Pero Mona, Monique, Teto y yo estábamos a su cabecera constantemente, mientras nuestras esposas y el esposo de Monique ocupaban el resto del espacio. Hasta Patas vagaba por la cocina presintiendo que algo andaba mal.

Como a la medianoche mi padre abrió los ojos. Monique fue a la cocina y nos llamó a Teto y a mí. Todos nos reunimos alrededor de Chi Cho, Mona le sostenía una mano.

"Bendito sea Dios," masculló Mona dándole gracias a Dios.

Chi Cho miró a Teto y a Monique y después a mí. Parecía que Chi Cho nos sonreía con los ojos, aunque sus labios no se movieron. En ese momento el radio de la cocina empezó a tocar una canción movida. Como pudo Chi Cho sacó la otra mano al lado de la cama, y sin mover ninguna otra parte de su cuerpo, empezó sobre la cobija un lento y límpido baile con los dedos.

Monique se puso la mano sobre la boca. Mona cesó sus susurros. Yo miré asombrado. Teto no dijo una palabra, pero yo lo miré de reojo y vi que una lágrima le rodaba por el rostro.

Me incliné sobre él y con toda la convicción que pude reunir, le hablé a mi padre al oído: "Te quiero, papá."

No podía decir nada, pero sus ojos se humedecieron y entonces supe que me amaba.

¡PAS, CUAS, PAS!

aúl y Stick merodearon las calles menos transitadas y los interminables tramos de calles peatonales buscando otra cantina. Estaban haciendo sus recorridos habituales tratando de visitar el mayor número posible de cantinas antes de perder el conocimiento. Acabaron en una cervecería que lucía un letrero de madera astillada y letras descoloridas. Estaba cubierta de un estuco color verde seco en algún lugar de esa selva de almacenes, tiendas baratas, y casas unifamiliares llamado Commerce.

"Una cantina a toda madre para bailar música de tachún-tachún," exclamó Raúl con una enorme sonrisa incongruente y con los párpados apenas abiertos. No había sino edificios llenos de graffiti, calles blanqueadas por el sol y banquetas de cemento gríseo por millas a la redonda—una homogeneidad exasperante que algunas veces vuelve locos a los que viven en Los Ángeles.

Es verdad que partes de la ciudad se mueven con los palpitantes latidos de los altos hornos o la llave de aire de algún mecánico. En otras partes de la ciudad como en el centro, al oír una quebradita, la gente empieza a bailarla en un piso pulido de salón de baile y éste se llena de gente frenética: En el centro también se oye una fuga musical de voces y cláxones de autos. Hay playas llenas de bellos cuerpos, interludios de palmeras y parques, y un enjoyado horizonte de multicolores cristales y edificios de acero. Hay lo que llaman *skid row*—calles de borrachos, desamparados y drogadictos llenos de sueños perdidos y realidades agotadas, calles de furia—después de todo, ésta es la ciudad de los disturbios callejeros y motines y lluvia ácida. A la medianoche hay cientos de imágenes: policías uniformados de negro con macanas cubiertas de cinta adhesiva, paradas de autobús cubiertas de palabrotas, rachas de disparos, cárceles atestadas de gente, giratorias hélices de helicóptero, Romeos callejeros y Julietas con las uñas de los dedos de los pies pintadas de rojo. Allí tienen Watts y el este de Los Ángeles, Hollywood y el Estadio de los Dodgers, los estudios cinematográficos y el distrito de la costura. Pero para Raúl y Stick sólo existía esto: una simetría triste, absurda y a veces mortal llamada "zona residencial de la periferia." Y ellos eran felices con eso.

Eran carpinteros.

"Has notado, *cuate,*" comentó Stick después que habían hecho a un lado la cortina negra de terciopelo que cubría la puerta de entrada, "que la mayoría de los bares se ven distintos por fuera, pero por dentro son igual que cualquier otro bar en el mundo."

Dentro había una luz tenue, a pesar de que el sol brillaba afuera. Tenía espejos con adornos dorados y los taburetes del bar estaban cubiertos de plástico lo que les daba un brillo de mal gusto; un par de ellos estaba parchado con cinta aislante. Algunas figuras oscuras se amontonaban en los reservados cubiertos de piel roja artificial. Los troqueros del Bronx conocían estos lugares, los fundidores de Pittsburgh o del sur de Chicago los conocían, los mecánicos petroleros de Texas han estado en estos lugares.

Raúl y Stick hallaron esta cantina al manejar una o dos calles después de salir de otro bar en Telegraph Road, una de las calles principales. Stick entró a un lote lleno de grava en su camioncito *picop*—ya lo conocen, lleno de parchaduras cubiertas de pintura base, caja de herramientas, escalera y un compresor de aire encadenado a la cama de la *picop*.

Carpinteros.

Los dos hombres pasaron por las mesas de billar—las bolas de color le pegaban a las de raya y corrían rápidamente a los bolsillos laterales. Se fueron directamente a donde estaban los bitoques de larga agarradera con sus logotipos de marcas de cerveza que asomaban desde atrás del mostrador del bar. Botellas de cerveza de diferentes tamaños estaban apiladas como mini rascacielos. Había tazones con diferentes tipos de nueces al lado.

En la cantina había fornidos hombres de ojos apagados. Apretujados en un rincón estaban unos jóvenes machos bocones que les importaba un carajo el ruido que estaban haciendo. Un par de mujeres de jeans apretados se recostaban en medio del remolino del humo de cigarro. Alguien que parecía un cliente borracho—con la corbata suelta y la cabeza casi sobre la mesa—estaba sentado solo en una mesa; en otro sitio, una guapa mujer con una blusa escotada le daba audiencia a un tipo nervioso que constantemente miraba por encima del hombro de ella a los hombres que la miraban boquiabiertos.

Raúl y Stick llegaron tambaleándose, pero directamente al mostrador.

"Oye, cantinero, échanos dos cervezas y una botella de buen tequila," gritó Stick.

Stick tenía pelo castaño que le llegaba hasta los hombros, lentes de sol que le cubrían las sienes y que no se quitó a pesar de la escasa luz, una barba corta y en el pecho el tatuaje de una calavera de un rojo encendido que se le veía tras su abierta camisa de franela. Era alto, delgado y bronceado. Un motociclista que tenía perros rottweillers asesinos.

Las cervezas y una botella de Cuervo Añejo se le pusieron frente a Stick. Miró a Raúl y bromeó: "Eh, Raúl, *cuate,* ¿vas a pedir algo?"

Raúl tenía un cuerpo que complementaba al de Stick: chaparro con músculos de toro—para decir verdad, no era nadie con quien quisieras meterte. Era un exboxeador profesional, tenía ojos hundidos, pelo corto y lacio y un enorme bigote que le cubría el labio superior. Tatuajes de mujeres con sombrero de charro y motivos aztecas sombreados con tenues líneas que rodeaban cada uno de sus antebrazos. No era motociclista, sino un *lowrider* mexicano que no podía ver a los motociclistas. Sin embargo, aquí estaban listos para beber apresuradamente hasta caerse.

Rápidamente acabaron con el tequila tomándoselo en vasitos y bajándoselo con cerveza. Sin importarles lo tomado que creían ya estar, al poco tiempo no podían ver ni al otro extremo de la barra.

Los hombres no estaban celebrando nada, aunque podría parecer que así era. Los dos habían perdido su trabajo ese día. Un gringo y un chicano, que por lo general no se llevaban bien, estaban parados allí en el aserrín y charcos de cerveza, lejos de todo, en la ciudad de Commerce. Carpinteros y sin trabajo.

ías calientes, días de canícula—aplastaban a Raúl como tone-ladas de chatarra de una *yonkería*. En ese tiempo se paraba todos los días en la madrugada y se enfrentaba a la telaraña de au-topistas armado de un café y de una dona de Winchell. Buscaba trabajo. Durante los frecuentes periodos de sequía esperaba en las esquinas concurridas a que llegaran contratistas en busca de mano de obra barata, parando sus camiones para recoger un grupo para el trabajo de ese día. Cada semana terminaba visi-tando la oficina de libertad condicional en la ciudad de Monte-bello. Hasta hacía poco, Raúl había estado penando una condena de tres años por actos que él achacaba a su inmadurez. Tenía que declarar sus delitos graves en cada solicitud de empleo; casi nunca le daban el trabajo.

Pero Raúl estaba resuelto a trabajar y ya no regresar al *tambo*. Para empezar tenía tres hijos y estaba separado de su mujer, la cual esperaba que la mantuviera. Se llamaba Noreen. Era una mujer que verdaderamente no apoyaba a su hombre—en cuanto Raúl cayó preso, Noreen huyó con los niños.

Era voluptuosa y con cara de niña y su belleza sólo la sobrepa-saba su predilección por el dramatismo. El mundo giraba alrede-dor de Noreen. Cuando Raúl salió con ella la primera vez, corrió la voz que estaba embarazada aunque no lo estaba. En una oca-sión cuando Raúl trató de terminar la relación, ella le rompió las ventanas de su auto y le dejó una nota escrita a lo tonto en el parabrisas acerca de cómo su mundo había sido hecho añicos igual que las ventanas. Finalmente Raúl decidió casarse con ella cuando de verdad salió embarazada y amenazó con tirarse al mar del muelle de la playa de Santa Mónica.

Se creería que la vida matrimonial lograría que uno controlara sus emociones—pero no Noreen. Al poco tiempo estaba acusando a Raúl de tener otras mujeres, de no estar allí con los niños y de nunca tener un trabajo decente. Esto último era una preocupación persistente para Noreen. Esperaba que su hombre le endosara su cheque de pago siempre—sin importarle si salía el sol, si llovía o si había una recesión económica.

Raúl respondió encerrándose en sí mismo emocionalmente. Trató de seguir en la relación e ignorar las actuaciones teatrales. Religiosamente le firmaba sus cheques y generalmente llegaba al trabajo mucho antes que empezara su turno esperando que esto aclarara cualquier caos en casa. Pero otro capítulo de la telenovela de Noreen se revelaría y él se hallaba de nuevo en un papel primordial. No pasó mucho tiempo sin que Raúl se cansara de este juego estancado.

Pero en vez de enfrentar sus problemas directamente, Raúl culpaba a otros y a sí mismo, peleaba en los bares, tomaba pastillas o bebía más de lo debido para aliviar el dolor. Finalmente esto culminó en su último arresto.

El tiempo que pasó en la cárcel le ayudó a Raúl a salir de las peleas en el hogar—aunque el último encarcelamiento resultó angustioso: sin visitas, sin casi recibir cartas, y el acostumbrarse a la comida, las bromas, las estafas de la cárcel y a su ruido se le hizo tan amargo como *tepache* casero.

Y allí estaba, entrando por las puertas de una agencia de empleo del Este de Los Ángeles, fantaseando sobre la lista de buenos trabajos que esperaban que su vista se apoderara de ellos al sólo pasarla sobre el tablero de anuncios de metal y corcho inundado de papeles y tachuelas de colores. Raúl tuvo el presentimiento que las cosas le iban a salir bien cuando la mujer que repartía los trabajos le echó una mirada que decía, "Pruébame."

Durante las siguientes semanas, Tanya, la mujer detrás de la sonrisa, y Raúl peregrinaron de un sitio de construcción a otro. Tenía el pelo en desorden sobre una cara sobremaquillada, una barriguita y caderas anchas—así le gustaban las mujeres a Raúl. Y hasta se las arregló para conseguir una cita con ella, pero, por un capricho del destino, Tanya resultó ser medio zafada—como que le faltaba un tornillo. En una ocasión cuando llegó Raúl, abrió la puerta con los ojos vidriosos y gritándole incriminaciones sobre otras mujeres, traición, y quién-chingaos-se-creía. "Ay, carajo . . . *déjà vu,*" pensó Raúl. Esa fue la última vez que la vio.

Pero a pesar de esto, Tanya le consiguió a Raúl un trabajo como ayudante de carpintero. Ernie, el subcontratista chicano que le dio jale, construía casas, restaurantes, y almacenes por todo el valle de Los Ángeles. Trabajaba principalmente con gente desesperada—los indocumentados, los convictos y los desamparados, aquéllos a quienes otra gente no les abriría la puerta. Lo hacía para pagar salarios mínimos que no fueran de sindicato por diez o doce horas de trabajo. Cuando llegó Raúl el primer día, vio a muchos mexicanos, casi todos jóvenes, casi todos sin tarjeta verde que les permitiera trabajar legalmente.

Raúl hacía el trabajo de carpintero estructural erigiendo esqueletos de madera de diferentes edificios de acero o mármol para la gente que ponía las paredes y techos de planchas de yeso. También estructuraba lo que se llama "verticales"—la armazón de madera para las paredes de concreto de edificios grandes o construcciones para estacionamiento.

Viajaba a pueblos que normalmente no visitaría y mucho menos viviría en ellos: las lujosas colinas de Hollywood, las cuestas al lado de la playa en Redondo Beach y los edificios de condominios en el oeste del San Fernando Valley. Raúl trabajaba bajo un sol furioso. Pero no le importaba mientras recibiera algo de dinero.

A Raúl le fue bien durante las primeras semanas en el trabajo. Cuando menos, duró—muchos otros habían venido y se habían ido. Sin embargo, Ernie era un verdadero mezquino. Algunas veces para ahorrarse dinero hacía que sus ayudantes fueran a robar travesaños extras, bolsas de cemento y los tablones que han sido tratados contra las termitas.

Pero al poco rato los días de diez y doce horas le parecían más largos y aplastantes. Y los cheques de pago no le alcanzaban para cubrir los gastos de la semana.

"Ése, Ernie, necesito hablar contigo, hombre," le dijo Raúl después que lo acorraló en el cobertizo de las herramientas.

"Órale, Raúl, ¿qué onda?"

"Mira, he estado trabajando casi doce horas todos los días en el jale. Pero en el cheque sólo hay ocho. ¿Qué es lo que está pasando aquí, ése?

"Ah, Raúl," contestó Ernie tartamudeando un poco y con un fuerte acento chicano. "Ya sabes cómo es la cosa, *cuate,* no pagan todo sino hasta que el tra-trabajo se termina. Tengo suficiente feria para irla pasando por un rato. Pero si terminamos más pronto, entonces más pronto me da la-lalana el contratista. Todo va a salir bien, hombre. Mientras tanto voy a conseguirnos unas birongas. ¿Está bien?"

Raúl tuvo que estar de acuerdo, pero no le tomó mucho tiempo para darse cuenta que Ernie no pensaba pagarle el tiempo extra que había trabajado. Y Raúl sabía que en realidad no había nada que hacer cuando se trabaja en un empleo donde la mayoría son indocumentados que se consideraban proscritos igual que él, aunque nunca hubieran estado en prisión.

Así que Raúl siguió trabajando allí y todos los viernes le hacía la misma pregunta a Ernie y todos los viernes Ernie les compraba una caja de cerveza y todos los viernes algunos de los trabajadores se tranquilizaban—pero no Raúl.

Un día Ernie le dio trabajo a un tipo con lentes oscuros que hablaba con el acento de los gringos del sur de California. Ustedes ya saben: "Hazlo." "Agarra mi patín." "A huevo." Se llamaba Stick y era otro exprisionero. Stick era muy útil en el manejo de la carretilla de horquillas.

Stick vivía con una mujer rechoncha de rizos rubios y anteojos que fumaba mucho y era aficionada al licor de malta. No estaban casados ni tenían hijos (si no se cuentan los perros rottweilers); vivían de la venta de bolsas de marihuana y de lo que pudiera ganar Stick. Cuando llegaba el día que había que pagar la renta y no tenían suficiente dinero, su principal plan de acción era mudarse durante la noche. Igual que para Raúl, el encarcelamiento para Stick se debía a satisfacer una necesidad. Arriesgaban unos cuantos dólares para irla pasando hasta que algo mejor llegara. Pero como muchos gabachos de la clase trabajadora en Los Ángeles, Stick y su *vieja* acababan en barrios principalmente de mexicanos.

El primer blanco de ataque de Stick era un grupo marginado y sin dinero: los mexicanos que veía trabajando aunque fuera por poco dinero y tuvieran que mantener una familia numerosa y apenas podían irla pasando.

A la hora del almuerzo Stick se sentó en una pila de travesaños, lejos de los mexicanos. Así que Raúl se dio una vuelta por allí y después casi se arrepintió de haberlo hecho. Stick contaba historias horripilantes. La vez que un mexicano le robó marihuana. La vez que unos mexicanos lo atacaron en un estacionamiento.

Las veces que él y sus *cuates* motociclistas se agarraron a *madrazos* con *vatos* locos mexicanos, pandilleros, en diferentes carnavales. En una ocasión Raúl se volteó para ver si Stick en realidad le estaba hablando a él. "Pobre buey," pensó Raúl. Odiaba a los mexicanos y aquí estaba, rodeado de ellos. Sin embargo, Raúl no se alejó. Escuchó los relatos, se comió su comida y pensó que el gabacho probablemente merecía que le rompieran el hocico.

Pero al poco tiempo empezaron a intercambiar historias de la lucha diaria—de crímenes fallidos, de relaciones fallidas y de trabajos fallidos.

"¿Por qué te entambaron esta última vez?" preguntó Stick.

"*Pa'* qué quieres saber, hombre, fue una pendejada," respondió Raúl.

"Oye, yo he hecho muchas pendejadas—estamos igual, *cuate,*" Raúl le aseguró. "Entonces, ¿qué pasó?"

"Me desesperé—ya sabes: estaba sin trabajo, mi esposa fastidiándome, y yo listo para cualquier buena intoxicación," Raúl empezó. "No soy adicto a nada fuerte. Sólo que me desespero de vez en cuando. Así que me tomé unas pastillas rojas para relajarme y fui a robar una tienda en City Terrace. Era un lugar que parecía una cajetilla de cerillos—muy pequeño; había dos jóvenes que la atendían. Pensé que iba a ser fácil. Así que entré y les empecé a pedir la feria. Pero les dio pánico. Yo tenía una pequeña pistola y ni siquiera sabía si funcionaba. La muchacha detrás del mostrador me da una bolsa de monedas . . . ¡monedas, *cuate!* Pero—sabes qué—las agarré. Entonces oí las sirenas de la policía; pensé que habían apretado una sirena silenciosa. Así que salgo corriendo y se me cae la bolsa. En cuanto pega contra el piso se riegan todo tipo de pennies. Debí haberlos dejado allí. Pero por alguna razón, me paré para volver a poner los pennies en la bolsa. Creo que había algo en mí que quería que me agarraran—no sé. Es extraño, ése, pero a veces pienso que era eso. Cuando las cosas se ponen muy mal, como que quiero seguir torcido por un rato. Tres comidas horribles al día, pero al menos no me tengo que sentir como mierda todo el tiempo. Fue estúpido, ¿verdad?"

"Sí, verdaderamente estúpido; pendejadas de niño," gruñó Stick, pero pensó que al menos no estaba pretendiendo como otros mañosos que conocía.

Aunque no tenía sentido, a Raúl le empezó a caer bien Stick. Debajo de sus finas gafas y musculoso tórax, Stick al menos era sincero.

Entonces un día mientras Raúl estaba sentado cerca de Stick en las pilas de travesaños y le metía el diente a un empapado sándwich de atún y jalapeños, Stick lo miró fijamente sobre sus lentes oscuros y le preguntó, "¿Qué te pasa, *cuate*? No te ves muy bien."

"Ah, nada, sólo que yo y Noreen, mi ex, estamos pensando regresar a la relación," Raúl replicó, casi sin pensar. "Ya sabes, darnos otra oportunidad. Por los niños."

Stick miró fijamente a Raúl por un rato, entonces hizo un gesto y sorprendió a Raúl con un, "No lo hagas."

Raúl miró con ira al tipo con un ojo medio cerrado.

"Tú no estás a gusto con eso," continúo Stick. "Se te ve. No lo hagas. Vas a ser un pobre desgraciado si lo haces. A mí me ha pasado. Ni siquiera va a ser bueno para los niños, créemelo. Te lo aseguro; no dará resultado. No regreses con ella."

A Raúl le divirtió la preocupación de Stick por algo que obviamente no tenía nada que ver con él o con el trabajo. Pero en su corazón sabia que Stick tenía razón.

Un día Ernie les ordenó a Stick y a Raúl que clavetearan paneles para el techo. Tenían que clavar clavos del número ocho con sólo tres golpes de un martillo estructural de treinta y dos onzas. Ernie esperaba que sus hombres hicieran esto. Uno, dos y *Pa' dentro*. Aún los clavos del 16 se metían con dos o tres golpes de martillo. ¡Pas, Cuas, Pas! El objetivo era desarrollar velocidad, hacer que las muñecas se movieran rítmicamente, alinear los brazos en una estrecha formación, enfocar los ojos y golpear con el martillo. ¡Pas, Cuas, Pas! Cada trabajo exigía más velocidad. Los martillos descendían en un rápido orden. Los clavos se enterraban en la madera. Tenían cuotas de aproximadamente cuatrocientos paneles diarios. Esto exigía un martilleo excepcional. ¡Pas, Cuas, Pas!

Los que llevaban ya algún tiempo trabajando para Ernie eran expertos en esto. Había uno de diecisiete años a quien Ernie había entrenado desde que el chavo era un escuincle moquiento. A los veinticinco años Raúl tenía experiencia en muchas otras cosas, pero era un novato cuando se trataba de ¡Pas, Cuas, Pas! Por un lado tenía que desaprender mientras aprendía. La construcción con paneles no iba a ser fácil para Raúl y Ernie lo sabía.

Al principio Raúl empezó a martillear apresuradamente, pero lo hizo todo mal. Usaba toda la mano en vez de un movimiento flexible de la muñeca para dejar que el martillo hiciera todo el trabajo. Pero este método causaba que le dolieran los huesos de la mano como si las coyunturas estuvieran en llamas. Pero todavía peor era el dolor cuando el martillo no daba en el clavo sino en algún dedo.

"¡Puta madre . . . qué *chingadazo!*" gritaba Raúl cada vez que se pegaba.

Esto sí era una tortura. Los dedos de Raúl se volvieron sangrientos muñones. Dejaba de martillear sólo lo suficiente para cubrirlos con gasa y cinta adhesiva. Aún así seguía martilleando.

Ernie pasaba a propósito por donde estaba Raúl y le decía cosas como, "Órale ése, martilleas como niña," o, "Mira a los *vatos* jóvenes, tee-tee están haciendo quedar mal."

Stick olió lo que estaba pasando, la humillación de Raúl, y no le gustó. Sabía que era porque Ernie quería vengarse de Raúl por exigir constantemente su debida paga. También sabía, ya que Raúl era un preso, y en "papel," como se dice, Ernie sabía que Raúl no iba a hacer escándalo por eso. Pero tampoco podía soportar lo que Raúl se estaba haciendo a sí mismo en sus dedos.

"¿Por qué no dejas eso, Raúl?"

"*Ni madre, cuate.* No le voy a dar esa satisfacción a Ernie. Voy a aprender a hacerlo bien aunque me lleve todos los dedos."

Y así los dos martillearon—¡Pas, Cuas, Pas!—clavando los paneles tan rápido como podían. El dolor se volvió intolerable. Pero Raúl no dejaba de trabajar. Y le salió bien. Con el tiempo, Raúl le halló el modo. Tuvo que hacerlo para no terminar con muñones en vez de dedos. Y no pasó mucho tiempo hasta que Stick y Raúl hubieran hecho el mayor número de paneles en una semana.

"Sabes lo que me gusta de ti," le dijo Stick un día a Raúl sorprendiéndolo. "Tienes valor."

Pero semana tras semana, no importaba cuántos paneles clavaban los hombres ni cuántas horas de calor sofocante trabajaban, el cheque de Raúl siempre estaba corto. Y en esto del pago insuficiente Ernie se estaba metiendo con su renta, su comida y el mantenimiento de sus hijos. "¿Para qué sirve el valor aquí?"

pensó Raúl. Y llegó el día en que Raúl llegó con Ernie y le dijo directamente, "Quiero el dinero de mi trabajo, Ernie. Lo quiero ahorita."

"Ustedes los presos son todos iguales," respondió Ernie. "Bueno, ¿sabes qué Raúl? Ya me hartaste."

Los gritos de Ernie acerca de los ingratos perezosos se podían oír por todo el sitio de trabajo. Stick dejó de descargar travesaños de una troca con la carretilla de horquillas y se volteó.

"Oye, yo no ne-necesito estas chin-chingaderas." Ernie continuó tartamudeando más. "No estás a gusto aquí . . . ¡entonces vete al carajo!"

"¡Por qué no te la metes por donde puedas y también al *pinche* árbol del que te caíste!" le dijo Raúl casi con la voz de un desconocido ya que normalmente trataba de no excitarse mucho con lo que le pasaba. A Raúl le parecía una debilidad, pero estaba tan enojado que si no decía lo que sentía, estaba seguro que agarraría un travesaño de dos-por-cuatro y le tiraría todos los dientes a Ernie. "No me tienes que decir que me vaya, cabrón, ¡porque yo renuncio al trabajo!"

"¡Bueno . . . que . . . que-que bien!" exclamó Ernie. "E . . . Estoy de a-acuerdo."

Raúl agarró su bolsa de cuero de herramientas y martillo y caminó hacia la calle. Pero mientras se iba, pensó, "Necesito este *pinche* trabajo. ¿Qué voy a hacer ahora?" Pero se portó como si el trabajo no le importara nada. Entonces oyó más ruido y gritos. Raúl se dio vuelta y vio que Stick se había bajado de un brinco del asiento de la carretilla de horquillas y caminaba hacia Ernie.

"Oye, no lo puedes correr," gritó Stick. "Es uno de tus mejores trabajadores."

"No te metas en esto, Stick," le respondió Ernie. "A ti te necesito. Raúl se puede ir al carajo, no me-me importa. Esto . . . esto no tiene na-nada que ver con-contigo."

Stick se encabronó de veras al oír estas palabras.

"Cómo *chingaos* no. Si lo corres, te dejo el trabajo."

Ernie trató de evitar que Stick renunciara razonando con él. Pero Stick le dio la espalda y siguió caminando.

"Entonces, váyansc; ¡los dos!" Ernie le gritó a las espaldas de Stick. "Nunca les voy a dar trabajo otra vez, les les pue-puedo asegurar. Ya ya verán. No no van a a encontrar trabajo por aquí . . . nunca más."

Stick se emparejó con Raúl.

"¿Para qué *chingaos* hiciste eso?" le preguntó Raúl.

"*Naa*, olvídate," replicó Stick. "Esto no es nada. Este *pinche* trabajo. ¿Quién lo necesita?"

"Pero se te olvida, ése, tenemos que enfrentarnos a nuestros custodios de la libertad condicional y a nuestras viejas," añadió Raúl.

"A la chingada, entonces los dos estaremos en problemas de la *chingada*," dijo Stick. Vamos a emborracharnos.

Fue entonces que los dos hombres se subieron a la troca *picop* de Stick y manejaron a la cantina más cercana. Sin embargo en el camino, Raúl seguía pensando, "Perdí un mal trabajo de esclavos mexicanos. ¡Qué *chingaos*! Era un jale de mierda de cualquier manera."

Raúl y Stick estaban en el bar bebiendo como si no hubiera mañana. Y sin trabajo, probablemente no habría un mañana.

Raúl vio a los otros clientes a su alrededor. Parecían historias similares encarnadas. Parada al otro lado del bar había una mujer con una falda de jeans azul y una camisa grande amarrada al frente con un gran escote. Le recordaba a Noreen. Se sabía la historia de su vida—una madre soltera, recibía mantenimiento del estado, caliente la mayor parte del tiempo, cansada, perfumada para suplir la falta de aroma en su vida. Y mientras pensaba en Noreen, también pensó, "Ay, Dios mío, mis hijos, mis pobres hijos. Aunque fuera un apestoso trabajo de mierda, ¿cómo les voy a dar la cara? Carajo . . ."

Finalmente Stick levantó la cabeza de la barra, sus lentes de sol se le caían encima del mostrador; volvió sus turbulentos ojos de azul mar hacia Raúl.

"¿Has destruido alguna vez una cantina?" logró decir Stick entre el cabello que le cubría casi toda la cara. Afuera la luz del día se había disipado en la oscuridad.

"No, y no lo voy a hacer, ése," replicó lentamente Raúl.

"No es nada del otro mundo, lo he hecho muchas veces," dijo Stick en medio del estupor, subiendo y bajando la cabeza mientras continuaba pensando lo que iba a decir, "chistosísimo, sólo hay que empezar a destruir las cosas . . . las sillas y botellas volando . . . la gente corriendo hacia afuera . . . los cantineros sin saber si llamar a la policía o agarrarse la verga . . . nunca estuve en una de éstas, pero siempre quise estar . . . sería un corredero de la *chingada.*"

"Stick, ya estamos en unos líos de la *chingada.* Qué tal si nos echamos unos tragos más y le decimos adiós a . . ."

Pero antes que Raúl pudiera terminar la oración, Stick ya había arrojado un taburete del bar al espejo en frente de ellos.

Pedazos de cristal y madera chocaron con el piso. La mujer en la falda de jeans gritó. Otros se hicieron a un lado. Dos *vatos* grandes se levantaron instantáneamente de sus asientos. El cantinero no dijo ni una palabra. Rápidamente fue a un teléfono debajo del bar y marcó 9-1-1. Entonces agarró una escopeta y la puso frente a él apuntando a Stick. A Raúl se le quitó la borrachera muy rápidamente. Jaló a Stick de donde estaba sentado todavía y lo arrastró hacia la salida. Los *vatos* grandes se vinieron hacia ellos mientras Raúl trataba de parar a Stick. Raúl empujó la tela de terciopelo y el aire nocturno lo golpeó como un largo gancho. Todo estaba oscuro. Raúl caminó el largo trecho al camión con Stick. Abrió la puerta del pasajero y metió a Stick. A pesar de sus bravatas de unos minutos antes, Stick estaba sorprendentemente dócil. Unas cuantas figuras ensombrecidas salieron del bar—incluyendo a los *vatos* grandes—buscando a quién golpear.

No había tiempo de escaparse. Raúl estiró la mano debajo del asiento y sacó su fiel martillo de treinta y dos onzas. Sin decir una palabra, Raúl caminó hasta el más grande de los dos *vantos* y le dio un golpe en la cabeza.

Una barrera de sirenas fue lo que oyó Stick cuando abrió los ojos. Titubeó por un momento, tratando de pensar. Pronto se dio cuenta que estaba en el asiento de pasajero de su camión y que había perdido sus gafas. Stick levantó la vista y apenas pudo ver el alboroto en frente del bar. Todo se aclaró cuando vio que era Raúl golpeando un cuerpo grande en el suelo—con el martilleo más rítmico que jamás había oído—y varios tipos que regresaban por la puerta y una mujer histérica.

Por un instante Stick pensó en arrancar el camión y largarse al carajo. No se podía dar el lujo que lo volviera a agarrar la policía. Sin embargo pisó el acelerador y llegó a la entrada del bar.

"Rápido, Raúl—métete antes que lleguen los *pinches* policías," gritó Stick.

Raúl dejó de hacer lo que estaba haciendo—como si lo hubieran despertado de un trance—y de un brinco se subió a la cabina del camión. Stick metió a la fuerza la palanca de velocidades en un engranaje inflexible y salió chirriando del estacionamiento haciendo volar la grava por todos lados.

LOS MECÁNICOS

Todo tiene que ver con amar y no amar

RUMI

El alto horno rugía como una tormenta eterna. El calor bramaba desde su boca mientras que un equipo de hombres echaba toneladas de chatarra en el horno. Gigantescos brazos hidráulicos abrieron el techo del horno. Por encima, una gran grúa dejó caer toneladas de chatarra al horno. El techo se cerró y enormes cables eléctricos conectados al techo inyectaron miles de voltios en la hirviente mezcla que había en el horno con las paredes cubiertas de ladrillos de asbesto. Este horno, como un abrasador monstruo, consumía chatarra, mineral de hierro, oxígeno, y vidas.

Enrique era oficial mecánico de fundición durante el turno de la noche. Estaba sentado en una silla de metal dentro del pequeño cobertizo de latón ondulado en la planta debajo del piso donde estaba el horno. Una mesa grande y vacía cubierta de hollín llenaba un rincón de esta oficina temporal; una hilera de abollados casilleros, un gabinete para las herramientas y un desportillado banco de madera adornaban el otro lado del cuarto. Al lado de Enrique un "ayudante" joven, Tobías estaba sentado desgarbadamente en el banco y tenía una taza de metal con café en una mano y su cinturón de herramientas puesto. En la planta donde estaba el horno hacía horas que todo funcionaba bien.

"¿Por qué no te quitas el cinturón y lo cuelgas junto al mío?" dijo Enrique. "Tómalo con calma, hombre."

Tobías, quien había trabajado en mantenimiento por una semana con Enrique, rápidamente se quitó el cinturón y lo colgó de un gancho al lado de los casilleros. El turno de noche normalmente era más lento que el del día. Una de las razones era que el dolor-de-muelas que era el capataz no estaba allí, y el capataz del turno nocturno era normalmente muy despreocupado, o estaba borracho para molestarse por nada.

También los obreros que trabajaban en los hornos por la noche hacían ellos mismos las pequeñas reparaciones y no llamaban a los oficiales mecánicos de mantenimiento sino para los trabajos grandes. La mayor parte del tiempo esto significaba que los obreros podían apagar las luces y echarse un sueñito.

Enrique ojeó la hoja de papel que le había dado el capataz; contenía una lista de las cosas que él y Tobías debían hacer mientras esperaban que la sirena sonara cinco veces, lo que sería señal de una avería en uno de los tres hornos, en las grúas, o en una máquina importante.

Puesto que el tiempo usado en las reparaciones significaba una reducción en la producción, los mecánicos de mantenimiento debían reparar inmediatamente cualquier rotura en la maquinaria, y así mantener el ritmo de la producción. A veces tenían que improvisar, lo que ellos decían hacerlo al troche moche, hasta que el equipo de reparaciones pudiera hacer bien el trabajo durante el fin de semana. Algunas veces, si la reparación no aguantaba alguien resultaba herido o muerto. Entre emergencia y emergencia había que considerar los proyectos a largo plazo. Enrique leyó con gran interés la hoja de papel que tenía en la mano, luego la puso en un cajón.

"Dejemos que lo hagan los del turno del día," dijo él, esperando que Tobías sonriera, creyendo que Enrique estaba bromeando.

Hacía ya días que Tobías se mostraba entusiasmado, aunque confundido. Había tantas cosas que recordar si se trabajaba en el equipo de mantenimiento de los hornos. Enrique y Tobías normalmente comenzaban su turno revisando todo: las válvulas y las tuberías en los hornos: las bombas de agua y los motores en las torres de enfriamiento; el nivel del aceite u otros fluidos en las grúas, los montacargas hidráulicos y los carros para la escoria; engrasaban los engranajes, los rodamientos y los piñones.

"Pero," como Enrique a menudo le decía a Tobías, "no trates de hacer todo de una vez."

Más tarde esa noche, cuando las cosas se tranquilizaron y el ruido de los hornos quedó reducido a un suave rumor, Enrique cerró los ojos y se puso a recordar. Llevaba doce años trabajando en la fundición. Comenzó sólo dos meses después de casarse con Espie.

En aquella época—hacía tanto tiempo de ello—todo parecía estar bien; estaba casado con una hermosa mujer y vivían en un pequeño pero agradable apartamento que habían rentado justo un mes antes de su boda. Encima de todo, Enrique acababa de conseguir empleo en el alto horno como aprendiz de mecánico de mantenimiento. Aunque en el primer nivel a los aprendices les llamaban "aceitadores grasientos," lo que a Enrique no le caía bien, era un trabajo en el que al cabo de dos años podría ganar quince dólares por hora, tener todos los beneficios pagados, y una pension.

¿Qué más podía pedir en el Este de Los Ángeles una joven pareja de recién casados?

Al poco tiempo después de haber comenzado a trabajar Enrique, Espie quedó embarazada y la compañía pagó todas las visitas a la clínica, las píldoras, las clases de Lamaze y, al final, por el nacimiento del bebito. Con todo, Enrique sólo tuvo que pagar de su bolsillo $4.50, y eso porque su mujer había querido televisor a color y un teléfono en el cuarto del hospital.

Dos días después del nacimiento de su hijo, Enrique llegó cantando al trabajo. Ese día, no parecieron importarle la grasa, el polvo, o el ruido. Repartió puros con una vitola que decía "¡Es un niño!" a todos los que encontraba. El Viejo Jake tenía una caja llena de puros que durante años le habían dado los nuevos padres; puso el de Enrique encima de los otros y volvió a meter la caja en su casillero cubierto de grasa.

Era algo maravilloso cuando alguien en la fundición tenía un bebito; todos lo celebraban. La fundición proveía a muchos hombres y sus familias con un nivel de vida que pocos podían conseguir. En cambio, esos hombres sacrificaban a la fundición sus días, sus cuerpos, sus mentes, y a menudo quedaban inválidos. Los casos de alcoholismo abundaban tanto que la compañía tuvo que iniciar su propio programa de rehabilitación. Y muchos de los hombres a menudo hablaban de los matrimonios y los divorcios que habían tenido durante su permanencia en la fundición. Así era el caso de Abel, uno de los fundidores del turno rotatorio, quien no se había enterado que su mujer le ponía los cuernos.

Como broma, dos de sus compañeros le dijeron a Abel que le pegara un tiro a la embustera vieja y acabara así con su problema. En realidad, estaban cansados de las quejas de Abel; éste, desgraciadamente, siguió el consejo e hizo lo que le habían dicho. Por ello lo condenaron a cadena perpetua en la prisión de Folsom.

Las irregulares horas de trabajo en la fundición mantenían a los hombres alejados de sus hogares. Muchos obreros y peones trabajaban turnos rotatorios—una semana durante el día, por las noches otra, y por las tardes la siguiente. Esto destrozaba cualquier sentido de vida normal. Y a veces algún tipo estaba tan cansado de los cambios de horario que apenas podía dedicarse a las cosas que contribuyen a que las relaciones familiares sean tolerables.

El juego, el acostarse con prostitutas o con las mujeres de los compañeros, el drogarse, o el beber para ahogar las penas—ese era el destino de los trabajadores de la fundición.

"La fundición se convierte en tu trabajo, en tu hogar, en tu mujer," solía decir el Viejo Jake a los jóvenes que comenzaban a trabajar en el "equipo de los aceitadores." Los obreros de la fundición podían cansarse y volverse cínicos después de un tiempo— pero luego llegaba un bebito, y todo valía la pena.

Enrique pensó en todo esto mirando a su aprendiz. Recordó cuando era como Tobías: alguien lleno de ansiedades que cometía demasiados errores.

Enrique recordó la impaciencia de los fundidores viejos quienes no solían enseñar nada, sino que dejaban que los aprendices aprendieran por sí solos—a lo difícil. Si uno se equivocaba, y no aprendía, nadie le podía echar la culpa a nadie sino a uno mismo. Ningún buen obrero iba a aceptar la responsabilidad.

"Ese *mamón* fue sólo un estúpido," diría un obrero sobre la torpeza cometida por un aprendiz. "Yo le dije qué hacer, y él nomás no supo hacerlo."

Enrique sabía lo difícil que era aprender los complicados sistemas hidráulicos—reparar, cortar, y cambiar tubos, alinear y ajustar motores y ejes; dominar las técnicas de la soldadura y conocer las llaves de paso; así como hacer las señales apropiadas a los que manejaban las grúas, mientras éstas levantaban las pesadas máquinas necesarias para los trabajos. Y los mecánicos veteranos no eran de mucha ayuda; ellos hablaban un lenguaje diferente, tenían sus propias señales y palabras que para sobrevivir uno debía conocer por dentro y por fuera. Lo peor de todo eran las bromas que los veteranos les hacían a los aprendices jóvenes.

"*¡De volada* lléname de aire esta cubeta!" le gritó una vez un obrero a Enrique durante un trabajo especialmente complicado en una de las forjas. Enrique agarró el cubo y echó a correr—con el casco y las gafas de seguridad puestas, los zapatos de puntera de acero, y el ruidoso cinturón de las herramientas—por un pasillo de ladrillos antes de darse cuenta que le habían tomado el pelo. Se volteó y oyó a los otros obreros desternillándose de la risa.

La sirena sonó cinco veces, indicando una avería grande. Enrique se levantó rápidamente, dio con el pie en las suelas de los zapatos de Tobías, cuyas piernas colgaban del banco donde éste dormía. Agarró su cinturón de herramientas y salió corriendo antes de que Tobías se despertase del todo.

Enrique subió al piso donde estaban el horno, el polvo y el desorden, mientras una tubería de agua desparramaba su contenido en una sección del techo del horno. Tobías, tratando de ajustarse el cinturón, subió corriendo detrás de él entre los gritos de los obreros del horno. Un capataz bramó, "¡Dense prisa . . . estamos en producción!"

Enrique, conocido también como Kike, esperaba en la banqueta fuera de la iglesia de Nuestra Señora de Lourdes en la calle Tercera. Se veía muy guapo con su esmoquin de terciopelo que resaltaba su musculoso cuerpo y el pelo cuidadosamente peinado. Su cara era de güero, como dicen por ahí, de piel clara, pero con marcados rasgos faciales de mexicano. Miró hacia arriba y hacia abajo en la calle. Miró la hora en el reloj de su muñeca—Espie estaba ya retrasada veinte minutos.

El padre Álvarez, con su casulla blanca, oro y verde, empujó las pesadas puertas de la iglesia para abrirlas, y vio a Enrique. Le dijo que, a menos que Espie llegara en diez minutos, iba a celebrar otra boda que tenía que ya estaba esperando al otro lado de la iglesia. A Enrique le caían gotas de sudor de la frente.

"¿Dónde *chingaos* estás?" murmuró Enrique para que el cura no le oyera. Espie era una hermosa mujer de pelo oscuro. Aunque se veía pequeña y delgada, tenía una voz fuerte y segura que contradecía su tamaño. El verdadero nombre de Espie era María Esperanza. Resultaba que sus tres hermanas, e incluso su mamá, también se llamaban María. Eran María Encarnación, María Consuelo y María Dolores; su mamá era María de Los Ángeles.

"Las Multi-Marías," bromeaba Gregorio, el hermano de Enrique.

Para que no hubiera confusión, las chicas eran conocidas por su segundo nombre—de hecho, se las conocía por la abreviación de estos segundos nombres: Encarnación era Chonita, Consuelo era Chelo, Dolores era Loly. Y Esperanza fue Espie.

Espie era con mucho la más guapa de la tres Marías. Aunque cualquiera de ellas era deseable para el matrimonio, Espie fue la última en casarse. Mientras Enrique esperaba en la banqueta, sus futuras cuñadas se arremolinaban también con sus vestidos de color lavanda y sus respectivos maridos en sus esmoquins de acompañantes. El grupo de asistentes a la boda estaba formado por las Marías y sus maridos. Solamente el padrino y el portador del anillo de bodas eran familia de Enrique: eran su hermano Gregorio y el hijo de éste de siete años de edad.

"¿Dónde carajo estás, mi amor?" se dijo Enrique a sí mismo, casi ya sin esperanza de que Esperanza llegara.

Entonces, mientras el padre Álvarez se preparaba para la boda del próximo grupo, una caravana de carros clásicos pertenecientes a los *lowriders* se acercó al frente de la iglesia. Uno de los primeros en el grupo era un muy adornado De Soto 1948, del cual salió Espie en un vestido de novia de satín blanco, con una larga cola de fruncidos.

"Ya ha llegado," gritó Chonita, la hermana de Espie. Sus otras tres hermanas reunieron al resto de los acompañantes para que la boda pudiera comenzar.

Enrique no tenía tiempo para discutir con Espie sobre su tardanza. Avanzó por el pasillo, entre los bancos de la iglesia, decorado con flores de lavanda artificiales. Se puso en el lugar que en la capilla le correspondía como novio. Los invitados a la boda, muchos de ellos se habían inquietado, despabilaron a los que se habían quedado medio dormidos, reunieron a los chicos, algunos de los cuales andaban corriendo por los pasillos laterales, y tomaron sus asientos.

La boda de Enrique era típica de las que se celebraban en el Este de Los Ángeles—tenía carros ricamente adornados de los cuarenta y cincuenta, esmóquines negros hechos a la medida, vestidos de damas de honor con grandes costuras hechos en casa, y una gran recepción en Kennedy Hall, un salón de baile bien conocido en el barrio.

Y, como ocurre en otras bodas, muchas cosas funcionaron mal.

Espie había llegado tarde porque se había pasado la mañana lavando y encerando los carros de la caravana. La futura esposa, que llegó de pasajera en el *lowrider* de su primo, quedó literalmente presa mientras cada carro era amorosamente secado y pulido. Enrique también casi había faltado a su propia boda cuando su futura suegra, la incontrolable María de los Ángeles, lo tuvo hasta el último momento colgando decoraciones y cintas para la recepción en el techo de Kennedy Hall.

Mientras el grupo se preparaba para entrar a la iglesia, el padrastro de la novia todavía no llegaba, y todo el mundo creía que estaría borracho perdido en alguna de las cantinas de la Avenida Chávez. Así que Beto, el hermano de Espie, en pantalones vaqueros, fue quien la acompañó por el pasillo al altar, mientras que su madre mostraba abiertamente su enfado por la ausencia de su marido.

Además de eso, el pequeño Ricardo se dio cuenta que faltaba el anillo de bodas de Enrique. Un joyero local lo estaba forjando esa misma mañana. Enrique miró a sus invitados como pidiéndoles su ayuda. Loly, una de las Marías, salió al rescate—le quitó a su hija un anillo de plástico sacado de una cajita de Cracker Jack—cajitas que contienen maíz dulce y un juguetito—y lo puso en el cojín que llevaba el portador de los anillos, sólo hasta que llegara el anillo de verdad. Por raro que esto pueda parecer, todos lo aceptaron como una solución provisional adecuada.

Así que allí estaban los dos, viéndose muy elegantes—Enrique con su lujoso traje y brillantes zapatos. Espie en su largo vestido de novia, adornado con encaje blanco, con un velo y con su ramillete de flores. Lo mejor de lo mejor.

Hacía sólo unos meses que Espie había abandonado sus estudios en la secundaria: tenía diecisiete años, Enrique diecinueve. Se habían conocido seis meses antes, lo que para algunos no era mucho tiempo, pero durante ese periodo habían ocurrido muchas cosas. Enrique sentía que estaba listo para casarse y Espie también lo creía así.

Enrique pensó en todo esto mientras se arrodillaba ante el altar que mostraba un Cristo crucificado, y se preparaba para recibir la comunión. El pensó en todo lo que había ocurrido hasta ese momento mientras el cura decía solemnemente lo que leía en un texto. Enrique miró de reojo a su prometida, y se sintió invadido por el amor y el orgullo. Esto era lo que él quería, estaba seguro de ello. Al principio, cuando Espie le insinuó lo de casarse, él se había resistido. Pero ahora Enrique estaba convencido de que ésta sería una relación de por vida, como él creía que debían ser las relaciones.

Llegó el momento cuando Espie debía poner el anillo en el dedo de Enrique. Ella tomó del cojín el anillo de Cracker Jack y soltó un gritito de asombro. En ese momento el joven ayudante del joyero venía jadeando por el pasillo hacia Gregorio—debía de haber corrido varias cuadras. El muchacho entregó un anillo recién hecho de oro envuelto en un viejo pañuelo, que estaba aún caliente. Tan caliente, que Enrique casi dio un salto al sentir el anillo en su dedo.

Por fin los anillos fueron intercambiados, y los votos hechos. Enrique se acordaba bien de las palabras "para querer y honrar de hoy en adelante." Así que confiados en sí mismos, Enrique y Espie repitieron esas palabras y se besaron.

Más tarde, en la recepción, las cosas continuaron como habían comenzado. Gregorio se cayó sobre el pastel cuando lo llevaba del carro a la recepción y un niño se le cruzó en el camino. Usó las llaves de su carro para volver a darle forma al pastel—aunque esto no sirvió de mucho. Los músicos no aparecieron, así que Chelo fue corriendo a la casa para agarrar un tocadiscos viejo en el que se podían tocar los discos de 45 rpm—con viejas y sentimentales melodías y cumbias—y con él sustituir a los músicos.

Antes de que terminara la recepción, algunos parientes medio borrachos cantaban antiguas y conmovedoras rancheras mexicanas. Poco después Gregorio y Perla, su mujer, se pusieron a discutir y ella salió del salón disparada, se metió en su carro, y arrancó rápidamente—pero no sin antes haber tratado de atropellar a su marido en el lote de estacionamiento cuando éste trató de detenerla. Más tarde, los recién casados miraron a su alrededor y decidieron irse: el baile del dólar había terminado, la novia había lanzado el ramillete—y hubo una rutinaria y amistosa pelea entre las chicas-con-menos-posibilidad-de-casarse, el fotógrafo había hecho su trabajo, y los invitados empezaban a caerse al suelo de lo borrachos que estaban. Sin decir nada a nadie, Enrique y Espie dejaron la recepción, entraron en su casa, se quitaron la ropa de la boda, se pusieron sus vaqueros y sus chamarras, se subieron al carro y se fueron. Ninguno de los dos tenía idea de dónde iban.

Entre tanto más gente había llegado a la recepción, incluyendo personas que nadie en la familia conocía y, como en toda buena recepción en el Este de Los Ángeles, esta fiesta tuvo su pelea proverbial—con rotura de mesas, sillas, vasos y botellas—y la llegada de la policía.

Pero Enrique y Espie ya estaban en la carretera rumbo al este, alejándose lo más lejos posible para hallar un lugar decente donde pasar su luna de miel, llevaban una botella de champaña que se habían llevado de la recepción y los setenta dólares que Espie había conseguido en el baile del dólar. Desgraciadamente se quedaron sin gasolina en El Monte y acabaron allí en un motel barato. Enrique no pudo menos que preguntarse si esos incidentes no serían una premonición de lo que iba a ocurrir durante el resto de su matrimonio.

ay pocos lugares en este mundo donde exista el amor verdadero," le comentó el Viejo Jake a Enrique, un día antes de que el veterano se retirara del alto horno tras cuarenta años de servicios. "Y este lugar no es uno de ellos."

A menudo los obreros más viejos hablaban así sobre sus relaciones familiares. Enrique nunca llegó a comprender la amargura que había en esas palabras, a pesar de los años que llevaba escuchando batallas que sucedían en el frente del amor. Enrique no se sentía así respecto a Espie.

"Nomás recuerda esto: 'amor sin plata es una lata,' " dijo Bailey, el obrero negro quien recordaba esas líneas de una vieja canción de Charlie Parker.

"Lo que mucha gente llama amor, no es más que una cuestión económica," continuó Bailey. "El matrimonio es como pagar a una puta por una noche . . . sólo que ahora se paga durante el resto de la vida."

"Eso es mentira, hombre," contestó Enrique. "Tú no puedes confundir a una esposa con una puta . . . tiene que haber amor de veras para la mujer."

"Nomás escucha lo que yo digo," dijo Bailey. "Tú no piensas así ahora, pero espera unos pocos años. Ya lo descubrirás." Enrique no se tragaba esto. Recogió su cinturón de herramientas y salió del comedor situado en el patio de mantenimiento. Esa conversación lo había enfurecido. Pensó en Abel—¿cómo podía alguien haberse sentido tan celoso como para disparar contra su mujer?

La familia de Enrique—que incluía cuatro chamacos, incluyendo a una bebita, que tuvieron antes de que Espie comenzara a usar el diafragma cervical—se convirtió en el centro de su vida, era su razón de ser y de su existencia. La familia era por lo que él iba a la fundición, a veces trabajando turnos dobles y haciendo horas extra los días de fiesta. Era la razón por la que siempre volvía a la casa.

Espie y los chamacos eran su único recreo en la locura que era la fundición. Él buscaba su compañía, egoístamente. Esperaba que ellos le apoyaran. Esperaba también que aceptaran su forma de ser y sus reproches. Se convirtió en un hombre posesivo. Enrique llegó a temer que el mundo interfiriera en su hogar. No dejaba que Espie saliera con sus amigas, ni siquiera con sus hermanas; creía que Chonita, Loly y Chelo eran demasiado locas. Imaginó que podía proteger a Espie de lo que él creía ser una peligrosa e imprevisible realidad, él podría evitar el tener una vida

familiar tan desastrosa como la de sus compañeros en el horno—
como la de todos los hombres que había conocido.

C ada tercer viernes, el día de pago, los hombres de la fundición
iban a los bares y se bebían la mayor parte del salario recibido.
O iban a apostar en los caballos o a jugar en los casinos de Gar-
dena y Bell. Las hojas de apuestas para las carreras estaban apiladas al lado del lugar donde recibían su paga, y las prostitutas
rentaban cuartos por toda una noche.

"Vayamos a comer algo," sugirió Enrique inesperadamente
una noche.

"Eso, eso, papi, vamos a McDonald's," dijo Carlitos, el segundo
de sus hijos.

"No, vamos a un buen restaurante, Uds. saben, como Clifton o
Phillipe en el centro," dijo Enrique. Estos lugares no eran precisamente elegantes, pero salir a comer era salir a comer—y se podrían poner su mejor ropa antes de salir como señores a la calle.

"Oh, Kike, me alegra tanto alejarme de todo esto," dijo Espie
buscando la mano de Enrique mientras este maniobraba el carro.
"Sólo que me gustaría que lo hiciéramos más a menudo."

"¿Qué quieres decir, mi amor?" preguntó Enrique.

"Sólo que—para serte sincera—casi siempre estamos en la
casa, nos bebemos unas botellas de cerveza y miramos videos. Lo
de hoy me gusta más."

"Ah," respondió Enrique sin decir una palabra más.

A pesar de su forma de ser con Espie, Enrique se consideraba
un hombre moderno. A diferencia de muchos de sus compañeros en la fundición, a veces ayudaba a limpiar la casa. Incluso cui-

daba de los chamacos, cambiaba los pañales de la bebita y le daba el biberón cuando ella se despertaba llorando por la noche.

Así que no comprendía por qué Espie empezó a alejarse de él, a evitar su compañía—ella apenas le habló la noche que salieron a cenar. De cualquier modo, pasó mucho tiempo antes de que Enrique sacara otra vez a su familia a cenar.

"Pero, ¿qué te pasa?" le preguntó un día a Espie cuando estaban en la cocina.

"¡A mí no me pasa nada!" gritó ella, y salió de la cocina, pero no sin antes dejar caer en el fregadero el plato que estaba lavando, por lo que se rompió en varios pedazos.

Enrique empezó a recoger cuidadosamente los trozos rotos en el fregadero y oyó a Espie salir por la puerta de la casa, meterse en el carro, y acelerar haciendo rechinar las ruedas por el camino del garaje a la calle—el ruido parecía burlarse de él.

Las discusiones entre ellos aumentaron. Muchas noches él deseaba que las cosas fueran diferentes, pero no sabía cómo cambiarlas. Cuantas más explicaciones trataba de darle a Espie, más se alejaba ella.

Un día, Enrique llevaba a la familia al parque Elysian a un pícnic. Ya estaban en la autopista cuando empezaron a discutir. Espie quería visitar a sus hermanas, dos de ellas vivían con sus familias cerca del parque Hollenbeck, en Boyle Heights.

"Mira, Espie, no me parece que ésta sea una buena idea," dijo él. "No me fío de las locas de tus hermanas." Esto enfureció a Espie, y le dijo a Enrique que parara el carro para bajarse.

"¿Estás loca?" le preguntó él. "Los chamacos están aquí atrás—¿qué voy a hacer con ellos cuando te vayas?"

"Eso es todo lo que te preocupa, ¿verdad?" dijo Espie.

"¿Cuánto trabajo te van a dar los niños? ¿Y yo? ¿Qué pasa conmigo? ¿Eh?"

Entonces ella trató de abrir la puerta del carro y saltar mientras estaba en marcha. Enrique se dio vuelta, pisó el freno, y se arrimó al costado de la autopista.

"Pero, ¿qué te pasa?" le gritó.

Espie no dijo nada, pero abrió la puerta y se fue hacia la rampa de salida. Él esperó un rato, al ver lo nervioso que se estaban poniendo los chamacos. Pronto manejó hasta llegar a Espie, quien ya había llegado a la calle.

"Muy bien, iremos a visitar a tus hermanas," dijo Enrique. Espie se metió en el carro sin mirar a Enrique. Durante toda la tarde no le dijo ni una palabra.

En otra ocasión ya en la cama, cuando Espie le dijo que se iba al cine con chonita al día siguiente, Enrique contestó, "No estoy de acuerdo. Si tú quieres ir al cine, puedes ir conmigo."

"¿Cuándo?" dijo Espie. "Tú nunca me llevas al cine. Además, algunas veces me gusta ir con mis hermanas. No siempre tengo que ir contigo."

Discutieron por un rato antes de que Espie gritara y golpeara la pared con su puño, haciendo allí un pequeño agujero. Enrique, a su vez, explotó y también golpeó la misma pared con su puño, haciendo un agujero aún mayor al lado del de Espie. Los agujeros quedaron en la pared ya que nunca fueron reparados, siempre abiertos.

Algo roía por dentro a Espie y Enrique no sabía qué hacer. No comprendía por qué Espie hacía todo tan difícil. Antes, estar con ella había sido tan fácil, pensaba él.

Para Enrique Espie lo era todo en todas partes. Los pájaros cantaban su nombre en las mañanas. Las máquinas en la fundición parecían repetirlo. Los trenes lo silbaban sílaba tras sílaba al pasar. Incluso llegó a tatuarse el nombre en su brazo derecho. Una vez ella le preguntó por qué estaba tan obsesionado con ella—por qué no podía tener más confianza en ella. Él le dijo que era porque la quería; y no creía necesitar ninguna otra razón.

Algunas noches, Espie lloraba. Muchas veces Enrique ni la oía.

urante años, los directivos de la compañía, habían hablado de cerrar la fundición; decían que no daba suficiente ganancia. Y durante años, los obreros se rompieron la espalda para mantener la fundición en marcha. Circulaban algunos rumores, se establecieron nuevas cuotas de producción, y los hombres mantuvieron día y noche encendidos los hornos, produciendo vigas, barras de hierro, y cables metálicos.

Al final, no se consiguió nada con todo esto.

Enrique estaba en el piso del horno, trabajando tan rápidamente como podía para reparar una tubería rota que llevaba el agua para refrigerar los hornos. Trabajando al lado de Enrique, Tobías le daba las herramientas y repuestos necesarios. El calor era intenso, y Enrique lo sentía a través de las gruesas suelas de sus zapatos. El sudor se le acumulaba en la espalda y en la frente. En pocos minutos ya había instalado una tubería nueva, y el horno continuó fundiendo chatarra sin haber tenido que parar su funcionamiento. Después de esto Enrique se bajó del techo del horno, y por Jerry, el capataz, se enteró del destino de la fundición.

"¿Así que la van a cerrar, eh?" dijo Jerry.

"¿Quién? ¿Qué?" preguntó Enrique.

"La fundición, hombre," continuó Jerry, mirando incrédulo a

Enrique. "¿Quieres decir que tú no lo sabías? Yo creí que Uds. los obreros serían los primeros en enterarse."

"¿Cierran la fundición? ¿Quién te lo ha dicho?" preguntó Enrique.

Jerry le dio un volante cubierto de suciedad a Enrique. El logo del Sindicato de Trabajadores del Acero adornaba el anuncio. Irónicamente, los del sindicato eran los primeros en comunicar a los empleados los planes para cerrar la planta, aunque también el sindicato era el primero en negociar cortes en los salarios para mantener abierta la fundición.

"¡Qué *pinche* desmadre!" dijo Enrique, incrédulo. "¿Cómo puede ocurrir esto? Estamos trabajando mucho aquí. Esta fundición ha producido más de lo establecido en las cuotas. Hemos hecho todo lo que la compañía nos ha pedido, e incluso más. No lo puedo creer."

"Bueno, parece que hemos contribuido a esto, *compa*," respondió Jerry.

La fundición era ya historia. Los voceros de la compañía culpaban a los productores de acero extranjeros, a las uniones, a los trabajadores perezosos. A todo en el universo, pensó Enrique.

Muchos de los talleres pequeños y fábricas de acero laminado que había alrededor de la compañía se iban a México o a Taiwán, donde la mano de obra era mucho más barata. Para poder competir, la compañía también tenía que mudarse a otro lugar.

Sin duda los tiempos cambiaban. Esta fundición en particular llevaba operando en Los Ángeles desde finales de la Segunda Guerra Mundial. Mucha de la maquinaria había venido de las enormes fundiciones de la Costa del Este. Algunas de las forjas y moldes se remontaban a principios del siglo veinte.

Había padres, abuelos, en algunos casos, tatarabuelos, quienes habían trabajado allí. Cuando la compañía comenzó la fundición, un gran número de familias mexicanas fue importado para hacer las labores manuales, y vivían en viejas barracas que se habían construido para ellos. Todavía había quienes recordaban los copos de acero que caían como nieve sobre la ropa tendida a secar.

Otras gentes fueron también a trabajar en la fundición. Sureños de los Estados Unidos, casi todos blancos especialistas, peones negros, cherokees y hopis; polacos y yugoeslavos. Poco después otras industrias abrieron allí, luego vinieron más viviendas, almacenes, y escuelas. Década tras década, los hornos de la fundición rugían su monstruosa canción. Alimentaban familias, permitiendo a algunas de ellas comprar su primer hogar; mantenían comunidades enteras.

La familia de Enrique había venido de Jalisco, México, una generación antes, y acabaron trabajando para la fábrica de acero. Su papá había trabajado allí, sus tíos, incluso su hermano Gregorio estuvo allí un tiempo antes de encontrar un puesto con la compañía local de teléfonos. Ahora, todo esto iba a dejar de ser.

A los empleados de la fundición les dieron un par de semanas para recoger lo que tuvieran en sus casilleros y sus herramientas, para solicitar los beneficios en la oficina de desempleo, y para prepararse para un nuevo trabajo—si es que lo encontraban. Un pequeño equipo de mantenimiento permaneció allí para desmantelar las máquinas, los hornos, y las forjas. Enrique no tenía suficiente antigüedad para estar en ese equipo.

D espués del despido de Enrique, él y Espie discutían aún más—pero ahora el tema era si podrían seguir teniendo la casa, si tendrían que vender uno de los carros, y que no podían ahorrar para el futuro de los chamacos.

"¡*Nel pastel!*" insistió Enrique. "Tú no vas a trabajar. Si yo tengo que trabajar dos turnos en una hamburguesería, lo haré, pero tú no vas a trabajar. ¿Qué va a pasar con los chamacos? ¿Qué vamos a hacer con la bebita?"

"El mismo *pinche rollo*. ¡Por qué no te callas!" dijo Espie. "Es hora de que yo busque trabajo, Kike. Vamos a necesitar dinero, y yo quiero hacer algo con mi vida. No puedo pasarme el día y la noche encerrada en la casa. Estoy cansada de esto. Maldita sea, tal vez el cierre de la fundición es lo mejor que me podía haber ocurrido."

Enrique quedó aún más confundido.

Por primera vez en su vida, Enrique sintió que había perdido el control. Odiaba sentirse así. Se había quedado sin empleo, y sentía que estaba perdiendo a su mujer. Espie ya no aceptaba sus soluciones, sus ideas—su forma de ver las cosas. Ella no era así antes, y eso le molestaba infinitamente. El pensar en los hijos, en la bebita, tan suave y hermosa, eso le ayudada. Los niños amaban sin reservas a sus papás, con fundición o sin ella.

En una ocasión, después de vivir una etapa difícil en sus relaciones, Enrique se acercó a los niños, que estaban mirando la televisión en la sala. Los abrazó, y ellos lo abrazaron. Él no se había sentido tan seguro, tan querido, desde hacía mucho tiempo.

"Espie, Espie," él le rogó un día. "¿Qué es lo que anda mal? ¿Qué es lo que te he hecho? ¿Por qué ya no me quieres?"

Espie no respondió a sus ruegos.

Espie comenzó a ir a la escuela nocturna decidida a conseguir su diploma de secundaria. Enrique aceptó cuidar a los niños mientra ella asistía a sus clases.

Para entonces ya llevaban doce años de casados, tantos como

Enrique llevaba en la fundición. Junior tenía once años, Carlitos, nueve, Sonya, cuatro, y la bebita, Darlene, uno y medio.

Durante el día él hacía cola en las oficinas de desempleo, caminaba de almacén a almacén, de fábrica a fábrica, siempre leyendo los mismos letreros de "No hay empleos" hasta que se le cansaban los ojos, le dolían los pies y la cabeza le punzaba. Por las tardes, llegaba a la casa, preparaba la cena para los niños, y se sentaba con ellos ante la televisión antes de ir a la cama.

Los domingos iba a misa, algunas veces oía dos misas, algo que no había hecho en años. Rezaba y rezaba. Y sentía que perdía el control de su vida. Lo sentía en sus huesos. Y no sabía qué hacer.

Un día, durante la cena, antes de que Espie se fuera a sus clases, Enrique le dijo, "Espie, yo sé que las cosas no nos han ido bien últimamente. Pero van a cambiar, te lo prometo. Yo voy a encontrar trabajo. Podremos ahorrar dinero y, con suerte, quedarnos con la casa. No te rindas, mi amor, no te rindas."

Espie trató de sonreir, le buscó la mano, y se la acarició.

"Kike, voy a tratar, ¿está bien? Sólo digamos que voy a tratar."

Una tarde Enrique volvió a la casa después de haberse detenido en un bar local para tomarse unas cervezas. Había estado subiendo y bajando por las calles todo el día en busca de trabajo.

La puerta estaba entreabierta. Enrique la abrió aún más. La sala estaba casi vacía. La televisión no estaba, tampoco el estéreo, ni las fotos sobre la chimenea, ni los juguetes de los niños— faltaba casi todo lo que tenían.

Tampoco estaban ni Espie ni los niños.

Enrique se asustó. Llamó a Chonita, quien vivía unas puertas más allá. Había pasado casi un año desde que se cerró la fundición. Enrique y Espie habían tenido que dejar la casa. Se habían mudado cerca de las hermanas de Espie—un arreglo que Enrique había aceptado por su mujer.

"Se ha ido, Chonita," dijo él. "Tengo el presentimiento de que tú sabes dónde está."

"Enrique, tengo mucho que platicar con Espie sobre su vida, pero ella es dueña de sí misma," dijo Chonita. "Yo no sé dónde está."

"Se ha llevado a los niños, hombre," respondió Enrique. "Bien, ella puede irse, pero no llevarse a los chamacos."

"Escucha, no pierdas la calma, ¿okey?" dijo Chonita. "Voy a hacer unas llamadas telefónicas. Dudo que se haya ido muy lejos."

"Ayúdame, Chonita, ¿okey?"

"Seguro, Enrique, pero no ruegues," dijo ella. "Te llamo en cuanto me entere de algo."

A la media hora, Loly, Chelo, y Chonita estaban en el apartamento de Enrique.

"¿Qué es lo que falta?" preguntó Loly.

"Sus cosas, las cosas de los niños—miren alrededor—se han llevado casi todo." dijo Enrique. Estaba sentado en el sofá, el único mueble grande que quedaba en la casi vacía sala.

"No me puedo imaginar a Espie consiguiendo un *troque* y cargando todas las cosas," dijo Chelo.

"Claro, tal vez te han robado," añadió Chonita.

"Eso es, justo lo que necesito—perder mi trabajo, mi familia, y encima que me roben," respondió Enrique.

"Peores cosas han ocurrido. ¿Te ha dejado ella una nota?" preguntó Loly.

"Una notita en el refrigerador."

Enrique sacó un arrugado papel del bolsillo trasero de sus pantalones. Se lo dio a Chonita, quien lo leyó: "Kike, yo sé que éste es un mal momento para ti, pero ya no puedo estar aquí. Me estoy volviendo loca. Me voy por un par de días con los niños. No te preocupes, estaremos bien. Te llamaré en dos días. Te quiere, Espie."

"¡Dos días!" exclamó Enrique. "¿Da esto la impresión que ella se ha ido nomás por dos días?"

Esa noche Enrique no pudo dormir. Entró en la recámara de los niños, Junior y Carlitos tenían una cama de camarote, rodeada de posters de grandes luchadores, estrellas del béisbol, y personajes de las historietas. Faltaban sus juguetes favoritos. El cuarto donde Sonya y Darlene dormían estaba vacío, hasta la cuna faltaba; aunque se habían llevado mucha ropa y juguetes, habían dejado una estantería llena de animales de peluche, que adornaba la pared al lado de una cama bien arreglada.

Luego Enrique fue al dormitorio donde dormían él y Espie. La furia le surgió de un lugar profundo y oscuro que él ni siquiera podía nombrar.

La noche parecía interminable. Anduvo por la recámara. Abrió un bote de cerveza, luego otro. En un momento dado, levantó las pesas que había en una pared de la recámara. Se sintió invadido por una oleada de energía. Nomás no podía dormir. Su mente imaginó cosas terribles—pensó en Espie con otro hombre. Cuanto más permanecía en la recámara de los dos, más reales se hacían esos pensamientos. Luego fue al cajón superior de Espie, lo abrió, y buscó entre lo que allí había. Faltaba el diafragma cervical de Espie.

"¡Por qué carajo se iba a llevar eso!" gritó Enrique. "¡Con quién está cogiendo, *chingao!*"

Deambuló por la casa. La sangre le hervía en las venas. Se puso frenético. Salió tambaleándose de la casa. Corrió calle abajo. Regresó a la casa.

"¡Maldita seas, Espie!" gritó. "Dijiste que ibas a intentar cambiar. ¿Por qué carajo te rendiste?"

Se le ocurrió mirar si estaba su rifle .22 que tenía en un armario. Lo había comprado para practicar el tiro al blanco siguiendo la sugerencia de algunos compañeros en la fundición. Nunca lo había usado. Fue al armario, se paró ante la puerta, luego la abrió. Allí estaba, detrás de la ropa colgada, todavía en la caja en la que lo compró, allí estaba el rifle. Bueno, los ladrones no lo habían encontrado, pensó Enrique mientras sacaba la caja.

Sostuvo el arma en sus brazos y la miró durante mucho tiempo; su mente imaginó mil cosas sobre qué iba a hacer ahora.

E l collarín de la tubería de seis pulgadas era difícil de desarmar; por años, el calor y los productos tóxicos habían hecho que las tuercas y los pernos se hubieran agarrotado. Enrique puso una llave inglesa en una de las tuercas, luego puso un trozo de tubería en la llave inglesa para poder hacer más palanca. Después de varios fuertes tirones, la tuerca comenzó a chirriar, luego se movió un poco más y, finalmente, la llave inglesa giró libremente mientras se separaba la tuerca del perno.

"*Híjole*, esa sí que fue difícil," dijo Enrique secándose con el dorso de la mano el sudor de su frente.

Enrique trabajaba en una pequeña refinería en la calle Medford. Llevaba allí tres meses, y había sido contratado como montador de tuberías. Por sus doce años de experiencia en la fundición, había conseguido sin dificultades el empleo en la sección de mantenimiento. Por fin llevaba más tiempo trabajando que lo que había pasado buscándolo.

Tenía un empleo permanente en el turno de día; la paga era unos dólares menos de lo que ganaba en la fundición. Pero lo principal era que Enrique estaba contento de trabajar ocho horas diarias. El día que el capataz de la refinería le llamó a la casa para que fuera a hacerse el chequeo médico, Enrique se arrodilló en la sala para dar gracias a Dios.

Al año de haberse cerrado la fundición, Espie firmó los documentos para el divorcio. Y aunque ella se había llevado muchas de las cosas de la casa cuando dejó a Enrique, también era verdad—como sugirió Chonita—que les habían robado. Espie salió tan deprisa de la casa, que olvidó echar la llave en la puerta. Alguien entró y se llevó todo lo que allí quedaba de algún valor.

Había más noticias tristes. El Viejo Jake había muerto de un ataque al corazón unos meses después de haberse retirado. De hecho, la mayor parte de los obreros en la fundición se morían antes de que se cumplieran dos años de dejar el empleo. Apenas habían podido disfrutar de su retiro antes de que les fallara el corazón.

Después de que Enrique comenzara su nuevo trabajo, encontró un pequeño apartamento—un estudio por cien dólares al mes en un viejo y destartalado hotel, cuyos huéspedes eran principalmente solteros, y casi todos mexicanos indocumentados. En la primera planta había un bar cuyas puertas daban también a la calle, igualito que en México. Enrique pasaba muchas de sus largas tardes allí.

Los muebles del cuarto eran escasos, pero estaban limpios. Nomás lo esencial. Estaba a cinco minutos escasos de su trabajo, y Enrique se ajustó rápidamente a la rutina. Después de haber sido contratado, comenzó a recuperar su sentido del humor. Y aunque tomaba algunos tragos en el bar muchas noches, no bebía tanto como cuando se cerró la fundición. Llegaba a su cuarto y se sentía bien aunque se sintiera solo.

La noche que Espie se marchó, Enrique pensó en cargar el rifle que tenía entre las manos, ponerse el cañón en la boca, y apretar el gatillo. También pensó en ir tras Espie, y matarla—las anécdotas contadas por los obreros de veras le ayudaron a ver lo estúpido que eso sería. Con todo esto, siguió viendo a sus hijos: la picaresca sonrisa de Junior, la superactiva personalidad de Carlitos. La forma cómica en la que Sonya decía : "cheche," en vez de leche. Y la bebita, Darlene, con sus sonrosados cachetes y sus ojos grandes. No podía hacerlo—ni matar a Espie ni a él mismo. Guardó el rifle, y se quedó dormido.

Los fines de semana, Espie llevaba a sus hijos al cuarto del hotel. Ellos estaban siempre ansiosos por verlo a él, aunque fuera en ese pequeño cuarto. No importaba lo que hubiera ocurrido, los chamacos eran siempre maravillosos; parecía que comprendieran todo. Eran lo único constante en su vida, su único consuelo.

"Odio todo lo que los hemos hecho pasar," le dijo Enrique una vez a Espie. "Incluso cuando no hemos estado ahí para los niños, ellos siempre están con nosotros."

A veces Enrique se despertaba a eso de las tres de la mañana y se sentía abrumado por la pena, por un torrente emocional que le dejaba sin respiración. Entonces se sentaba en la cama, y respiraba hondamente. No quería sentirse así más. Tenía que seguir con su vida. A la mañana siguiente, se levantaba como de costumbre para ir a su trabajo.

Enrique apoyó los brazos en el respaldo del banco donde estaba sentado en el parque, miraba a sus hijos mientras estos corrían y chillaban en el sitio para los juegos infantiles. Al poco rato sus pensamientos se precipitaron hacia Espie, como había ocurrido tantas veces antes—ahora que ella ya no era parte de su vida. Al principio no podía aceptar esto. Ya habían pasado dos años de lucha, de espera y de darle vueltas en su cabeza a todo lo sucedido, perseguido por sus errores, satisfecho por sus victorias. Ahora todo había pasado, pensó sentado allí, mientras los rayos del sol bailaban sobre su piel, rodeándolo de móviles tonalidades amarillas. Las aguas verdioscuras del lago en el Parque Hollenbeck relucían bajo el sol de la tarde mientras los reflejos de luces y sombras cruzaban las aguas.

Se repitió a sí mismo: "Todo ha terminado." Y esto era bueno. Aunque había días en los que su amor por Espie no lo dejaba pensar en nada más—y había días cuando todo lo que deseaba era alejarse de ella lo más posible.

Había días cuando quería gritar y echar fuera sus miedos, sus estupideces y sus dolores; y había días cuando se quedaba tumbado por horas en su camastro viendo las telarañas flotar en los rincones del techo de su cuarto. Días en los que deambulaba por las calles lluviosas. Días entrampado en el casi interminable umbral entre la muerte de un amor y el nacimiento de otro. Días repletos de discusión y de vida; de amor paternal y contacto con una mujer; de cuartos vacíos y noches en el bar.

A veces no estaba seguro de nada. Pero de esto sí lo estaba: nunca la había querido tanto como en el momento que ella finalmente lo dejó.

Ahora, por fin, podía descansar, tomarse un respiro, y sentarse en un banco en el parque. Estaba cansado de luchar, de trastornar sus horas con planes para recuperarla, convencerla, sobreponerse a ella. Todo lo que él había intentado hacer no era sino una manera de evitar lo inevitable. Ahora estaba libre de todo esto. Ahora podía pensar en otras cosas—tal vez ir a las montañas, o disparar su rifle .22, o ir a pescar—o sólo ir a pescar los barbos en ese lago, por ejemplo, como lo hacía cuando era mucho más joven. Ahora era libre, y se lo agradecía a ella. "Cuando uno está vacío, es hora de llenarse;" recordó haber oído en un sermón dominical. Así era como él se sentía ahora. Pensó en todo lo que le había pasado en esos dos años pasados—sin trabajo, con hambre, loco, enamorado, sin amor, con trabajo. Ahora que estaba en la refinería, se sentía fuerte, casi tan fuerte como para arriesgarse en otra relación amorosa, para salir con mujeres, para volver a abrir su corazón a otra persona. Por mucho tiempo había tenido demasiado miedo para hacer eso.

La corte por fin aprobó el divorcio. Llevó unos cuantos meses, pero hacía una semana que Enrique por fin había recibido los documentos. Y de alguna manera, de manera casi cómica, cuando esos documentos llegaron a su cuarto, su amargura comenzó a desaparecer. Se sintió aliviado. Ya no tenía que pelear más por Espie. No tenía que vivir con las explosiones y los cambios emocionales de ella. No tenía que repasar dolorosas escenas para tratar de adivinar cómo pensaba ella, o hacer lo imposible para no enfadarla. Y para entonces se dio cuenta de cuánto había él contribuido a esa ruptura—sus enfados y su total control sobre la vida de Espie. En un momento dado ya no eran buenos el uno para el otro. Se terminó, se dijo a sí mismo. Está bien.

Esa mañana, cuando Espie llegó a su hotel para dejar allí a los niños, Enrique miró por la ventana y vio que un hombre joven conducía el carro que los había llevado allí. Espie se bajó del carro y abrió la puerta trasera para que salieran los niños. Llevaba una falda larga, con un corte en el costado, como los vestidos de las chinas, iba preparada para salir a divertirse esa tarde.

Enrique pensó que Espie se veía muy atractiva. Bajó las escaleras y salió a la banqueta. Espie, con indiferencia, puso a Darlene, que dormía, en los brazos de Enrique. Luego les dio a Junior y a Carlitos una bolsa con ropa y cobijas, y por unos segundos cepilló el pelo de Sonya. Enrique miró con curiosidad al extraño que manejaba el carro. Éste no dijo nada, pero no se veía cómodo mientras Enrique estaba en el lado del pasajero. Enrique, por otro lado, no se sentía tan mal como había creído al ver a Espie con un compañero nuevo.

Se dirigió con sus hijos a la entrada al hotel. Se volteó y vio alejarse el carro. Entonces, una penetrante serenidad lo invadió, una paz que hacía mucho tiempo no sentía. Le pareció extraño, pero en ese momento se dio cuenta: Así es como termina esta sensual y tormentosa relación, apenas mantenida por las promesas repetidas por los ecos de las iglesias y murmuradas entre sábanas y que le había llenado, durante años, sus pensamientos y emociones, como si nada más pudiera entremezclarse en su vida.

Con la cabeza de Darlene reposando en el hombro, Enrique entró en su cuarto y mantuvo abierta la puerta hasta que entraron todos los niños. Luego, sin pensarlo mucho, sin remordimientos, lentamente la cerró, dejando atrás para siempre una desconcertante, aunque agradable parte de su vida.

sperando. Estoy esperando aquí, atrapada, como si fuera un chicle masticado pegado a la banca de una iglesia. Siempre estoy esperando por esto o por aquello. Como si alguien me hubiera dicho, "Esperarás y lo harás bien." Alguien con la cara de papel arrugado como la de una monja.

Chingao, me tocó esta vida—dejar que pase el mundo y el tiempo como relámpagos en un cielo de verano, uno tras otro, mientras me siento y espero. Y espero. Y de nuevo . . . espero.

Estoy pasando por las cinco etapas de la muerte aquí. Estoy aquí en esta reunión de evangelistas, oiga, bajo una carpa, no muy lejos de la zona de indigentes y drogadictos del centro. Se pueden ver las oxidadas escaleras de escape de incendio en los hoteles dilapidados y los altos edificios al oeste de aquí con ventanas como ojos que nos ven con desprecio. Aquí hay pobres por todas partes. *Híjole*—es chistoso cómo la gente que no tiene nada ama tanto a Jesús. Quiero decir, gente sin hogar, sin nada, sin un sitio donde poder ca . . . bueno, ya sabes. Pero, hemos sido salvados.

Me llamo Ysela. No es un nombre muy común. Es mexicano y

se pronuncia I-Se-La. Cuando canto, simplemente me paro y le digo al mundo que mi nombre es Ysela. ¡Ándele! Dígalo bien. La Y suena como I. Y cuando se dice rápido a la bravota, suena bien. ¡Ysela!

Dentro de la carpa hay un micrófono en una plataforma de madera, sillas plegadizas por todas partes y gente que se está dando cuerda como los trompos mientras otros empiezan a hablar. Alguien debería saber que todavía estoy aquí, completamente sola. *Pinche* espera.

¡Qué tengo que hacer, carajo!

¿Y qué espero? Que alguien escuche mi historia. Todos los demás han tenido la oportunidad de contar la suya. Todos han subido al micrófono para, como dicen, dar tes-ti-mo–nio. Todos han contado lo suyo, han tenido sus quince minutos, ¡aburriéndonos soberanamente! Ahora me toca a mi, ¡oiga! He estado esperando mucho tiempo para contar mi historia. Y la mía es buena, además.

Sabe, mis antepasados eran una familia importante. Mi familia ha estado en California por generaciones. Quiero decir, cientos de años. Mi familia vino aquí con los primeros colonos. Los californios. Así es. Eran los dueños de toda esta tierra, ¡oiga! Tenían ranchos y caballos y peones. Usaban ropa lujosa, sombreros de ala dura, fajas y espadas. Eran bien parecidos y valientes—verdaderos vaqueros, los vaqueros originales, los que le dieron nombre a estas tierras.

Pero fue triste lo que les pasó. Pobrecitos. Los robaron después que llegaron los gringos. Pelearon contra ellos—aun deteniendo el avance de los soldados gabachos a las afueras de Los Ángeles hace más de 150 años. Los californios ganaron la batalla con lanzas, ¡oiga!

Pero los gringos siguieron viniendo y los obligaron a firmar un tratado. Se suponía que este tratado iba a garantizar ciertos derechos. Pudieron mantener su lengua, su tierra y hasta algo del poder que tenían. Pero eso no duró mucho. Los gringos hallaron oro, ¡oiga! Miles de ellos vinieron del este en busca de oro. El oro cambió todo. Se robaron la tierra. Mataron a la gente. Los tratados no significaban nada.

Uno de estos últimos californios era mi tío tatarabuelo, o algo parecido. Su familia fue la dueña original de Griffith Park, ¡oiga! Cuando los gringos se lo robaron, dejaron que la familia se quedara en algunas partes determinadas: Se construyó el parque. Caminos, senderos. Después el *pinche* zoológico. Visitantes y turistas venían todo el tiempo. Poco después lo único que mi gente hacía era limpiar el lugar. Al final, mi tío tatarabuelo, el último de su clan, era un hombre que parecía una vieja vara, oiga, derrotado, errando por el parque para recoger la basura.

Todavía hacía eso. Trabajando para otros, limpiando la tierra que le había pertenecido. Hoy día, ni su casa—ni esa historia— existen. Se acabó todo.

Probablemente ya se dio cuenta que no soy una californio del todo. Soy muy prieta, ve. En algún momento, algunos de la familia se casaron con migrantes mexicanos pobres y trabajadores del ferrocarril que vivían aquí y construían Los Ángeles.

Tengo mucha sangre india en mí, ¡oiga! En otro momento alguien de Jalisco se casó con alguien de Durango que se casó con uno de mi familia de californios, y después vinieron más, más mexicanos, más indios, y después vine yo que nací en un cuartito de una pequeña casa en la Kern Mara.

En el barrio donde me crié había un ladrillal al lado del auto cinema Floral. Allí viví hasta que lo destruyeron todo, oiga, ladrillal, las casas, el auto cinema. Hicieron una autopista. Después calles nuevas. Después casas nuevas. Al poco tiempo casi no quedaba nada de Kern Mara. Parece que me volvieron a echar.

Si todavía no lo ha adivinado, soy una mujer religiosa. Puede que sea difícil de creer, pero es cierto. He cantado música espiritual desde que era una niña pequeña, la mexicana más prieta del coro. Casi parezco negra.

Fíjese, cuando daba mis vueltas por el sur del estado cantando música espiritual en iglesias, carnavales, rodeos, bailes de comunidades agrícolas y jamaicas, y para estar más segura, cosas como "Bill Bailey, Won't You Please Come Home," la mayoría de la gente que no había visto a un mexicano pensaba que era negra. En una ocasión me siguieron unos güeros. Me gritaron, "Oye, Aunt Jemima." Mire nomás. Miré a los muchachos gabachos y les dije en el más puro *espanglish* de barrio: Coman caca, *pinches huevones, slime balls and sons of your* puta madre. Se echaron a correr, ¡oiga!

También soy una mujer grande. Verdaderamente grande. En realidad no me importa. He sido grande tanto tiempo que no sé como más podría ser. Mi familia me llamó Chata por años hasta que, oiga, hasta que ya no contesté a ese nombre. Llevo grandes vestidos negros, tengo pelo corto, ondulado y abundante sobre la cabeza. Cuando empecé a cantar Dios se encargó de mis amígdalas. Me invadió la garganta, y ahora lo único que oigo es un ángel, y soy yo. Aunque a veces, no estoy tan segura.

Por el momento estoy sola. En un remolque-casa detrás de una fila de pequeñas casas sin pintar en Montebello, cerca del perímetro urbano de Los Ángeles. Hace años esta área ni siquiera se consideraría parte del Este de Los Ángeles. Cuando era joven, el Este de Los Ángeles terminaba poco después de Atlantic Boulevard. Mi madre, que en paz descanse, me decía que otra gente, principalmente gringos, pero a veces japoneses, vivían en esta área durante años. Pero ahora—nada, puro mexicano.

Yo sé de lo que hablo porque yo me crié en el mero *East Los*— en la Kern Mara, les digo. Recuerdo las reuniones familiares en nuestro patio de tierra. Saben a lo que me refiero: perros ladrando, gallos paseando y gallinas picoteando el piso. Qué cochinero hacían, ¡oiga! Hacíamos fiestas de cumpleaños, saben, en las que todos traen a sus niños pero nadie trae regalos. Como quiera que se llamara uno, los adultos siempre le decían *mijo* o *mija*. Había barriles de cerveza y luego un pleito. Tenía uno tíos y tías y un montón de primos y una *buelita* apuntalada en una silla de metal bajo un árbol. Y los morrillos corriendo por dondequiera como si a nadie le importara. Finalmente, sin fallar, oiga, mami y papi se metían en sus pleitos, y todos se iban antes que empezaran los golpes y mami saliera a esconderse en su recámara.

Pero últimamente, oigo que la gente llama a toda esta área al este de donde vivía, muchas millas hacia el condado, oigo que la llaman el Este de Los Ángeles. Como digo, los mexicanos adquirieron todo, ¡oiga! Los mexicanos se mudaron al este de Atlantic y siguieron, hombre—invadieron Montebello, Pico Rivera, La Puente, Bassett, Whittier. ¡Ajúa—claro que sí! Así que le digo a la gente que vivo en el Este de Los Ángeles, pero en realidad vivo en Montebello, oiga, en un pequeño remolque-casa metido detrás de un montón de casas viejas.

Tengo una hija y un hijo. No viven conmigo. Hace años que no, oiga. Viven con mi madre y van a la escuela. Son apenas medio mexicanos. Su papi era un vaquero domador de caballos de Oklahoma. Una vez llegó aquí trabajando en los rodeos, y más o menos se enamoró de una jovencita rechoncha que cantaba música espiritual en un vestido ancho.

Nunca me cayó bien ese vaquero, ¡oiga! Se emborrachaba todo el tiempo. Me hizo bebés y después se largó. Apenas si lo veía . . . después no lo vi más. Dejó de venir a casa y yo estaba sola con los niños, Juana y Toño, a quienes el vaquero llamaba bicolores, en parte por su nombre, pero también por su color blanco-café, sepa yo.

Los niños siguen creciendo también. Vienen a visitarme y nunca se meten en grandes problemas. Pero sé que han sufrido. Sé que a veces no están seguros qué son, gringos o mexicanos, o los dos. Les digo que no importa nada, ¡oiga! Que a Dios no le importa. Y ellos escuchan. Y saben. Y se ríen. Pero luego se van y yo sigo pensando que no estoy tan segura.

Con todo esto, mis padres se deshicieron de mí muy rápido. Hasta lograron que la iglesia no me permitiera cantar allí. Pero yo nunca dejé de amar a mi Dios, oiga, a mi Jesús. Nunca dejé de hacerlo.

Me puse muy gorda y fea en aquella época, pero ahora creo que estoy bien. Todavía me siguen los hombres. Hasta tuve una aventura con un gabacho rico y casado a quien le gustaba que sus mujeres fueran grandes, pero me tenía en esta casa remolque, en un lugar difícil de hallar, esperándolo. Pagó las cuentas por un tiempo, siempre y cuando no le dijera a nadie con quien tenía amoríos.

Yo no le ponía peros a esto. El tal Doudy—era el Sr. Doud, pero yo lo llamaba Doudy—me ayudó a conseguir trabajos cantando en parques, fiestas y bailes. Yo cantaba mi música espiritual, pero la gente quería canciones modernas más movidas, así que me echaba, "Bill Bailey."

Doudy terminó alejándose de mí. Simplemente dejó de venir. Después dejó de pagar las cuentas. Traté de comunicarme con él en su casa, ¡oiga! Hasta caminé millas y millas a Hacienda Heights donde tenía su elegante casa estilo rancho, llegué a su puerta, pero al fin de cuentas me dio mucha tristeza al pensar quién era yo—una mujer gorda, fea con el pelo corto y ondulado y piel oscura, a quien nadie puede amar, y simplemente me di media vuelta y me fui. Mis lágrimas se sentían como cristal roto en mi cara.

También salí con un policía chicano en Santa Fe Springs. Un hombre grande, oiga. Grandísimo para ser mexicano. A él también le gustaban las mujeres grandes. Al principio era muy de aquellos—se veía muy elegante, oiga, en su uniforme con la pistola negra y las esposas como de cromo al lado haciendo un ruido de cuero y acero cada vez que se movía. Caray, me gustaba eso. Me decía, "Soy la peor pesadilla de los gabachos: un mexicano con placa." Era un verdadero tipazo. Pero ese cabrón también me hacía cagar de miedo, perdón por mis palabras vulgares. Tenía mucho odio en la sangre ese tipo y parecía que le hervía todo el tiempo. Era bueno con los niños, pero yo siempre me preocupé. Que les fuera a apuntar con la pistola, oiga, como me hacía a mí a veces durante sus furiosas borracheras: presionaba la pistola fuertemente contra mi mejilla, el corazón me latía a mil millas por minuto mientras yo rezaba que no me fuera a matar y me dejara allí para pudrirme, oiga.

Tenía que alejarme de ése, ¡oiga!

De cualquier manera, Dios me dio una voz que es una bendición. Nunca he tenido ningún dinero. Pero tengo esta voz. Para cantar. Para contar la historia de mi vida. Una vez, cuando Doudy dejó de pagar las cuentas, me tropecé con un tipo que escuchó mi voz al cantar y al hablar y me dijo que me iba a proponer algo. Quería saber si yo grabaría cintas sexuales, ¡oiga! Cintas que él vendería como pedidos por correo, usted sabe, en revistas pornográficas. Al principio no me gustó la idea, pero caray necesitaba dinero desesperadamente. Así que grabé unas cuantas cintas. Sólo con mi voz, hablando cochinadas. Los domingos iba a la iglesia y le pedía a Dios que me perdonara. En el coro cantaba con más fervor. Pienso que Jesús sabe por qué grabé esas cintas. Pienso que él entiende, por eso no le tengo que explicar nada a nadie. Sólo grabé unas cuantas. De cualquier manera, pude comprar comida, ¿qué no?

Tengo una historia que contar. Pero no soy la única, oiga. Cuando tenga oportunidad de hablar en esta reunión voy a hablar de mi hermano Pompi. No sé de dónde viene ese nombre. Pompi era mayor que yo. Hasta tenía otro padre, no el mío.

Me acuerdo muy bien de Pompi. Especialmente allá en 1990. No hace tanto tiempo de eso pero parece como si lo fuera. Yo era una adolescente entonces. Me pasaba todo el tiempo cantando en reuniones evangélicas. Estaba un poco acolchonadita y sé que era mona. Toda prieta con colorete rojo y abundante pelo ondulado y cantando como un ángel.

Pompi era un infante de marina, ¡oiga! Un orgulloso infante de marina chicano. Pero salió del ejército hecho pedazos. Todo el tiempo gritaba y bebía. ¡Híjole, cómo bebía! Le empezaron a salir canas. Algunas veces estaba tranquilo durante un largo tiempo. Otras, no venía a casa por varios días. Entonces se aparecía de nuevo sin decir nada, oiga, algunas veces ni siquiera saludaba. Caray, era de esos de "mírame y no me toques."

A Pompi le pasó algo horrible. Vio algo. No se lo contaba a nadie. Pero una noche, oiga, me lo contó a mí.

Mire, Pompi fue uno de los infantes de marina que mandaron a Panamá en 1989. Estaban allí para agarrar al *vato* ese Noriega, o como se llamara. Los soldados tomaron al país por asalto y se quedaron allí por un tiempo. Pompi era un recluta nuevo. Lo que vio Pompi, oiga, nadie debe de ver. Un chicano orgulloso como él, haber visto lo que vio.

Una noche con los ojos llenos de lágrimas y labios temblorosos me cuenta lo que le pasó. Borracho. Colérico. Con la cara roja. Me cuenta. "Estábamos de patrulla en una sección dilapidada de Ciudad Panamá. El sitio acababa de ser fuertemente bombardeado. Había mucha destrucción, carajo—incendios, escombros y un *chingo* de cuerpos. Quiero decir cuerpos despedazados. Estaba yo al lado de un sargento, un tipo de Michigan que era el jefe de nuestro pelotón. Oímos un ruido y fuimos a ver qué era. Dentro de una de las casas destruidas lloraba un pequeño niño panameño como de unos cinco años. Estaba cubierto de polvo y le sangraba el pie. De repente el tipo al lado mío se puso furioso. Gritaba algo de esa *pinche* "gente lodosa" y del mal trabajo que habíamos hecho al no destruirlos. El *vato* puso el arma al lado de la cabeza del niño y le voló la tapa de los sesos. Así de sencillo, *mana*. No sabía qué hacer. Quería gritar, pero el sargento me echó una mirada que me decía que más me convenía no decir nada. No importaba que el morro fuera cobrizo como yo—yo era un infante de marina, y los infantes de marina se apoyaban uno al otro."

Pompi ya no fue nunca el mismo, ¡oiga! Guardó dentro de sí lo que había visto. Este gobierno suele usar a los chicanos contra otros hispanoamericanos—como en la frontera sur o en Nicaragua. A algunos no les importa, supongo. Pero a Pompi le importaba. Era un buen infante de marina. Nunca dijo nada. Pero nunca se le olvidó el niño panameño, oiga. Nunca olvidó su expresión cuando la bala le hizo explotar la cabeza.

Tal vez fue esto lo que Pompi vio la noche lluviosa que se puso una escopeta en la boca—la cara del niño, su terror, su bella cabecita morena salpicada por todas partes. Hallaron a Pompi en el garaje de su padre. Tomó unos cuantos días. Nadie sabía dónde estaba. El garaje empezó a apestar, ¡oiga! y lo hallaron con botellas de tequila por todas partes y con la cabeza abierta, destrozada.

Me sentí mal por mucho tiempo. Hasta engordé más después de la muerte de Pompi. Yo sabía lo que él sabía. Lo único que podía hacer era rezar. Por eso estoy aquí, por eso he sido salvada, oiga, y por eso voy a la iglesia. Estoy en las manos de Jesús. Pompi no tuvo ninguna esperanza. Pero rezo para que Jesús lo esté cuidando, lo mismo que al pequeño niño panameño también.

Así que aquí estoy en esta reunión de evangelistas esperando mi turno para hablar. Estoy cansada de esperar. Todos han hablado ya. Yo también tengo la historia de mi vida que contar. Sé que la puedo contar bien. Soy buena para contar historias. Soy buena para cantar. Soy buena para hacer esas cintas. Dios me dio una voz, ¡oiga! Me dio esto y todavía puedo cantar como cuando era una niña prietita y mona en el coro y cantaba como un ángel. Para que me oigan los californios. Para que me oiga Pompi. Para que me oiga el cielo, ¡oiga!

AMOR DETRÁS DE LA CERCA DE ALAMBRE

Agarré la bola de la palanca de velocidades y aceleré el *boche* 1967 hasta adelantarme a varios otros carros mientras íbamos por la sección industrial de la avenida Santa Fe. El carro tenía un cofre amarillo, una puerta gris, y salpicaderas café, todos eran piezas obtenidas en los cementerios de carros que hay en la hilera de *yonkerías* o patios de partes usadas en la Mission Road. La Pancha estaba sentada—más bien acurrucada—a mi lado, sus elegantes piernas recogidas hacia su cuerpo, con lo que, debido a la brevedad de sus cortos pantalones, me dejaba ver sus pantaletas de color turquesa. Tenía las piernas largas—aunque no creo que los ingenieros que diseñaron ese tipo de asientos pensaran en eso. Subí el volumen del estéreo en el que una cinta resonaba, mientras atravesábamos una sección especialmente destrozada de la calle. La voz del cantante rugía por los altoparlantes, dándome en la nuca como si fuera un bate de béisbol.

"*¡Baby!*" canté yo, acompañando a la música. "*¡Baby!*"

La guitarra gruñó su acompañamiento y el órgano bramó y el

boche se meció mientras pasaba ante almacenes, fundiciones y fábricas cerradas.

"Bien, no falta mucho hasta la próxima fiesta," le dije a la Pancha.

"Espero que no, Serf," respondió ella, haciendo sonar mi
nombre como si fuera una canción de los *Beach Boys*.

Serf es una abreviación de Serafín—Serafín Ramos.

"Qué *pinche* aburrimiento en ese lugar donde estábamos,"
continuó Pancha, "pero sé que los *borlos* que da Rita suelen ser es-
tupendos. Y estoy lista para ¡pachanguear . . . uuuuuyyy!" gritó.
Pancha sabía que a mí me gustaba cuando hacía eso. Los gritos
de una mujer excitada tienen un no-sé-qué que cambia todo.

P ancha salió corriendo de la pequeña oficina en el estudio
fotográfico en el Boulevard Whittier. Yo la visitaba allí después de que los técnicos del laboratorio se iban a casa. En las ventanas al exterior y en las paredes había fotos artísticas en varios
marcos. Fotos de quinceañeras—las grandes fiestas del barrio
organizadas para presentar a las chicas de quince años a la
sociedad—enormes grupos de boda, bautismos, bailes en el insti-
tuto y familias con niños—únicamente la gente guapa. Nunca
iban a encontrar mi foto en esas paredes. Bueno, tal vez yo no sea
tan feo. No tenía una papada doble ni granos en la cara. Manejaba una *troca* y tenía aspecto de camionero. Quiero decir que
usaba camisetas viejas, vaqueros descoloridos y una gorra de béisbol grasienta. Estaba en buena forma—esto es, aún no había
echado del todo panza de bebedor de cerveza. No era feo, hombre, pero tampoco nada de qué presumir.

Cuando visitaba a Pancha en el estudio fotográfico y ya no

quedaba nadie más allí, nos metíamos en el cuarto oscuro del laboratorio y empañábamos los espejos sobre los fregaderos con nuestras ansiosas risitas y sugerencias sexuales. Algunas veces me inclinaba entre esas dulces y estiradas piernas mientras ella se sentaba en el mostrador al lado de los productos químicos, y yo tenía mucho cuidado de no volcar ningún producto maloliente y me ponía a hablar ese lenguaje de mira qué-joven-soy y qué-solo-me-siento-vamos-a-divertirnos.

Ella pretendía ser tímida, pretendía no estar interesada—y eso hizo que yo me interesara. La llevé a su casa varias veces, una de ellas casi llegué a besarla, pero ella volteó la cabeza cuando intenté hacerlo. Pancha no jugaba. "Por favor, Serf, ahora no," decía. No importa. Me convertí en un Don Quijote del amor, en un gladiador alegre, en un Caballero Jaguar con una flecha apuntando al corazón de Pancha, bromeando, tramando y más frustrado que el carajo. Lo más razonable hubiera sido rendirme, pero no era algo que yo pudiera hallar en mi viejo y gastado repertorio de engaños. Y eran engaños. Sólo humo y jadeos. No había nada detrás de mis ilusiones. Pero yo persistí, que es la prerrogativa de los pendejos más fastidiosos.

Bueno, lo admito. Yo era uno de esos tipos. De esos que siguen pidiendo a la misma mujer que baile con ellos después de que ella les ha dicho "no" varias veces—uno de esos que sólo deja de molestar cuando la chula agarra su trago y se va a un rincón para estar sola. Soy de los que lleva a sus dos sobrinos pequeños, a quienes ha estado cuidando, al apartamento de una mujer que ha conocido el día anterior en el consultorio del médico. Todo debería ser así de sencillo. Soy de los que al subir los peldaños de la casa de su enamorada con un paraguas en la mano se encuentra con otro tipo, también con un paraguas en la mano, saliendo de la casa de ella—y no le importa y sigue subiendo hacia su puerta. ¿Necesitaba que me cayera un rayo en el coco? Claro que sí.

Así que, a pesar de semanas de hacerse rogar, de "yo-no-soy-para-ti," yo seguía tramando mi próximo asedio para convencer a Pancha. Planeaba estrategias—como en una partida de ajedrez, una guerra del corazón. Desesperadamente quería pensar en algo romántico (pero no se me ocurría nada). Entonces un amigo me dio un anuncio de periódico: era para ir a pescar en alta mar saliendo del puerto de San Pedro.

Estupendo.

Me imaginaba cómo florecería nuestro romance mientras flotábamos en el océano sobre las olas lejos de todo: con alguna bebida tropical dulce en la mano, el cielo y el mar juntándose ante nosotros, y sin tierra a la vista.

¿En qué podía yo estar pensando?

Invité a Pancha y ella, sin pensarlo mucho, aceptó mi desesperada oferta. Ella es culpable de eso. Ella no tenía por qué ir. Yo era un imbécil, órale, pero esos son los más suertudos. Así que madrugamos y manejamos por media hora o más hasta el puerto de Los Ángeles. Había una inesperada y espesa niebla y hacía bastante frío, lo que me debería de haber servido de aviso.

El barco parecía pequeño, con una quilla pesada, sus costados cubiertos de percebes, y en medio de la cubierta una cabina de madera gastada por la sal. Íbamos a pescar doradas. Que no sé lo que era. Como un auténtico idiota, no sabía qué hacer. Pancha estaba amable, quizás insinuándome que yo iba por buen camino. Yo estaba nervioso pensando en el beso que deseaba desde hacía tanto tiempo mientras nos mecíamos dulcemente sobre las olas del océano azul.

Un grupo de personas invadió el muelle esperando subir al barco; entre ellos estaban varios de mis amigos. Se quedaron boquiabiertos al ver a mi hermosa acompañante—y se maravillaron ante la maravilla de las maravillas: ¿Cómo carajo puede un tipo como ése conseguir una chica así? Era uno de esos inexplicables misterios, imagino yo, que imaginan los bobos, y tal vez por eso viven tantos años en este mundo.

A pesar de todo zarpamos hacia el abismo gris, hacia las puertas del Hades, hacia lo desconocido. Cada uno llevaba una caña de pescar larga de fibra de vidrio con un hilera de anzuelos. No empezamos a echarlos en el agua hasta que no estuvimos bien metidos en alta mar. Entre tanto, todos estábamos tambaleándonos, meciéndonos, moviéndonos para arriba y abajo. El estómago se nos removía. La cabeza nos daba vueltas. Se veía a hombres avezados al mar con la cabeza asomada por la borda, vomitando como niños. Marineros de agua dulce. Ahí me incluía yo. Pancha estaba en las últimas. Se subió al techo de la cabina y se negaba a bajar de allí. Allí se quedó, quejándose. Yo también asomé la cabeza sobre la borda una o dos veces. No me importaba si esto se veía feo o no. Todo lo macho, todas las caras bonitas, todas las posturas de valiente, todos los comentarios de sabelotodo cayeron al mar por la borda ese día. Todos estábamos mareados. Incluso los dos, autoproclamados lobos de mar, vomitaron y no sonrieron más.

"Ya te acostumbrarás," tontearon.

Pancha se moría sobre el techo de la cabina.

"Bájate muñeca," logré decir. "Vamos a pescar."

La neta. Cuando llegamos al "lugar" (nunca pude averiguar cómo lo determinaron), apagaron los motores. Cebamos los anzuelos y echamos los sedales al agua. Fíjense, había montones de peces por allí. Recogimos los sedales y encontramos enganchados más o menos una docena de pescados. Los arrojamos sobre la cubierta, y volvimos a echar los sedales al agua. Volvimos a pescar otros peces, entre ellos algunos con escamas venenosas. Los que manejaban el barco sabían cómo limpiarlos sin que el veneno les tocara la piel. De vez en cuando, alguien capturaba un tiburón pequeño—las aguas estaban infestadas con ellos. No eran crías de tiburón, sino mini-tiburones, un tipo diferente. Los volvíamos a tirar al agua ya que la licencia de pesca que teníamos no nos permitía llevarlos al puerto.

Después de vomitar todo lo que llevaba en el estómago, continué pescando—no había otra cosa que hacer. Me ayudó el ocuparme en cebar los anzuelos, echar los sedales al agua, y mirar hacia los más lejanos confines del océano. Créanlo o no, yo la estaba pasando bien. Pancha no decía ni pío. Estaba acabada, ausente, en el purgatorio de las náuseas. Me daba lástima. Cuando regresamos al puerto, no sonrió, no dijo nada. Lentamente caminó hasta el carro. Pancha es valiente, a pesar de todo. Aguantó y no se quejó. Le ofrecí miles de disculpas. Ella nomás miraba como si yo no estuviera allí.

"Llévame a casa, Serf," murmuró con la boca seca.

Con el tiempo Pancha me perdonó el desastre de la pesca. Fue así como acabamos en mi *boche*, levantando polvo en esta jungla de acero ondulado llamada Vernon, al sur del barrio del Este de Los Angeles donde Pancha y yo—en cantones separados, te advierto—dormimos.

Era la hora de la fiesta. Y bien contento que yo estaba por eso, especialmente con Pancha allí—un rayo de luz en un mundo tenso y confuso.

Llegamos a un cruce de calles. Viré para adelantar a un ca-

mión enorme, de esos que llevan un remolque, y traté de voltear
a la derecha. El camión también quería voltear allí; para ello, se
había ido al carril central de la calle porque necesitaba espacio
para dar la vuelta. Yo sabía que no debería haberme adelantado a
él. Aunque el camión que yo manejo es mucho más pequeño,
sabía que los grandes no pueden voltear sin meterse en el carril
central.

Hay que tener cuidado si se hacen esas cosas en las calles de
Los Ángeles—algunos mueren por cosas menores. Pero allí estaba yo, pensando sólo en la música, en las piernas largas de Pancha, y en el pegajoso contacto de la palanca de cambios en mi
mano. Muy pronto sentí algo grande, de veras grande, amena-
zándome por detrás del carro. La Pancha miró hacia atrás y exclamó. *"Híjole*, tienes un camión enorme detrás de ti—y, carajo, el
que está dentro, de veras está furioso."

Vi el camión en el espejo retrovisor. Era el mismo que había
pasado hacía un momento. Carajo, pensé que nomás me echaría
a la derecha y le dejaría pasar—que es lo que hice. Pero él no.

El camión se arrimó al costado de mi carro. Yo alcanzaba ver a
un tipo en la cabina que me hacía con el dedo anular un gesto
obsceno y me maldecía, algo que yo no podía oír pero cierta-
mente lo comprendía. Una botella de cerveza cayó sobre el techo
de mi carro.

"¡Pinche!" gritó Pancha. Y gritó lo correcto.

Cambié a la segunda para tener más fuerza en el motor, esperando poder adelantarme lo suficiente al camión y voltear en otra
intersección, y largarme al carajo lejos de allí. Pero un semáforo
rojo me obligó a quedarme allí. Un carro delante de mí se detuvo
en el paso de peatones, tuve que frenar mientras el camión se
ponía al costado nuestro.

"¿Estás buscando pleito, Serf?" preguntó Pancha, con más malicia que curiosidad.

Yo nada más sonreí, apenas sonreí y esperé. Seguro, tú sabes cómo van esas cosas, un tipo grandote, con camisa de franela—un auténtico macizo—saltó de la cabina llevando el hierro de cambiar llantas en una mano. Anduvo hasta ponerse delante de mi carro y se detuvo allí, desafiándome a que saliera. Miré de reojo a La Pancha, quien parecía estar disfrutando de la situación. Yo sabía que no podía hacer ninguna payasada ni pelear allí en medio de la calle. Era entre el camionero y yo—hombre contra hombre, mano a mano, *bochito* multicolor contra reluciente camión, pero, carajo, cómo deseé tener a mano una pistola de 9 mm.

L a verdad es—que para mí es necesario salir, divertirme, poner mis preocupaciones a secar en la cuerda del tendedero y dejarlas allí. Se llaman "complejos" ¿verdad? Demasiada tensión en el trabajo, ése. Todos los días, varias veces al día, llegaba a un almacén con mi *troque* lleno de lámparas nuevas. Yo manejaba el *chingado troque* desde la fábrica de lámparas por una calle lateral al boulevard Bandini hasta el almacén en Carson, ida y vuelta, ida y vuelta.

El jale no pagaba mucho. Pero me tenía ocupado, aunque metí la pata en grande cuando empecé a trabajar allí.

Ante todo tenía que hacer un doble embrague cuando manejaba el *troque*—empujar el pedal para poner la marcha neutra, luego tenía que soltar el pedal y empujarlo de nuevo para cambiar de velocidad. Destrocé muchos dientes de los piñones tratando de aprender a hacerlo bien. Pero también aprendí —de la manera más difícil— a manejar el *troque* por calles estrechas, a entrar en las gasolineras, y a pasar por debajo de puentes de poca altura. Una vez me cargué la máquina de las tarjetas de crédito cuando paré a cargar el *troque*. Hombre, pedí perdón de tantas maneras que el gerente estaba prácticamente llorando cuando salí de allí.

En otra ocasión raspé el techo del remolque en el *troque* porque no presté atención a los límites de altura en un puente para trenes. Con tantos *troques* como hay por aquí uno pensaría que deberían hacer puentes más altos (sí, estoy culpando a otros por mis propias pendejadas.) De verás que me sentí como esos peces que agarré el día que fui a pescar. Como si tuviera un anzuelo en la boca.

Pero quizás lo peor de todo fue cuando puse muchas cajas pesadas en el lado derecho de la plataforma del *troque*. Pensé que así sería más fácil salir. Pero—todo el peso estaba en ese lado. Así que cuando salí por la rampa de la autopista, me volteé en la curva y volqué el maldito *troque*.

Antes de que pudiera decir pisto, yo estaba echado de lado en la cabina. Aunque sólo iba a quince millas por hora, el *troque* había resbalado un largo trecho cuando se volcó. Yo estaba tremendamente incómodo en la cabina—el cinturón de seguridad me apretaba la cintura y mi cabeza estaba echada hacia el piso. Era un triste espectáculo cuando llegaron los bomberos, la ambulancia y la grúa. Aunque yo no estaba herido, mi ego había sufrido una paliza.

Mi jefe—el señor Grossmueller—de veras se me echó encima. Con todo, me gritaba por las cosas más pequeñas que yo hacía, quiero decir fuera de las que ya he mencionado. Una vez llegué veinte minutos tarde porque había estado platicando con Pancha desde un teléfono público. Sólo fue una plática inocente, había estado tratando de derrumbar las defensas de Pancha con mis suaves palabras—bien, seré honesto, mis palabras resultaron ser piedras lanzadas contra las murallas de una fortaleza.

"Ya va siendo hora que nos besemos, ¿no te parece?" supliqué. (Aunque más bien mendigué—les digo que yo no tenía vergüenza).

"Me gustaría salir contigo unas veces más," respondió ella. "Serf, tú me caes bien—aparte de ese estúpido viaje de pesca, tú has sido muy agradable conmigo, y divertido. Pero es mejor si salimos juntos más veces."

"Pancha, me estás volviendo loco."

"Ay, tú te defiendes bien ¿qué no?"

"Sí, claro, no hay problema—pero estoy pensando en un beso, en abrazar a mi *baby.*"

"No seas tonto, Serf . . . escucha, me gusta divertirme, como a todo el mundo. Nomás salgamos juntos unos días más. Ten paciencia."

Ten paciencia—esa es la frase que ha destruido muchas relaciones. Pero, como digo, no soy de los que se rinden. Yo sigo machacando y machacando, como ese tonto conejo rosado en los anuncios de las pilas Ever Ready. Ding, Ding, Ding. Después de colgar el teléfono, me metí en el *troque* y salí del almacén. El Sr. Grossmueller vino hacia mí, insultándome como si yo hubiera matado a alguien. Continuó con eso que yo me tardaba demasiado en ir de un sitio a otro. Quise golpear al puto, pero necesitaba el trabajo.

"Lo siento, señor, no volverá a ocurrir," fue todo lo que pude decir. Hombre, me fastidiaba tener que decir eso a ese tipo.

"Seguro que no lo hará, Mister Ray-mos," continuó insultante Grossmueller. "Porque no va a trabajar aquí más, com-pren-dee."

Un verdadero comemierda.

Pero, aparte de Grossmueller y las calamidades que me ocurrían en las carreteras, me gustaba este trabajo. Cada mañana tenía que manejar el *troque*—con pena escurrirme entre los carros parqueados a lo largo de la calle—hasta llegar al almacén. Bajaba de la cabina, y veía cómo un pequeño ejército de tipos subía las cajas con los productos ya terminados en la plataforma del *troque*. Para matar el tiempo, yo bromeaba con las chicas atractivas de la oficina. Esta era, con mucho, la mejor parte del día. Allí estaba Luisa, que siempre llevaba faldas de las que se envuelven alrededor de la cintura y blusas de colores brillantes que acariciaban sus hermosos atributos físicos. Otra de las chicas era Ana la Loca, como yo la llamaba, con una sonrisa llena de empastes de plata. Ella era joven, de dieciocho años, igual que yo, y hablábamos con regularidad, casi siempre tonterías sobre amor fingido y citas fingidas, nomás que Ana tenía un novio de seis pies de altura, del Este de Los Ángeles, y que jugaba al fútbol americano. Nomás fingíamos. Y también estaba Claudia, una mujer mayor como de treinta años, de Veracruz, a quien le encantaba ir a bailar. Aunque ella había tenido cinco hijos con cinco hombres diferentes, el baile era un elixir para ella, la mantenía en forma, y era divertido salir a bailar con Claudia.

Me digo que si lo de Pancha no sale bien, voy a salir a bailar con Claudia.

Luisa, Ana y Claudia, ellas daban vida al local.

Con el tiempo aprendí a manejar bien el *troque*, a evitar los puentes bajos y a mirar atrás cada vez que metía la marcha atrás. A las chicas de la oficina les gustaba cuando yo aparecía por allí con mi *troque,* listo para que lo cargaran de lámparas recién hechas.

Con todo, Grossmueller nunca dejaba de hablar—simplemente no conocía otra forma de hacer las cosas.

"¿Qué ha ocurrido aquí?" gritó un día a todos y a ninguno en particular.

Había caído algo de aceite en la plataforma de embarque. A él le gustaba que siempre estuviera limpia, él recogía las envolturas de helados y los periódicos que yo había tirado al piso. Pero aceite—eso sí que era serio. ¿Quién había desparramado aceite? No importaba, nadie iba a confesar o a denunciar a nadie. Pero para Grossmueller el hecho tenía gran importancia. Él refunfuñó durante días sobre el incidente. Simplemente no podía creer que alguien tirara aceite en su adorada plataforma de embarque.

Si no hubiera sido por pequeños incidentes como el derrame del aceite, habría sido por otra cosa. Él aullaba siempre. Cuando gritaba, yo me escondía en mi *troque*—los obreros en la fábrica de lámparas, los que cargaban los *troques,* e incluso mis guapas amigas en la oficina, todos ellos sabían cómo tomárselo con calma, burlándose de los pantalones y camisas arrugados de Grossmueller y de sus sobacos sudados.

Sí, era "firme" el trabajar allí, a pesar del jefe.

Así que ese tipo grandote estaba delante de mí, con su arma en la mano, y parecía que echaba humo por las orejas. Qué pesado.

Me bajé del carro echándole la mirada más dura que pude inventar. Yo no soy un *gansta,* pero pensé que si me iban a golpear, yo no iba a verme como si me estuviera cagando de miedo.

Lo primero que noté fue que yo era mucho más pequeño que el camionero. Otros conductores se habían detenido para contemplar la escena mientras el camionero y yo nos enfrentábamos. Yo sólo podía ver las luces de la calle reflejadas en los parabrisas. El camionero hizo rebotar en una mano el hierro que llevaba en la otra mientras yo sacaba las manos de los bolsillos, vacíos y vulnerables.

"Vete a la chingada, *pinche* enano de mierda," rugió el camionero.

"Si quieres algo conmigo nomás tienes que arrimarte," le contesté a gritos.

Yo estaba harto—pensé en mi trabajo, en mi *pinche* jefe, y en cómo ese tipo estaba arruinando mi momento de descanso con Pancha.

El camionero nomás se quedó allí, sus ojos hundidos en sus cuencas, la boca apretada como una junta de motor.

Quieren de veras saber en qué pensaba yo? En Yadira, una hembra, sí, pero no como Pancha y las mujeres de la oficina. Yadira tenía catorce años, era mentalmente discapacitada, y vivía al otro lado de la calle, enfrente de la fábrica de lámparas.

Una mañana esta chica de aspecto torpe corrió hacia la cerca de malla metálica que rodeaba su casa y se quedó mirándome. Así que le grité "¡Hola!" Ella sonrió abiertamente y me contestó. Después de ese día, sin fallar, Yadira corría hasta la cerca, sonreía y me hacía alocadamente señas con la mano. Yo respondía haciendo igual, sin darme cuenta que así arrastraba a la pobre muchacha a un encaprichamiento infantil.

Yadira nunca dejó de salir a saludarme todos los días, esperando con ansiedad mi sonrisa y mis gestos. ¡Qué fastidio! Esto empeoró cuando ella empezó a declararme su amor en un fracturado inglés: "I loov yu." Eso estaba bien mientras yo mantuviera las distancias, pero entonces Luisa, Ana y Claudia se enteraron de lo que estaba pasando.

"Tienes toda una linda jovencita que busca tu amor, Serafín," comentó Luisa.

"No se hagan—nomás trato de ser agradable con ella," respondí yo.

"Ésa es Yadira—ella no sabe qué es eso de ser 'agradable.' Para ella no hay intermedios. O blanco o negro. Arriba o abajo. Amor o no amor. Para Yadira no hay tal cosa como 'agradable' ," añadió Claudia.

"¿Y qué quieren qué haga—que la ignore?"

"Lo único que te decimos, bobo," se entrometió Ana, "es que si Yadira cree que te interesa lo más mínimo, nunca te va a dejar."

"Y más vale que te portes bien con ella," añadió Luisa. "Nosotras te vigilamos.

"Está bien, chicas, déjenme tranquilo. Yo sé lo que hago."

Mis palabras eran las de un hombre desesperado. Yadira comenzó a ponerse faldas largas plisadas, y calcetines blancos para impresionarme. Una vez puso una vieja silla blanca al lado de la cerca—y allí sentada se pasaba las horas, meciéndose, observando todo lo que hacía yo mientras ayudaba a cargar el *troque*. Si se me ocurría mirar hacia la calle, aunque nomás fuera porque yo había escuchado algún ruido, ella se levantaba, sonriendo como una mona en celo. De veras que yo no sabía qué hacer. Yo tenía que encontrar una forma de escaparme de su adoración por mí, de su continua observación de todo lo que yo hacía, de su doloroso sentirse rechazada cuando no respondía a sus gestos. Esta era una entre las muchas cosas que atormentaban mi mente atormentada.

T ú no me asustas, comemierda," le dije al camionero. "No me importa lo grandote que eres. ¿Te vas a quedar ahí nomás mirándome?"

Se quedó con los ojos clavados en mí. Yo seguí fanfarroneando.

"Qué, anda, dame un golpe. Órale, te crees muy macho, entonces, ándale. ¿Qué te pasa?"

Yo sabía que era mi miedo el que hablaba—hablo mucho cuando creo que alguien me va a dar una paliza.

Los conductores de los carros seguían mirando. Pancha estaba sonriendo.

El mundo se detuvo por un instante. Todo podría haber terminado con mis sesos desparramados por la calzada. Pero no importa lo asustado que yo estaba, yo no iba a ponerme de rodillas ni nada por el estilo. Si él me iba a golpear, yo le iba a mirar directamente a los ojos, desafiante, furioso, y loco como una cabra.

"¡Ándale, aviéntate!" le urgí otra vez, sintiéndome más valiente ya que había empezado a pensar que él no tenía huevos para pelear. Sabía que la mayoría de tipos así no los tiene. Esto era algo con lo que yo contaba (aunque algún día me voy a encontrar con un *vato* que los tiene y que sabe qué hacer en una pelea.)

Nadie parpadeó. Nadie se echó para atrás.

Para entonces, algunos de los espectadores ya se habían aburrido—el semáforo se había puesto verde, o algo parecido. Vi que
un par de conductores abrieron las puertas del carro, "¡Avién-
tense! ¡Mátense, o váyanse a la casa; nosotros tenemos cosas que
hacer!"

En ese momento, apareció un carro de la policía, venía acele-
rando por la dirección opuesta a donde estábamos nosotros. El
camionero lo miró, luego se volteó, corrió a su cabina, se subió,
pero no sin antes gritarme un *"pinche* cabrón." El *troque* aceleró,
pasó el cruce, y se fue.

Yo me quedé en la calzada, siguiendo con los ojos al camión
mientras éste aceleraba. El carro de la policía se acercó a la banqueta, y se quedó allí. Debían haber visto suficientes confronta-
ciones como para no moverse hasta que empezaban los golpes.
Escuché bocinas, y varias voces, incluyendo la de Pancha, quien
gritaba, "Serf, entra al carro, ¡ándale!"

Hablando sinceramente, nunca tuve suerte con las mujeres. Es
verdad que bien lo he intentado, como lo demuestran mis esfuerzos por conquistar a Pancha. Pero el amor es una cosa pasajera—principalmente porque yo no me daba cuenta de lo fútiles
que eran mis esfuerzos para ser interesante y atractivo. Eso es lo
que nos hace estúpidos, ¿verdad? De veras que no somos mala
gente. Nomás no ponemos atención. Para nosotros es difícil
aceptar un claro e inequívoco "no." Así que siempre parecemos
estar sordos cuando suena esa terrible palabra. Yo sé que cuanto
más viejo me hago—y no se crean, cuando por fin deje de ser un
adolescente—que esto es algo para lo que tengo que tener algo
de *clecha.* Saber qué es lo que quieren las mujeres, qué es lo que

de veras quieren decir cuando platican, qué es lo que buscan. Los estúpidos, para ser sincero, nomás son sólo . . . vaya, estúpidos.

Entonces aparece la loca, enamorada perdida. ¿Es que no hay justicia?

Sé que no debería ser malvado. Pero después de varias semanas de la constante fascinación que Yadira sentía por mí, empecé a sentirme molesto. Había empezado a afectarme el sueño, hombre. Yo soñaba y veía a Yadira subiéndose a la cerca y corriendo tras de mí entre las máquinas de ensamblaje de lámparas para darme un enorme beso.

Empecé a sentirme cohibido. Yadira me buscaba, mirándome con intensidad. El deseo se le veía en la forma de agarrarse a la cerca, en sus cuidadosos esfuerzos, creo yo, para ponerse su mejor ropa y que yo la viera. Una vez, hasta se cayó de cara al empinarse para verme mejor. Se levantó y volvió a su lugar en la cerca, ni siquiera se sacudió la suciedad del vestido, ni se limpió la sangre que salía de su boca. Estaba llorando; vi sus lágrimas. Algo le dolía. Pero esto no alejó su constante mirada. Sentí una gran pena por ella ese día. Hombre, eso era peor que la muerte. Prefiero que me atropelle un tanque que sentirme así otra vez. Es una emoción bien complicada, la lástima—mezclada con algo de interés y de odio—y culpabilidad. Y, hombre, yo me sentía bien culpable.

Yadira, pobre Yadira. ¿Qué cruel dios hizo que vinieras a este mundo para querer tanto a alguien—y que nadie te quiera a ti?

Con el tiempo, debo admitirlo, el interés de Yadira por mí comenzó a tener cierto atractivo. Al poco tiempo, empecé a tener miedo de ir al trabajo, pero hubo un par de días cuando Yadira no apareció bajo el limonero delante de su casa, donde a menudo la pobre se ponía para que yo la viera. ¿Y saben qué? La extrañé. Sí, esto suena raro, lo comprendo, pero incluso el amor por nosotros de alguien que no las tiene todas consigo, me atraía. Ser tan amado, quiero decir, puramente amado porque Yadira era tan simple como para no haber conocido otra forma de amor que el más puro. Eso era para mí una curiosidad, un atractivo, algo que me hizo sentirlo en el corazón.

Porque incluso los brutos como yo tienen corazón, Uds. saben.

Quedé todo confundido. Ante todo, Yadira hacía que mi vida fuera miserable, sobre todo por los comentarios que hacían las mujeres en la oficina.

"El amor hace girar al mundo," decía Ana a nadie en particular cuando yo entraba en la oficina.

"No más se necesita amor," añadía Luisa.

"Ama a quien tienes entre los brazos," Claudia, mi bailarina Claudia, decía.

Dejó de ser gracioso.

Pero Yadira—y aquí quiero hablar con cuidado; también me llenaba el día. Eso es. Apenas podía creerlo yo mismo, odiaba las burlas de las chicas de la oficina, pero también deseaba ver a Yadira con su afecto desinteresado y absorbente por mí. Dónde más iba a encontrar un amor igual—imagino que con mi mamá pero, y como dice la canción, ni siquiera de ése puedo estar muy seguro.

E stúpido, idiota," dije mientras entraba en mi *boche*. "Tanto fanfarronear para qué . . . para una *chingada*. Que se vaya a la *chingada* ese puto. Si no tenía huevos para pelear, no debía haberse bajado del *troque*."

"Bueno, tú te le enfrentaste, ése," dijo Pancha. Luego hizo algo totalmente inesperado—por lo menos para los idiotas como yo. Se inclinó hacía mí y me dio un caluroso beso en mis espumeantes labios. Carajo, después de todo Dios existía—el mismo que me había protegido del loco del conductor.

Salí de la intersección y me metí por otra calle que iba en dirección opuesta a la del *troque*. Allí nos paramos, no sé si por una hora o unos segundos. No lo sé.

Después, mientras manejaba, en mi mente veía la sonriente cara de Yadira—incluso después del beso de Pancha. Veía a Yadira bajo el limonero, eternamente alegre, sus dedos agarrados de la cerca de alambre mientras yo ponía la *troca* en reversa para salir de la fábrica de lámparas, y hacía un doble embrague para empezar mi día de trabajo. El corazón me dio un salto cuando imaginé esto. De veras que sí. Aunque no durara más de un segundo.

"A la chingada todo . . . ¿qué pasó con el borlote?" exclamé manejando el *bochito* por las calles rotas, acompañado de las notas lacrimosas de una guitarra con ritmo de samba en el radio-cassette de mi carro. La Pancha abrazó sus rodillas con sus antebrazos delgados y morenos para ponerse más cómoda después de haber sobrevivido otra noche más, en otra calle de esta ciudad, loca ciudad, ciudad de chíngalo-todo-y-chíngate, hasta llegar a la próxima fiesta que encontraríamos más adelante.

LOS PICHONES

ientras jalaba y torcía un par de globos largos y curvos con sus manos, Monte miró hacia abajo al folleto de instrucciones que había puesto sobre una mesa de madera enfrente de él. El folleto le enseñaba cómo hacer animales de globo. Lo miraba de reojo de cuando en cuando mientras forzaba los globos en la vaga forma de alguna criatura inspirada en un animal. De algún modo le salió la figura de una jirafa y se la dio al primer niño enfrente de él.

El Arroyo Seco Park estaba opulento y verde este caluroso sábado de primavera. Huertas de árboles frondosos formaban un círculo alrededor del pasto cortado del área de los pícnics, donde numerosas familias estaban festejando cumpleaños o simplemente disfrutando un día soleado. Monte y Berta, su compañera, estaban dando una fiesta de cumpleaños para Betina, la hija de diez años de Berta. La mayoría de la familia estaba allí, incluyendo a los niños de varias edades, desde los que estaban todavía en pañales hasta los revoltosos prepubescentes. Eran los hijos de los hermanos de Berta y Monte. Monte quería especialmente causar una buena impresión en la mamá de Berta, Socorro, que vino a la fiesta de mala gana. Por otro lado, su padre se negó a venir porque Monte y su hija, en sus palabras, estaban "viviendo en concubinato."

Hasta ahora todo bien, pensó Monte después de retorcer otros globos en la mala figura de un perro lanudo.

Horas antes, la familia de Berta parecía abierta y cordial con Monte, que sabía y le dolía lo que el padre de ella opinaba de él. Eran callados, sin embargo, no como su propia familia, la cual, según mucha gente, era muy gritona.

"Bueno niños, ahora hagan fila para que podamos jugar a los encantados," anunció Berta de repente.

Monte suspiró cuando los niños abandonaron los globos que cayeron a su alrededor para irse con Berta. "Las cosas que hago por amor," pensó, mientras ojeaba el trasero de Berta dentro de unos vaqueros bien gastados, cortados a la altura de los muslos. Además de tener una buena figura, Berta era también inteligente y sensata. Le daba a Monte una coherencia y estabilidad que no había conocido antes. Monte había dejado la escuela secundaria para trabajar como fundidor la mayor parte de sus veintisiete años. Berta iba a la iglesia los domingos y trabajaba con niños de edad preescolar durante la semana. Estaba en casa a la hora de la cena y se aseguraba que se cuidara y se le leyera a Betina antes de acostarse. Los días de Monte, por otro lado, estaban marcados por una variada vida de trabajo. Variada porque la mayoría del tiempo no había trabajo.

Monte se levantó de la mesa del parque espantando un grupo cercano de pichones que picoteaban la tierra. Caminó hacia su hermano Miguel que había apilado trozos de carbón negros en un asador para los perros calientes y las hamburguesas. No se parecían en nada: Monte, de facciones toscas y robusto tenía montones de pelo enmarañado bajo una cachucha negra y blanca de los *Raiders* que le hacía juego con una camiseta del mismo equipo. Miguel era alto con largos y brillantes rizos amarrados en una cola de caballo. Llevaba una guayabera azul claro, bordada al frente con hilo azul oscuro. Monte sacó una botella de cerveza fría del refrigeradorcito y caminó hacia Miguel.

"¿Qué hubo, carnal?" saludó Monte.

"Aquí no hay nadie, sino nosotros los perros calientes," dijo Miguel mirando a su hermano. "¿Qué onda, no se te ocurrió traerme una *chela* a mí? No seas gacho, carnal."

"Ve tú por ella," le dijo Monte, pero regresó y agarró otra cerveza del refrigeradorcito.

"Y, ¿qué te parece Berta, ése?" preguntó Monte mientras le daba la cerveza a su hermano.

"¿Cómo que qué me parece? Ya era hora que encontraras a alguien, aunque venga con una familia prefabricada."

"Es buena conmigo, es todo lo que importa."

En ese momento llegó su hermana, Flora, que era gorda, tenía la piel color café moca y traía puesta una blusa amarilla suelta y una falda pantalón que le hacía juego.

"Estos escuincles me están volviendo loca," dijo.

"Todos te vuelven loca," respondieron en unísono los hermanos y después se rieron.

"Estúpidos," les respondió Flora, alejándose rápidamente.

Miguel, Monte y Flora Durán todavía eran pequeños cuando sus padres se mudaron al Este de Los Ángeles del jacal de techo de lámina y tablones de tríplex y tela de gallinero donde habían nacido en las laderas de Tijuana. Cuando su padre dejó a la familia, su esposa, Delia y sus tres hijos terminaron estableciéndose en el multifamiliar Aliso Village de Boyle Heights. En un tiempo Aliso Village y el vecino Pico Gardens eran los multifamiliares más grandes al oeste del Misisipí. Estos multifamiliares fueron también el origen de las pandillas del barrio Primera Flats y Cuarto Flats, unas de las más antiguas asociaciones callejeras. Durante las últimas dos décadas, surgieron nuevas, más pequeñas— y frecuentemente más mortales—pandillas, y convirtieron al área en una de las más peligrosas del país.

El helicóptero Ghetto Bird del Departamento de Policía de Los Ángeles inspeccionaba todas las noches a los multifamiliares. Se pintaban números en los techos de los edificios para su fácil identificación en caso de que la policía tuviera que allanar un apartamento o perseguir a jóvenes pandilleros sospechosos. Noche a noche había convulsiones de tiroteos e innumerables crisis familiares. A pesar de todo esto, le fue bastante bien a la familia Durán—ninguno de los hermanos se metió en las pandillas, en drogas peligrosas ni arrestos importantes. Trabajo, trabajo, trabajo; eso era todo lo que conocían.

Monte miró de reojo a Socorro, tal vez su futura suegra, que estaba sentada sola en una banca cubierta de marcas hechas a cuchillo. Monte pensaba que Socorro parecía una vieja india sacada de la revista *National Geographic,* sólo que ella traía una blusa morada de segunda sobre unos pantalones café sueltos. No le dijo nada a nadie; sus pensamientos estaban perdidos en una lejana costa de la memoria.

Monte pensaba que Socorro era un poco rara, como si fuera sólo un huésped transitorio donde quiera que iba. Socorro llegó a Los Ángeles embarazada con Berta cuando tenía poco más de veinte años. Manuel, su esposo, les ofreció una nueva vida aquí, aunque ella era bastante feliz en su pueblo sinaloense donde su numerosa familia trabajaba la tierra y se ayudaba mutuamente.

Cuando era una niña pequeña, a Socorro le encantaban las

brisas que pasaban majestuosamente por la apertura sin ventana del cuarto donde dormía. Le encantaba poder correr por millas sin nunca alejarse de la tierra y vegetación de su patio trasero. Le encantaba la libertad, como la de un caballo salvaje, un caballo con alas y una crin morada como lo imaginaba capaz de atravesar las montañas más altas y sentarse en un trono de nubes en el cielo. Se acordaba que una vez su mamá le gritó desde dentro del jacal de adobe y madera: "Socorro, ya es hora de la cena; vente a casa." Socorro levantó la vista desde atrás de una hilera de nopales. Tenía una rama seca de ocotillo con la que empujaba una lenta tarántula que se hacía para atrás al sentir la punta de la rama. Marcos, su hermano de dos años, estaba en cuclillas al lado de ella y de la polvosa tarántula, descalzo y desnudo.

"Ya voy," contestó Socorro y se volteó a su hermano. "Ya ves Marcos, es hora de comer." Socorro agarró la mano del niño y los dos caminaron hacia la casa sobre piedras y escombros. Camino a casa Socorro le enseñó a Marcos las formas del oso, del león, y del cochino que veía en las nubes blancas y grises del cielo y se aseguraba de localizar al caballo alado sentado en su trono.

Años más tarde—y después de varios viajes peligrosos al otro lado—Socorro trató de establecerse en su nueva tierra, aunque principalmente se sentía sola cuando cuidaba a Berta, y más tarde a los hermanos menores de Berta, Gilberto, Guillermo y Bonnie (la Bonifacia), a pesar de los esfuerzos de su marido por hacer rendir el dinero.

Manuel, que empezó vendiendo frutas y nueces en las salidas de las autopistas, finalmente abrió una exitosa carnicería especializada en carnes al estilo mexicano: res, puerco, pollo, chivo, borrego y sesos de vaca, lenguas y tripas. Les añadía productos mexicanos como moles, picantes, chocolates, dulces y una variedad de aguas y jugos frescos: tamarindo, jamaica, horchata, piña, guayaba, limón y otros.

La familia Luján terminó en un área de Los Ángeles donde los mexicanos apenas empezaban a llegar: West Covina. Aunque los mexicanos estaban ahora por todo el valle de Los Ángeles, todavía había calles y vecindarios donde sólo había familias gabachas acomodadas—que vivían en casas mucho más apartadas y estériles a las que Socorro estaba acostumbrada.

Manuel era feliz—vivía el sueño americano, a pesar de sus costumbres y modales tradicionales. Socorro no decía nada, se apretaba los dientes y aguantaba todo.

Cuando Monte tiró su cerveza notó otro grupo de niños morenos como de siete años, que traían pantalones y camisetas rotos y sucios y que le pegaban a algo en el piso al otro lado de los matorrales. No podía ver qué era lo que estaban golpeando y no le dio gran importancia. Monte estaba relajándose, festejando el cumpleaños de Betina con la familia y la mujer que quería y con una cerveza en la mano. Las cosas no podían estar mejor, pensó.

En un extremo del parque un hombre fornido de traje y con una máscara de luchador color blanco perla cantaba rancheras de un tocadiscos de discos compacto portátil y un micrófono con amplificador. Estaba rodeado de una muchedumbre de gente. Varios niños tenían paletas en la mano que habían comprado de un vendedor de carrito pintado de colores vivos que constantemente hacía sonar un timbre de bicicleta para atraer a los clientes. Otro enmascarado—más pequeño, menos fornido, y gordito de la cintura—tenía discos compactos en la mano para vender, versiones de canciones clásicas mexicanas del cantante enmascarado de rancheras.

Monte se rió entre dientes. Volteó a ver a su familia que incluía varios anglosajones. Todos los hermanos de Berta se habían casado con uno. Esto le parecía bien a Monte; se enorgullecía de no tener nada en contra de los gabachos. Los anglosajones en la familia de Berta por lo general eran reservados, excepto por Gilda, la esposa de Guillermo, que hablaba un español perfecto y era muy buena amiga de Berta. Parecía que los juegos de niños eran su gran placer—también era una maestra preescolar.

El vivir en una comunidad principalmente de gabachos obligó unos cambios en los Luján—como Guillermo que se convirtió en Bill, Gilberto en Gil y Bonifacia a quien llamaban Bonnie. Sólo Berta, la mayor, se quedó con su nombre original, aunque todo mundo conocía a su hija Betina como Betty. Todos hablaban inglés sin acento y un español muy limitado. El español que hablaban servía para comunicarse con Socorro, que mantenía su lengua materna a pesar de llevar casi tres décadas viviendo en los Estados Unidos. Parecía que a los niños Luján les iba bien con sus vecinos y en la escuela a pesar de su piel morena. Entre más interactuaban acatando sus costumbres—en otras palabras, entre menos mexicanos eran—nadie parecía preocuparse que hubiera algo distinto con los "luu-jan" como los llamaba la gente.

La familia de Monte era puro *East Los*—y durante años vivieron en los apartamentos de Aliso Village, aunque la mayoría de las veces estaban atestados con tres familias o más. Sin embargo el área recientemente había sufrido grandes cambios—los apartamentos de Aliso Village habían sido destruidos dejando sólo escombros los que al paso del tiempo se convirtieron en un lote vacío. Donde habían estado los multifamiliares se construían nuevos apartamentos subsidiados.

Cuando su madre se mudó de Aliso Village, Miguel fue a la universidad de U.C. Berkeley para completar su educación. Flora y su esposo Simón hallaron una casa en El Monte y se llevaron a su mamá a vivir con ellos. Monte se mudó primero a un departamento en un sótano en la calle State cerca de la Primera, y de allí a un lugar pequeño, pero bien mantenido en Highland Park con Berta y Betina.

Monte miraba al cantante enmascarado y a la muchedumbre reunida a su alrededor. Monte había insistido en que Berta no trajera una piñata que había allí cerca colgada de un árbol en forma de estrella color rojo y naranja para la fiesta de Betina.

"Caray, mira a todos lo tijuaneros que vienen a este parque."

Miguel levantó la mirada para ver a su hermano. Miguel era miembro activo de un sindicato chicano de obreros y no compartía el creciente resentimiento hacía los del "otro lado." Miguel notaba cómo a través de los años, Monte se había vuelto más molesto con la mexicanidad de la ciudad—y por lo tanto, con la de él. Se daba cuenta cómo su hermano se mantenía alejado de cualquier cosa que remotamente tuviera algo que ver con "el país de origen" como de una enfermedad.

"Ah, ya veo, tú eres mucho mejor que ellos porque estás sin trabajo la mayoría del tiempo," respondió Miguel.

"Bueno, yo estaría trabajando, pero estos mexicanos están acaparando todos los trabajos—y no me digas que sólo hacen trabajos que nadie más quiere hacer."

"¿Por qué no? La verdad duele, ¿verdad?"

"Yo quiero trabajar. ¿Crees que me gusta que Berta esté en el kínder mientras yo estoy sentado en casa? Te lo digo, ése, he trabajado en la fundición por mucho tiempo y durante los últimos cinco años he estado desempleado la mayor parte del tiempo. Claro, puedo ser pocho para los mexicanos . . . pero yo nací aquí. Hablo inglés y español, yo debería estar trabajando, no los tijuaneros."

"El problema es que tienes prejuicios contra tu propia gente," arguyó Miguel. "Se te olvida que te llamas Montezuma, un ilustre nombre azteca—que ya nunca usas. Piensas que los norte-americanos son mejores que los mexicanos. Díselo a algunos de estos gabachos. No pueden distinguir si naciste aquí o no—y no les importa."

"Oye, no hables tan alto—en la familia de Berta hay gabachos."

"Tú sabes que no soy antigabacho—pero estoy en contra de la gente que nos odia sin importarle lo que hacemos. No hay nada de nuevo en esto que estoy diciendo."

"Sí, exactamente, el mismo cuento," contestó Monte. "Chicano por aquí y chicano por allá; ése eres tu *mano*. ¿A poco crees que esta gente te tiene respeto? Muy al contrario. A los mexicanos no les importas tú; no seas tan inocente, ése. A ellos sólo les importan ellos mismos. Te imaginas la calidad de vida que tendríamos si se fueran todos a casa."

Miguel dejó de mover la carne en el asador y miró fijamente a su hermano.

"Quieres decir la calidad de vida que ya no podríamos disfrutar si no hubiera mexicanos que nos cosieran la ropa, cortaran el césped, limpiaran las casas o cuidaran a los niños. Si ya no los maltratáramos y molestáramos por el escaso dinero que reciben. ¿Te has puesto a pensar dónde estaríamos si esta gente no hiciera todo lo que hace para que tengamos la clase de vida que tenemos ahora?"

"Hijo, eres un cabrón testarudo . . ." Monte trató de interrumpir.

Hacía ya tiempo que Miguel andaba de mal humor. Después de graduarse de Berkeley, regresó al barrio, a Boyle Heights. Ese año casi sesenta personas habían muerto en tiroteos en un radio

de dos millas. Varios de ellos eran adolescentes y hasta niños vícti-
mas del fuego cruzado de las luchas callejeras. Para Miguel el área
había sido invadida por una especie de locura: percibía la pérdida, el desalojamiento, el ser maltratado y olvidado. Para algunos
residentes esto era algo normal. Otros organizaron marchas y
eventos comunitarios para mejorar la vivienda y frenar la violencia. Los que fueron obligados a abandonar los multifamiliares
acabaron en South Central Los Angeles o alguna otra parte de la
zona del este. Las pandillas rivales regresaban por la noche desde
algún sitio lejano para llevar a cabo sus misiones mortales. Su vecindario—ya de varias generaciones, desde los antiguos días de los
pachucos, generaciones de gente asesinada, herida, drogadicta y
presa—seguía como un campo de muerte, aun después de ya no
tener casa allí. Era un último aliento. La última batalla. Los cholos
estaban atrapados en la loca telaraña de su atracción por la Vida
Loca, y ni la pérdida de su propio barrio pudo cambiar eso.

Miguel veía la destrucción de Aliso Village como otro ejemplo
de cómo los mexicanos eran manipulados sin ser consultados, sin
el respeto que se le daba a cualquier otro grupo que se tuviera
que mudar de comunidad. Había muchos otros ejemplos—los
barrios de Chavez Ravine que fueron destruidos en 1950 cuando
se sacó a la fuerza a familias mexicanas pobres para construir
Dodger Stadium. También cuando se construyeron las autopistas,
barrios enteros fueron relocalizados para crear varias entradas y
salidas para acomodar a los choferes que venían a trabajar de barrios opulentos de la periferia al centro de la ciudad. Miguel estaba de acuerdo en que algo tenía que cambiar, que demasiadas
vidas se habían perdido en las batallas en el barrio, y que la pobreza en esa área era cada día peor. Pero "el cambio en el alma de
la gente," como él lo llamaba, es diferente al de los planificadores

urbanos, funcionarios de la ciudad y grandes promotores inmobiliarios que se reunían en lujosas oficinas para repartirse el barrio y así poder sacar ganancias de las renovaciones.

Miguel se sentía traicionado por la demolición de Aliso Village. A pesar que se estaban construyendo nuevas viviendas subvencionadas—con reglas nuevas que decían que no se les permitiría regresar a las familias que tuvieran algún pariente pandillero—y que había planes para la construcción de ricas residencias urbanas, las cosas nunca volverían a ser como antes. Hacía mucho que las riberas de ambos lados del Río de Los Ángeles estaban llenas de almacenes, pequeñas plantas manufactureras y casas hechas de sobras. Era una época ideal para la revitalización. Los rascacielos del centro le parecían gigantes a la gente de Boyle Heights, a pesar que sus ojos y sus intereses estaban enfocados en dirección opuesta, al más lucrativo Westside y las áreas de la playa. Dada la proximidad de la muy renovada área de Little Tokio, de un distrito de almacenes de artistas y de los bancos y tiendas del centro, Boyle Heights podría parecer algo muy valioso. Miguel pensaba que la destrucción de las urbanizaciones multifamiliares era sólo la primera fase para sacar a todos o casi todos los mexicanos pobres del área.

La actitud de Monte le parecía a Miguel un lavado de cerebro, una limpieza cultural de la autóctona identidad mexicana-chicana de la que estaba muy orgulloso.

"Escucha, hermanito, tienes una memoria corta," Miguel se dejó venir con todo. "¿Te acuerdas cuando empezamos a ir a la escuela y no podíamos hablar inglés? ¿Cómo unos *vatos* nos corretearon por las calles llamándonos tijuaneros? ¿Y todo por una construcción imaginaria llamada frontera? ¡Vamos! Dios no creó las fronteras, los hombres las crearon. ¿Te acuerdas cómo jugábamos en Pecan Park? ¿Cómo se burlaba la gente de nosotros? Nuestra propia gente. Nuestra propia raza. Somos una familia que estamos en guerra contra nosotros mismos. No tiene sentido. Nadie debería ser tratado así. Nadie se debería dormir sintiéndose menos que todo un ser humano. Mírate—te oyes igual que esos tapados que se burlaron de nosotros. Yo no, ése. Soy chicano. Soy mexika. Mis raíces son tan profundas como las de cualquier otro en esta tierra. No sólo eso, sino que ayudamos a construir las carreteras, casas, escuelas y la industria que hacen funcionar a este país. Hemos peleado en todas las guerras y hemos probado que somos más bravos que todos los demás. Estamos en nuestra casa."

Las palabras de Miguel fueron seguidas por una larga pausa. Monte recordó las burlas que sufrió cuando joven por ser mexicano, aun en el Este de Los Ángeles. Cómo muchos de los niños se reían de él por su mal inglés. También odiaba los burritos y los tacos que su madre le ponía en su bolsa del almuerzo; los tiraba en los basureros camino a la escuela. En el cine veía a los mexicanos sólo como bandidos o unos pobres vagos cobardes. Se preguntaba por qué los mexicanos aparentemente nunca hacían nada importante. Que él supiera, no había mexicanos entre los más conocidos héroes de la guerra, personajes de la televisión, grandes astros de la pantalla o inventores. Los mexicanos apenas si se mencionaban, eran menos importantes que otras gentes, apenas si aparecían como una nota al pie de la página en los libros de historia o revistas de belleza. Así que por muchos años Monte quiso olvidar que era mexicano. Por un corto tiempo les dijo a algunos que era italiano. En una ocasión pensó cambiar su apellido de Durán a Durant.

En el momento que Monte empezaba a organizar una respuesta sustanciosa a Miguel, se desató un alboroto entre los niños que jugaban con Berta y Gilda. Betty llegó corriendo con su madre del cercano baño de las mujeres.

"¡Los están matando!" gritó.

"¿A quién están matando? ¿Qué—qué pasa?" respondió Berta gritando.

"¡Los pichones . . . muchos pichones!" exclamó la niña.

Monte y los demás llegaron corriendo con Betty para calmarla y ver qué era lo que estaba pasando.

"Mamá, esos niños en los arbustos, están lastimando a los pichones con palos," explicó Betty entre sollozos.

"Ay, no," respondió Berta. Gilda y Flora abrazaron a los otros niños. Monte levantó la vista y vio de nuevo a los mismos niños que había visto antes: eran mexicanos, vestían ropa gastada y estaban descalzos. Llevaban los pájaros muertos en las bolsas de plástico.

"¡Oigan!" Monte les gritó a los niños mientras corría en su dirección. "Vengan pa'cá. Les quiero hablar."

Los niños levantaron la vista y vieron un hombrón que se les acercaba rápida e inexplicablemente.

Se miraron y salieron corriendo.

"No se vayan," Monte gritó, pero ya estaban muy lejos para que los alcanzara.

"Ves, qué te dije—esos *pinches* mexicanos no son como nosotros, *mano*," exclamó Monte respirando con dificultad mientras se acercaba a la familia que estaba todavía alrededor de Betty.

"Tú harías lo mismo si tuvieras hambre," sugirió Miguel.

"¡Hambre! Esa no es una excusa para matar pájaros y espantar a todos los demás niños aquí," Gilda respondió a gritos.

"Miguel, esos niños deberían ir a la cárcel por hacer esto," añadió Berta. "No se matan pichones en los Estados Unidos. Simplemente no se hace. Aquí no estamos en México."

"Bueno, no hace mucho era México," continuó Miguel tratando de ser paciente. Sabía que la gente esperaba que reaccionara sin pensar cuando surgía un tema como este. "Además Berta, todavía tienes familia en México, ¿verdad? Escucha, esta gente tiene hambre. Es denigrante cuando unos niños descalzos tienen que matar pichones en el parque para poder comer. En vez de enojarse por los *pinches* pichones, ¿no les preocupan esos niños?"

"Claro, *mano,* pero yo tengo mis propios problemas," dijo Monte respirando con más normalidad. Se contoneó hacia el refrigeradorcito y continuó. "Lo siento, pero van a tener que aprender a ser americanos o se van a tener que ir al carajo de aquí—eso es lo que yo pienso."

Miguel se detuvo por un momento y volteó hacia los bisteces de carne molida y las salchichas en el asador. Los volteó y dijo, "Mi hermano . . . un verdadero engabachado. Un tipo de esos que dice: Esta es América, ámala o lárgate."

Monte ignoró a su hermano, se sentó en una de las bancas y agarró otra botella del hielo que se derretía. Notó a Socorro de nuevo mirando hacia el horizonte, callada, discreta. Fuera de lugar.

"Señora, ¿quiere una cerveza?" preguntó.

Socorro no se volteó ni dio señales de haber oído la pregunta de Monte. Seguía con la vista fija hacia delante, hacia los árboles, hacia otro lugar, entre las caras en forma de corazón de otra tierra. La abstracción de Socorro ahogó el argumento entre los hermanos, las voces de preocupación de Berta y el llanto de los niños—más allá de Arroyo Seco Park, más allá del ruido del tráfico de la autopista, más allá de los pichones muertos.

LA REINA DEL ESTE DE LOS ÁNGELES

Mi departamento es tan chiquito y tan estrecho que ni siquiera puedo encender un cigarillo. Es una sola habitación en el primer piso de una casa de dos pisos que está en un lugar llamado The Gully, en la calle Bernal pasando el puente de la Fourth Street. Este es el vecindario de la White Fence, uno de los barrios originales del Este de Los Ángeles. Hay mucha gente que lleva mucho tiempo viviendo aquí—estoy hablando de cuatro o cinco generaciones. He visto a algunas abuelitas con los brazos cubiertos de viejos tatuajes de pachuco correr tras sus nietos gritándoles que no lleguen tarde a casa.

Muchos de los hombres de aquí trabajan en la construcción. Han construido rascacielos, autopistas, caminos y casas por todo Los Ángeles—sin recibir gran recompensa por su trabajo. Así, con los oficios que han aprendido con el tiempo, les ponen estuco a sus casas de madera, o le ponen tablones de yeso a un cuarto extra o cualquier cosa por el estilo—la mayoría de las veces sin tener permisos de construcción y sin inspectores.

Así es como algunas partes de Los Ángeles se construyeron originalmente. Los mexicanos se mudaron a las áreas menos atractivas como los barrancos y cerros y construyeron sus propias casas, algunas veces sin *plomería,* sin drenaje. Con el tiempo la ciudad y el condado ofrecieron los servicios básicos. Así que no es extraño que pequeñas casas dilapidadas se derriben, se les agreguen habitaciones, o se metamorfoseen—como las mariposas. Si hay algo que distingue al mexicano es ser trabajador y creativo.

He vivido aquí toda mi vida. Cerca del centro está el Hospital General—ahora lo administra la Universidad del Sur de California bajo el nombre del Centro Médico del Condado de Los Ángeles. Muchos chicanos respiraron su primer aliento aquí; y exhalaron su último. Es el hospital más barato de la ciudad y sus empleados son los más sobretrabajados. Es nuestro hospital. El hospital del Este de Los Ángeles. Allí nací yo.

Una cosa que me distingue es que siempre he querido ser diferente. No quiero acabar como mi *jefito* que trabajó toda su vida. Trabajó duro, se lo reconozco, pero yo quiero hacer algo diferente con mi vida.

Mi meta es llegar a ser escritor, si lo pueden creer. Ya sé que esto no tiene ni pies ni cabeza. Mi familia así lo piensa. Cuando estaba en *la clica,* la *White Fence Termites,* me metí en algunos problemas y hasta pasé tiempo en el centro de detención del condado como menor de edad. Mi padre y mi madre se enojaron y cosas por el estilo, pero nunca me echaron de la casa. Después, cuando les dije que quería dejar mi trabajo para ser escritor, me pusieron de patitas en la calle como a perro pulguiento.

"Escribir es para los holgazanes, para los chúntaros," me gritó mi padre al verme salir de la casa con mi bolsa de lona. "Deberías trabajar como los hombres, con las manos."

La cosa es que quería ser escritor aun antes que supiera qué es eso de escribir. Quería dar forma a las palabras que nadaban en la corriente sanguínea, presionar el lápiz ya sin punta en el papel para que las líneas se liberaran como aves en vuelo—moldear las palabras como se moldea el cabello, madejas y más madejas, lavados con la llovizna oxidante del amanecer.

Ansiaba hallar palabras revestidas de argamasa que hablaran su propia lengua jactanciosa—no el disminuido y temeroso tartamudeo de mi niñez—para formar sílabas abrasantes con el mágico polvo de la inspiración de medianoche. Palabras que se pararan en la cama, bailaran merengues y cumbias, que incineraran la barriga como un reluciente chile habanero. Palabras con una cucharada de lágrimas, perdigones, erecciones, vestigios de ajo, cilantro, atomizador aerosol y espuma del mar. Palabras que se carcajearan, que empañaran caras perfectas y que exprimieran una canción del silencio. Palabras tan lánguidas como las zancadas de una mujer, tan severas como la mirada fija de un convicto, herniadas como un mal plan, empapadas como en aguacero de verano.

Aspiraba caminar entre estas palabras, manipular sus órganos internos, rodeados de sangre, de materia gris y cesuras; arrojar las palabras sobre la mesa como las fichas de un juego de dominó callejero—y partirlas en dos como el corazón de los enamorados.

Querer y hacer son dos cosas diferentes.

Mi mamá tiene sus dudas. A ella no le importa que quiera escribir. Su problema es que no conoce a ningún escritor y se pregunta cómo pueden vivir los escritores sin un cheque regular—lo que no es una mala pregunta. A pesar de esto, un día, ya bastante ansioso, no regresé a mi trabajo descargando frutas y verduras de camiones en las bodegas del centro. Decidí conseguir un trabajo de escritor a cualquier costo.

Había tomado cursos nocturnos de redacción en el Colegio Comunitario del Este de Los Ángeles. Mis maestros de la secundaria me dijeron que era bueno para escribir. Y, como todos los escritores, leía todo el tiempo. Así que pensé que podía escribir.

Hay un periódico comunitario que nos envían gratis a casa cada fin de semana. Se llama el *Eastside Star*. Además de páginas y páginas de anuncios, el periódico publica artículos sobre sucesos locales: gente que se casa, se divorcia o que muere. Hasta publica una sección de consejos escrita por una "Tía Tita."

El periódico está en el primer piso de un almacén renovado en la Brooklyn Avenue (ahora se llama César Chávez Avenue— pero todavía no me acostumbro a este cambio). Un día, hace unas cuantas semanas, entré a su oficina. Simplemente abrí una gran puerta de madera, llevaba una camisa blanca y corbata, lo que hacía resaltar mi piel oscura y mi abundante cabello negro— mi familia es de Puebla donde abundan los prietos. Una chicana acolchonadita, pero bonita, estaba sentada en un escritorio que tenía periódicos amontonados del otro lado de una división de madera.

"Busco trabajo," exclamé exudando confianza como si fuera sudor (en realidad era sudor).

La mujer dejó de hacer lo que estaba haciendo. Me echó una mirada, ya saben, como si fuera el coco que había llegado a llevarme a su primogénito.

"¿Qué tipo de trabajo?" preguntó vacilante.

"Quiero ser reportero—puedo hacer artículos de primera página o simples noticias. Hasta puedo tomar fotos."

"Espérese un minuto."

Levantó el auricular y le susurró a alguien al otro lado del teléfono. Chequé el lugar—tenía carácter. Había algunos certificados, empolvados pero impresionantes, colgados en las paredes. Alteros de periódicos en una esquina. Unos cuantos escritorios, todos cargados de cajas, máquinas de escribir, teléfonos y papeles. Pensé que parecía una verdadera sala de redacción.

"El Sr. Galván lo atenderá," dijo la mujer. "Es el redactor principal. Por esas puertas, por favor."

Los nervios me saltaban como grillos borrachos. Pasé por unas puertas que sugerían la entrada a una sala más grande de la que acababa de salir. Pero apenas si había espacio para el enorme escritorio colocado contra una ventana sin cortinas. El Sr. Galván, un tipo de abundante pelo medio encanecido, como el de César Romero, me miró con una ligera sonrisa.

"Usted quiere ser reportero . . . ¿ha trabajado usted en esto antes?" inquirió el Sr. Galván.

"Sí, quiero decir, trabajé para el periódico de la escuela secundaria y escribí algunos artículos para el periódico de la universidad," respondí.

En seguida añadí con orgullo, "hasta logré que me publicaran una carta al redactor en el *Daily News.*"

"Bueno, pues da la casualidad que estoy buscando a alguien para ocupar un puesto," dijo el Sr. Galván con algo de indiferencia. Sin darme tiempo a respirar, continuó.

"Pero sólo podemos ofrecerle cien dólares a la semana, sin beneficios, y también tiene que barrer el piso, sacar la basura, contestar los teléfonos, solicitar anuncios y pegar noticias en los tableros. ¿Qué me dice?"

Ganaba $250 a la semana en las plataformas de embarque, con la opción de horas extra de trabajo.

"Que lo acepto."

Dije ya que estaba loco, ¿verdad?

El trabajo en el *Eastside Star* apenas si me alcanza para cigarrillos, bebida y renta. El cuarto en el que vivo está a sólo dos cuadras de la casa de mis padres, pero casi no los visito, excepto para comer el sabroso mole de mi mamá. Pienso que tengo que demostrarles a ellos, y a mí mismo, que ser escritor es lo mejor que puedo hacer.

El problema es que se puede sacar al muchacho del barrio, pero no se puede sacar el barrio del muchacho.

"Te tienes que ir ahora," le explico a mi *chava*, una J.C.Ch. (Joven Cosita Chula) llamada Sunni López.

"¿Por qué? Todavía tenemos tiempo, ése," me responde Sunni con su brusquedad habitual.

"Mira, tengo muchas cosas que hacer, así que por favor."

"Pero no me quiero ir todavía."

"No me importa lo que quieras—¡quiero que te vayas!" digo levantando la voz.

"Está muy bien, pero no me voy hasta que me dé la gana," responde con una mano en la cadera y una mirada de te-reto-a-que-me-grites-otra-vez.

"¿Ah, se te olvidó? Esta es mi casa."

"Bueno, pues vamos a ver si eres lo suficientemente hombre para echarme."

"¿Qué te pasa? Siempre andas buscando que te dé de empujones o algo así."

"Sé hombre, entonces." La gente a mi alrededor siempre me dice esto, ¿verdad? Eso de ser hombre.

"No tengo que pegarte para ser hombre."

"Entonces deja de lloriquear—si no me quieres aquí, hazme salir . . . Me gustaría que lo intentaras."

Sunni y yo estamos haciendo nuestro papel rutinario. Constantemente me está provocando para que le dé un golpe y así le pruebe, a ella, que soy hombre. La mayor parte del tiempo simplemente la ignoro o le digo que estas discusiones son estúpidas. En una ocasión, tengo que admitirlo, le pegué. No fue duro. Fue más como un empujón. Después de esto no me sentía bien, pero Sunni se me acurrucó, me llamó *baby* y me acarició el pecho. Qué vida, ¿verdad? ¡Qué relación! Mi mamá me enseñó a nunca pegarle a una mujer o a un niño. Y aquí estoy divirtiéndome con alguien que quiere que le dé golpes. Sin embargo, algunas veces me dan ganas de dárselos; como en este momento.

Pero no, me salgo a fumar por la puerta de atrás. Después de unas chupadas al cigarro regreso al cuarto para intentar de nuevo.

"Bueno Sunni, vamos a hacer un trato," le digo. "Te vas ahora y te recojo después del trabajo. Podemos salir a pasear. Ponernos pedotes. Regresar aquí y coger como locos. ¿Qué dices?"

"Benny, de verdad que eres cobarde," dice Sunni, recogiendo una bolsa grande de cuero.

Sunni es extraordinariamente guapa y es por eso que le tolero tanta pendejada. Una *chava* del barrio, originalmente del proyecto multifamiliar Aliso Village, es mitad negra y mitad mexicana. Cuando estábamos en la secundaria se metió a la pandilla *White Fence*. Siempre ha sido dura. De allí le viene eso de "sé hombre."

Sus atractivos son sus amplias caderas, muslos y pechos; es lo que se llama de huesos grandes. Pero éstos también la hacen una dama difícil de tirar al suelo. De verdad creo que me puede romper el hocico si alguna vez tuviéramos una pelea de a de veras. Trata de provocar esta pelea acercándoseme a la cara cuando discutimos. Pero no pasa nada. Una cosa que he aprendido es que a Sunni le gusta cuando la gente no le tiene miedo.

Sunni fue la única que se quedó a mi lado cuando el resto de los *chavos* del barrio me consideraron muy "fuera de onda" para ser mis amigos. Fue la única que quería que yo fuera escritor.

E ste día *especial* tengo ganas de llegar al trabajo. Después de semanas de tirar basura, cortar y pegar anuncios y contestar el teléfono, el Sr. Galván finalmente quiere que piense en algo para un artículo de primera plana. Su periódico publica noticias y otra información sólo cuando éstas promulguen que venda más anuncios comerciales. "Tía Tita," la popular columna bilingüe, en realidad la escribe un hombre, Genaro, el único reportero que tenemos que habla español.

El *Eastside Star* publica toneladas de anuncios de carros usados y muebles, con condiciones casi tan adversas como pedir prestado a usureros ladrones, y de ventas en los supermercados. La rentable sección de anuncios clasificados, muy rentable por cierto, publica también pequeños anuncios de curanderas, adivinas y de trabajos privados de reparación de casas.

Pero de vez en cuando el Sr. Galván publica un artículo de algún interés para la comunidad e investigado totalmente por el periódico. Esto es lo que he estado esperando—no quería que nada ni nadie, incluyendo a Sunni, me lo echara a perder.

"Entonces déjame en mi cantón," dice Sunni, todavía enojada cuando salimos.

Vamos al patio trasero donde tengo estacionado mi *lowrider* 1975 Toyota Corolla. En realidad es un carro azul oxidado con llantas que sobresalen y aros circulares de cromo para que parezca que estoy paseando en mi *lowrider* todo el tiempo—aunque el Toyota en realidad no es muy rápido. Sunni está encabronada conmigo durante todo el camino a su casa, pero no me preocupo. Esta noche volverá a ser la amorosa mujer de siempre.

"Hola Benny, ¿qué pasa que hoy llegas a tiempo?" me pregunta Amelia, la recepcionista—que me recibió la primera vez que entré a las oficinas del periódico. Durante las últimas semanas nos hemos hecho amigos. Por un lado, es buena para el chismorreo—lo cual, como todos saben, es lo esencial para el buen reportaje.

"Oye Benny, ya te perdiste algo bueno," empieza Amelia. "Galván supo lo de Darío."

"Qué, ¿que nuestro querido director editorial se ha estado cogiendo a la esposa del redactor?" le digo.

"Simón, y además de eso, Galván vino y despidió a Darío en el acto."

"No me digas."

"No sólo eso, después que lo corrió, Galván tuvo el valor de darle un golpe en la boca. ¡Un *chingazo*, pero bien dado! Darío cayó, pero se paró, y Galván le pegó de nuevo. ¡Zas! Darío volvió a caer y todos, incluso Genaro y yo, le decíamos que se quedara en el suelo, pero se paró y Galván lo golpeó de nuevo. Darío finalmente se quedó tirado un rato mientras Galván salía volando de aquí. Genaro tuvo que ayudarle a Darío a llegar a su carro para que pudiera irse a casa y curarse la boca hinchada. ¿Qué escándalo, no?"

Como dije, Amelia es buena para el chisme.

Camino a mi escritorio, Genaro, un hombre corpulento de mediana edad, de pelo áspero y nuestro único periodista con experiencia—escribía comentarios políticos en un periódico mexicano antes de recibir amenazas de muerte y exiliarse a los Estados Unidos—quiere saber mi opinión sobre algo.

"Benjamín Franklin Pineda . . . ¿cómo lo ves?" me dice sabiendo muy bien que detesto que me llamen con mi nombre de pila (mi padre tenía buen sentido del humor, ¿que no?).

Genaro puso sobre su escritorio la foto de la cabeza golpeada de un hombre, sin cuerpo, con los ojos abiertos pintados y una corbata de moño mal dibujada donde debería estar el cuello.

"Es horrible, Genaro" le respondo. "¿De dónde sacas estas cosas?"

La cabeza decapitada fue descubierta detrás del contenedor de basura en un callejón que da a Soto Street. La policía solicitó la ayuda del periódico para identificar a la víctima. Por eso Genaro piensa que puede publicar la foto—con sus tontas modificaciones—en la primera página al lado de un pie que diga, "¿Alguien sabe de quién es esta cabeza?"

"Genaro, creo que debes limitarte a escribir la columna de la Tía Tita," le digo.

"¡Ay, Chihuahua! No tienes la menor idea de cómo atraer lectores," responde.

Nunca se aburre uno en el *Eastside Star.*

No sé sobre qué voy a escribir el artículo. He leído las ediciones matutinas de otros periódicos para ver si me gusta algo. Pero éste es un día lento para las noticias. No hay deslaves, casos de corrupción, ni ninguna revelación íntima de gente importante. Antes de hoy tenía miles de ideas, ahora que tengo la oportunidad de escribir algo, no tengo ni una.

En ese momento, Rigoberto, el diseñador del *Star* que había trabajado en la sección editorial de un periódico en Guatemala—otro exiliado—llega bajando las escaleras del cuarto de diseño.

"Benny, ¿que tal, vos?" me dice en un inglés con marcado acento.

"Aquí, Rigo, ando buscando algunas ideas para un artículo—¿tienes alguna?" le pregunto.

"Bueno, vi algo que tal vez te interese," contesta Rigoberto, deteniéndose en mi escritorio y buscando entre el altero de periódicos. Busca entre algunos y después saca la edición del fin de semana de *Los Angeles Times*. En la sección "Metro" hay una noticia importante, algo que se me había escapado, lo cual no es difícil después de haber estado de juerga con Sunni por un par días. El artículo tiene la foto de una chicana atractiva con un encabezado que dice, "La Señorita East L.A. hallada asesinada."

El artículo empieza: La policía dice que la muchacha de 18 años, recientemente coronada como reina de *East Los Angeles* fue hallada muerta a puñaladas el sábado por la noche en El Hospital Central de la Ciudad donde trabajaba como ayudante de enfermera.

De acuerdo al reportaje, Emily Contreras, una reciente graduada de Wilson High School fue hallada durante el turno de la noche con numerosas heridas de puñal sobre una cama en un cuarto vacío del hospital. Un celador de 21 años, Daniel Amaya, también fue apuñalado varias veces, pero sobrevivió. Hace apenas un par de meses y tras un controvertido concurso, la joven Contreras fue coronada *Señorita East L.A.*

¡Parece increíble, pero alguien se ha escabechado a nuestra reina!

"¿Sabes qué, Rigo? Creo que aquí hay algo interesante," le digo.

Este año el concurso de *Señorita East L.A.* fue verdaderamente divertido. Primero, se coronó a una adolescente poco atractiva, común y corriente. Esto sorprendió a más de uno y las comadres con su güiri güiri se aprovecharon de la ocasión al máximo. Esta visión carente de hermosura salió en la tele y en todas partes. La mayoría de la gente simplemente no podía creer que ella había ganado; y esto está bien, me supongo, si en primer lugar se considera lo sexista que son estos concursos.

Pero más adelante se descubre que la ganadora era la sobrina de uno de los jueces, quien aparentemente manipuló la votación. Al ver la foto de la cacariza cara del juez en los periódicos, se sabía que eran parientes. Así que la reina tuvo que dimitir, y se proclamó a la segunda en la votación, Emily Contreras, como la nueva ganadora.

Sólo que ahora está muerta.

El Sr. Galván había nombrado a Genaro director editorial provisional del periódico antes del incidente de Darío, así que después de pedirle disculpas por no haber visto la sabiduría de lo que quería hacer Genaro con la cabeza sin cuerpo, le pido permiso para continuar con el caso del asesinato de la *Señorita East L.A.*

"Está bien, ya lárgate," exclama Genaro.

Los policías no ayudan mucho a los reporteros. Y ya que el *Eastside Star* no es un periódico "legítimo" como el *L.A. Times* o el diario en español, *La Opinión*, mis probabilidades de sacarles información es . . . bueno, mejor olvídate.

Pero tengo un as en la manga—un primo mío es detective en la sección de homicidios. Es bueno tener familiares en lugares importantes.

Decido meterme a mi Toyota azul y visitarlo.

"Vengo a ver al detective Dávila," le digo al policía que está en el escritorio.

"¿Lo está esperando él?" pregunta.

"Bueno, no exactamente . . ."

"Entonces no sé si él lo pueda ver. Está muy ocupado," contesta el policía. "Dígame lo que quiere y veré si él lo puede ver."

Decirle que trabajo para el *Eastside Star* no me ayudó mucho.

Finalmente después de lo que parece ser una hora, se acerca un chicano joven con un saco de traje, jeans azules y con chapa y pistola al cinto y el pelo cuidadosamente peinado. Es mi primo. El detective Raymundo Dávila.

"¿Quiubo, Benny?" dice Mundo, extendiéndome la mano y levantando el cejo con desconfianza. "¿Qué diablos te trae por aquí?"

"Probablemente no has oído, ahora trabajo para el *Eastside Star,*" le digo.

"Ya supe. También supe que le rompiste el corazón a tu mamá cuando tomaste este trabajo."

"Hombre, no me digas que tú también," le respondo. "Escucha, ser escritor es una buena profesión . . ."

"Ahórrate las palabras, ése," me interrumpe Mundo. "Yo pasé por lo mismo cuando quise ser policía, ¿te acuerdas?"

Mundo tiene razón—se esperaba que él también trabajara en alguna fase de la construcción como mi padre y el suyo. Ese trabajo de mula, con las manos de uno, era el único tipo de trabajo que se permitía en nuestras familias. Ser policía simplemente no tenía sentido—tampoco ser escritor.

"Simón que me acuerdo," me tranquilizo. "Bueno, vine a ver si me ayudabas. ¿Has oído del asesinato de Emily Contreras, la Reina del Este de Los Ángeles?"

"Por supuesto, estamos trabajando en él, ahora mismo."

"Busco información sobre este caso, de lo que en realidad pasó. Ya sabes, lo que tengas en cuanto a sospechosos y motivos . . . ese tipo de cosa. Quiero escribir un buen reportaje."

"Bueno, primo, debes saber que normalmente no divulgamos ese tipo de información," me dice Mundo alejándose.

"Pero tengo entendido que ustedes nos van a ayudar con el caso de la cabeza decapitada," Mundo se voltea y sonríe de satisfacción.

"Así que déjame ver que puedo hacer por ti, ¿está bien?"

Genaro, eres un ángel por tu idea del artículo de la cabeza esa. ¿Ah, dije que es bueno tener familiares en posiciones importantes?

Mundo me indica que entre a su oficina, un pequeño cubículo desordenado cubierto con paneles de madera por todos lados.

"Según la oficina del oficial que investiga las muertes violentas, la señorita Contreras fue hallada con diecisiete heridas de cuchillo en el cuello y el pecho," me explica Mundo, yendo directamente al asunto. "Una punción atravesó directamente el corazón. Aparentemente los responsables entraron a la habitación donde Contreras estaba durmiendo un rato. Trabajaba tarde. El celador que estaba de turno en esa ocasión le dijo que descansara mientras él vigilaba. Aparentemente los responsables también atacaron al celador que fue hallado en el corredor con heridas leves de puñal en los brazos y pecho. Según él había cuando menos tres hombres con máscaras. Mataron a Contreras y salieron corriendo. No hay ningún otro testigo por ahora.

Espero unos minutos. Mundo me mira con una expresión cansada.

"¿Y?" digo finalmente.

"¿Y qué? Eso es todo lo que hay."

"¿No hay sospechosos? ¿Ninguna idea sobre quién pudiera querer hacer esto? ¿Nada?"

"Se está investigando," dice Mundo guardando sus papeles en un archivo que arroja descuidadamente encima de un montón de papeles que se balancea de manera precaria en su escritorio. "Esa es toda la información que tenemos hasta ahora. Debes conformarte con la que te di. Y una cosa, primo, no puedes decir nada del número y localidad de las puñaladas. Necesitamos esta información para ayudar con la confirmación de un posible sospechoso. ¿Entiendes lo que te digo?"

Asiento con la cabeza.

"Y ahora, si no te importa, tengo mucho trabajo," dice Mundo poniéndose de pie. "Salúdame a tu mamá y a tu papá, ¿de acuerdo?"

Esa noche le cuento a Sunni lo que averigüé y se intriga. Como siempre, tiene muchas teorías sobre lo que pudo haber pasado.

Camina de un lado a otro.

"Te apuesto que fue un asesinato pagado," propone, dejando correr su imaginación. "El concurso para reina fue manipulado, ¿verdad? A lo mejor había dinero involucrado. Y el coronarla a ella revelaría las trampas de algunos en puestos importantes."

"Es demasiado inverosímil," respondo metido en una vieja tina mohosa a unos cuantos pasos de donde ella va de un lado al otro. "Pero es raro que tres hombres entraran en la habitación y la mataran, casi a la vista de todos. Ya sé que era tarde, pero es un hospital. ¿Dónde estaban las enfermeras, los doctores y los pacientes? Aquí hay gato encerrado."

"Tengo otra idea," dice entusiasmada con el caso. "Tal vez, y sólo tal vez, fue el tío de la muchacha que tuvo que renunciar quien se la escabechó. Ya sabes, contratar a unos *vatos*. Échense a la reina. Estaría encabronadísimo, ¿verdad?"

A estas alturas cualquiera podría haber matado a la *Señorita East L.A.,* incluso Sunni. Me doy cuenta que tengo que hablarle al único testigo del caso, el celador que también fue apuñalado. Conociendo a la policía, y especialmente a Mundo, pensé que ellos no me ayudarían mucho en este caso.

Al día siguiente tengo mi Toyota estacionado frente al Central City Hospital. Valiéndome de mi experiencia como reportero investigador, busco afanosamente en la caja del archivo de empleados mientras la recepcionista habla con la supervisora de enfermeros, preguntándole si puedo discutir el caso con ella. Hasta este momento el hospital no ha dicho nada acerca del crimen. Sé que no me van a decir nada, pero hallo la dirección de Daniel Amaya, el celador.

Amaya vive en Maravilla. Es una zona peligrosa. En Maravilla hay un montón de pandillas rivales—la más grande es *El Hoyo Mara,* nombrada así por el "hoyo" en que se refugiaron los residentes de hace varias generaciones. Amaya vive en el barrio conocido como Marianna Mara. Porque soy de *White Fence,* a pesar de mi inactividad, me pongo trucha dondequiera que voy y me fijo con quién hablo. Pero soy reportero. De algún modo tengo que conseguir el reportaje.

Llevo una camisa de mangas largas para evitar que el tatuaje de la pandilla del brazo se me vea en el vecindario. Ya no estoy metido en esa "vida." Pero como muchos de mis *cuates* del barrio, todavía llevo mis tatuajes y cicatrices.

Me estaciono frente a una casita entejada. Hay un arco de madera en la banqueta afuera de la puerta de entrada. Una viña con pequeños retoños de nuevas uvas negras se entreteje por el arco. Una cerca de madera sin pintar rodea la casa. Flores de colores y macetas de cerámica adornadas regadas por el patio sugieren la mano de un jardinero mexicano.

Después de haber tocado durante varios minutos, una mujer mayor abre la puerta suavemente. Pregunto en español si Daniel vive allí y si está para hacerle unas preguntas. Resulta que esta mujer es la abuela de Daniel. Es pequeña y delgada, de piel cobriza, con la cara y las manos llenas de arrugas. Daniel vive en un apartamento aún más chico en la parte de atrás. Sigo a la señora por un sendero rodeado de brillantes gardenias, rosas y nopales.

Daniel abre la puerta rápidamente como si hubiera estado al lado de ella. Me ve resuelto, sospechosamente. Tiene el brazo vendado y en un cabestrillo. A pesar de la supuesta ferocidad del ataque, no tiene golpes ni cortaduras en la cara, que es la de un niño, salvo cicatrices del acne. Su abuela regresa a la casa del frente. Daniel está parado en el umbral de la puerta y está renuente a hablar.

"Ya le dije a la policía todo lo que sé," dice con un tono nervioso apenas perceptible en su voz. De otro modo, está calmado.

"¿Por qué tengo que hablar contigo?"

"No tienes que hablar conmigo, Daniel," digo. "Pero estoy haciendo este reportaje y sería bueno que pudiera oír algunos comentarios del único testigo. Es tu decisión. ¿Qué dices?"

Daniel medita sobre esto por un rato. Y yo estoy pensando que tengo que inventar alguna manera de hacerlo hablar, cuando me sorprende, y empieza a hablar.

"Estaba trabajando el turno de la noche. Eran como las dos de la mañana. Sólo estábamos Emily y yo en esa sección del piso," dice. "El área de los enfermeros está al doblar la esquina, al lado de los elevadores. Me daba cuenta que Emily estaba cansada. Había estado muy ocupada desde que la habían nombrado la nueva reina. Le dije que descansara un rato en uno de los cuartos vacíos."

"Hay una escalera por la parte de atrás que sólo pueden usar los empleados. Creo que los tres hombres entraron por allí y después subieron. Probablemente en las escaleras se pusieron sacos negros y máscaras. Allá abajo nadie vio a nadie con saco oscuro en la sala de espera. De cualquier manera, al salir del cuarto de un paciente y antes de darme cuenta un enmascarado me está acuchillando. Me corta en el pecho y en los brazos. Me caigo. Estoy adolorido y no sé qué está pasando. El hombre suelta el cuchillo y se va, se reúne con otros dos que salen del cuarto donde estaba durmiendo Emily. Entonces los tres bajan por las escaleras corriendo. Pasó tan rápido. Las enfermeras llegaron corriendo y una de ellas grita. No me di cuenta sino hasta después que los tres ya habían matado a Emily. Ella estaba dormida y no oí ningún ruido del cuarto."

Le hago unas preguntas a Daniel. "¿Por qué no gritó pidiendo ayuda? ¿Dijeron algo los hombres? ¿Algún paciente oyó el ruido? ¿Qué le pasó al cuchillo que soltó el atacante?"

Daniel no me dice casi nada más. Entonces le pregunto, "¿Quién crees que quisiera matar a Emily?"

Al oír esto, Daniel me ve extrañamente, como si estuviera tratando de leer mis pensamientos. Entonces dice que se tiene que ir, que ya no aguanta más estas preguntas, y que agradecería que no lo molestara más.

"Escucha, tengo miedo que regresen para rematarme," añade mientras cierra la puerta.

A l día siguiente voy a ver a Mundo para ver si han descubierto algo más en su investigación. Acababa de regresar de la biblioteca del centro donde estuve investigando acerca del concurso de *Miss East L.A.* Estoy realmente empapándome de los hechos para mi reportaje. Al entrar a la estación de policía me sorprende ver allí a Mundo, como si me estuviera esperando. De nuevo me invita a su cubículo.

"Sí, precisamente hemos descubierto algo," dice, pero no en tono tan amigable como antes. "Pero estoy encabronado contigo, ése."

"¿Por qué?" pregunto, aunque ya sé la respuesta.

"Fuiste a ver a Daniel Amaya," me mira más como policía que como primo. "¿Qué te dijo?"

"Bueno, Mundo, tú sabes que como reportero tengo el derecho de hablarle," le respondo. "Y también sabes que tengo el derecho de no contarte lo que dijo. Entonces, ¿qué hay de nuevo? ¿Qué han descubierto?"

"Bueno, tú eres mi primo, ése, pero también tengo el derecho de no decirte nada." Dice Mundo. "La cosa es que tenemos una buena idea de lo que pasó y por qué. Pero no te puedo decir todavía. Checa conmigo después. Te agradecería, sin embargo, si nos dejas a nosotros este caso. No queremos que nada eche a perder nuestra investigación. ¿Me puedes hacer ese favor?"

Accedo y salgo de la oficina de Mundo. Apresuro el paso hacia la salida. Puedo sentir la mirada de Mundo en mi espalda. Voy a casa. Debería ir a ver a Sunni, pero no estoy muy seguro. Me hace enojar y me confunde en casi todo.

Después de unos tragos a la botella de tequila, me empiezo a calmar. Bueno, quería ser escritor, ¿verdad? Simplemente no puedo armar el rompecabezas de lo que le pasó a Emily—aunque me siento a la entrada de una gran puerta tras la cual están todas las respuestas. Lo que pasa es que soy tan nuevo en esto que no puedo ver cómo pasar por esa puerta.

Me echo en la cama sobre una pila de cobijas. El tequila me está relajando. Empiezo a pensar. Para entonces ya había entrevistado a varias personas, incluyendo los oficiales del concurso, un par de princesas, y hasta el juez fraudulento (en caso que tuviera pinta de culpable—que no tenía). También hablé con la familia de Emily—con su madre, padre y hermanos menores. Aunque Mundo dice que ya tienen una pista en el caso, todavía no he podido precisar por qué alguien querría matar a Emily.

Me entero que Emily era una buena estudiante en Wilson High School. Participaba activamente en asuntos estudiantiles, especialmente el grupo estudiantil chicano y el periódico de la escuela. Si hubiera vivido, probablemente hubiera sido escritora también.

Era extremadamente bella. Hay fotos de ella en la sala y en la cocina de su casa. Emily tenía piel de miel morena, ojos alargados indígenas y una boca llena y perfecta. Su pelo era abundante, negro y largo.

Hay una foto de Emily, vestida de mariachi y tocando el violín con otros mariachis jóvenes. Su madre me muestra recortes de periódico en los que Emily está manifestando en apoyo de los derechos de los inmigrantes. Era una periodista, música y líder en ciernes. Pudo haberse postulado para algún puesto político, incluso llegar a ser la primera presidenta chicana. Todo lo que vi y escuché recalcaba su naturaleza excepcional y cómo su muerte parecía tan absurda, tan injusta—completamente desfasada con el destino que aparentemente le esperaba en el mundo.

"Emily verdaderamente se preocupaba por la gente, especialmente por los que no podían defenderse," dice su madre entre sollozos.

Aparentemente Emily también tenía una vida decente en su casa. Su padre es un mecánico de aviación, su madre se mantiene activa en su comunidad haciendo reuniones escolares en su casa. Y sus hermanos son jugadores estrellas de soccer y béisbol en sus escuelas. La familia vive en El Sereno, en una casa grande de estuco con tejado estilo español. Se mudó allí del vecindario Happy Valley hace apenas unos años cuando el papá consiguió el trabajo con las aerolíneas.

Cuando era niña Emily se crió cerca de Lincoln Park. Era una marimacho que jugaba toscamente con otros niños, aventaba piedras al lago de Lincoln Park y subía y bajaba corriendo las pequeñas colinas cubiertas de césped que hay allí. La mamá es la que más habla de la vida de su hija. Quiere hablar, recordar, dejar que Emily continúe viviendo a través de su memoria, de sus palabras. El papá, por otro lado, no dice nada. Me doy cuenta que se siente muy mal, pero es tan personal y profundo. Me temo que se desvanecería si se enfrenta a la tragedia.

Cierro los ojos, tal vez si duermo puedo trascender los hechos y llegar a la verdadera historia.

De pronto estoy soñando. Veo el rostro impecable de Emily Contreras. Me indica con esos ojos oscuros de ella que vaya hacia una puerta. La abro despacio. Entonces me hallo en la sala de noticias del *Star;* Genaro, Amelia y Rigoberto están allí, riéndose de mí. Me echo a correr. Las calles están empapadas, hay humedad por todos lados, cayendo de los postes de luz, de los letreros neón, de los carteleras. En un momento estoy en la estación de policía. Está oscura y vacía. Paso por pasillos con paneles de madera. Mundo está en su oficina mirándome fijamente.

"Sabemos quién fue," dice y se ríe. Ahora estoy en un corredor del hospital. Sunni sale tambaleándose de un cuarto llevando una túnica de hospital y sangrando del pecho. "Me apuñalaron," grita y se cae. Detrás de ella sale Daniel del mismo cuarto. En una mano lleva la cabeza de su abuela.

¡Hablando de sudores fríos! Me despierto empapado.

H e estado trabajando en mi artículo para el *Star* desde hace días. Es mi primer reportaje y quiero que cause asombro. Aquí estamos en el Este de Los Ángeles y nada es tan fácil como parece a primera vista. Las preguntas sobre quién, qué y cuándo continúan acumulándose alrededor de la muerte de Emily Contreras.

Aparentemente Emily no tenía enemigos; era respetuosa y se hacía querer. Pero en un lugar como el Este de Los Ángeles, donde casi todos son de alguna parte de México, las vidas están enmarañadas, los rumores salen a la superficie. El papá de Emily traía diamantes de contrabando en los aviones. Emily había tenido un romance con un distinguido hombre de negocios que quería terminar la relación. Probablemente un tío cercano, encarcelado en San Quintín, había echado a perder un negocio de drogas lo que resultó en la muerte de Emily. Entonces había el rumor que la policía estaba tratando de ocultar la muerte de un adolescente desarmado a manos de la policía cerca de la casa de Emily, de la que ella puede haber sido testigo.

Quiero ofrecer más sobre Emily que un pequeño artículo periodístico y una foto. Quiero regresar a Emily, devolverle la vida para que parezca pasearse por la sala a cualquiera que lea sobre ella.

Hasta este momento soy el único que está haciendo algo sobre Emily Contreras. La relación del *L.A. Times* es floja, su "Emily" es sólo una cara en cuerpo de cartón. Sunni sigue siendo agresiva, pero cuando lee lo que he escrito, me dice algo que no me había dicho antes, "eres buen escritor."

El hacer este reportaje me ha hecho pensar mucho en Emily, en lo dulce de su vida y la tragedia de su muerte. Me ha obligado a pensar en todas las diferentes maneras en que la gente puede morir en este pueblo. Aquí la muerte nos acecha como una figura tenebrosa sobre banquetas volteadas al revés, como un huésped en vela que entra y sale de los sueños—entre el mundo sólido y algo fluido interior. Por ejemplo, tenía una tía que murió torturada por la diabetes—sus ojos le fallaron y le amputaron las piernas antes que sus riñones finalmente dejaran de funcionar. Tenía una vecina dueña de un puesto de tacos que perdió a su esposo a manos de un ladrón armado, sólo para perder a un hijo en un robo dieciséis años después. Y había una familia entera—incluyendo a un niño de seis años y un bebé de ocho meses—muertos por rivales en una fallida transacción de drogas.

La muerte está en las caras de los niños pequeños y en el sabio consejo de los ancianos. Está presente en cada juego de cartas, converge en cada esquina, como parte de todas las carreras por robar cerveza, al lado de todo argumento de familia, tras cada encuentro callejero, y como probable resultado de cada sobredosis de droga o reto del patio escolar. La muerte es como una sombra bajo el cuerpo que nos jala hacia abajo, hacia su propia tierra, hacia su propia boca y mencionando nuestros nombres en sus propios versos mesurados.

Chingado . . . Creo que este reportaje realmente me empieza a afectar.

Estoy tumbado en esa antigua tina mía, con mosaicos rotos a mi alrededor, dejando que el calor del agua enjabonada penetre poco a poco mis huesos, cuando me viene esta idea, ridícula y razonable al mismo tiempo. Me atraviesa primero como un rayo. Trato de pensar en otra cosa, pero luego regresa rehusando irse.

¡Qué tonto soy! Ahora me doy cuenta de lo que Mundo trataba de ocultarme.

Salgo de la tina, me seco rápidamente y me pongo un par de vaqueros, una camisa holgada y una chaqueta de algodón. Voy a ver a alguien quien tiene la llave a la muerte de Emily. Antes de hacerlo, hago una llamada telefónica.

Subo al toyota de un brinco y arranco como ratón con un gato atrás. No me importan los peatones, los otros carros ni nada. La noción sobre quién mató a Emily me está consumiendo.

Después de unas cuantas millas llego a Maravilla. Pienso en todos los hechos, los rumores y las personalidades vinculadas con el asesinato, y todo desemboca en esto—esta casa, esta cara.

Entro por la puerta de madera, camino bajo el arco y voy a la parte de atrás. Hay una luz en la ventana de la pequeña estructura. Alguien sale de las sombras, es Mundo.

"Puedes venir con nosotros, ése," dice Mundo con dos policías uniformados a su lado. "Pero recuerda, me debes una."

Igual que antes, un llamado y la puerta se abre.

Cuando Daniel ve a Mundo y a los policías se le cae la cara de sorpresa. Sabe por qué están aquí. Trata de cerrar la puerta, pero Mundo se adelanta manteniéndola abierta con el pie. Entro tras los otros policías.

"Daniel Amaya, estás arrestado por el asesinato de Emily Contreras," dice Mundo. Procede entonces a leerle sus derechos mientras los policías lo voltean para esposarlo.

Daniel tiene una mirada de incredulidad, como si todos nosotros nos hubiéramos vuelto locos. Pero de repente su comportamiento cambia. Mira alrededor de la habitación como si estuviera buscando algo, una manera de salir de esto. Entonces deja caer la cabeza y empieza a llorar.

Yo sólo miro fijamente a Daniel, todo está nítido y claro a su alrededor. Su voz se abre paso, alta e indiscreta, a través de sus sollozos.

"Ah, yo la quería tanto," dice Daniel sin subir la vista. "Hice lo imposible por complacerla, por hacerla ver cuánto la quería. Pero ni siquiera me miraba—como si yo no existiera. Le escribía notas. Le dejaba regalos. Pero no le importaba. Entonces ese concurso, ¡ese *pinche* concurso! Recibía toda esa atención. La gente la llamaba. Recibía visitas y halagos. Todos estos tipos empezaron a hablarle, a coquetearle. Yo apenas empezaba a hacer que me notara y entonces pasa esto de la reina. Sabía que la había perdido."

Daniel levanta la vista con una expresión de dolor.

"No podía soportarlo," continúa. "Traté de hablarle, pero estaba fría conmigo. Si era *Miss East L.A.*, por qué molestarse conmigo, ¿verdad? Le dije que esto no podía seguir así. Se lo advertí. Pero no me hizo caso. Yo no podía dejar que se me escapara, no cuando estaba tan cerca . . ."

"Así que, ¿cómo lo hiciste?" interpuso Mundo.

"Hombre, fue fácil," dice con confianza, como si hubiera llegado a un acuerdo con algo. "Después de un tiempo me di cuenta que yo era el indicado para llevármela de aquí. ¡Entienda, le estaba haciendo un favor! No hubiera conocido el amor verdadero sin mí. Hay sólo mentirosos y manipuladores ahí afuera. Intrigantes todos ellos. Así que esa noche le dije que descansara. Sabía que estaba cansada. Hasta tenía el cuarto listo para ella. Al principio no me hizo caso, pero finalmente dijo que sí, que descansaría unos minutos. Yo le dije que vigilaría por si venían las enfermeras. Era una noche lenta. No había pacientes en esa parte del piso. Me esperé hasta que se acostó Emily, me esperé hasta que sabía que estaba dormida, se durmió rápidamente de lo cansada que estaba. Entonces fui al cuarto. Estaba oscuro. Pero yo sabía dónde estaba. Me puse guantes quirúrgicos. Entonces saqué un cuchillo que tenía adherido a la pierna con ligas. Llegué hasta ella sin decir palabra, la apuñalé—duro, y tantas veces como pude. Recuerdo sentir cómo entraba el cuchillo, lo suave que era su cuerpo, lo fácil que entraba y salía la hoja. Apenas si toqué hueso. Sólo seguí apuñalando, tapándole la boca con la mano por si despertara para gritar. Pasó tan rápido que no tuve tiempo de pensar en nada. Entonces salí corriendo del cuarto y me apuñalé a mí mismo en el pecho y el brazo."

"Por eso las heridas no eran profundas," digo, porque te lo estabas haciendo a ti mismo.

"Casi había engañado a todos, ¿verdad?" Daniel continúa repentinamente como si estuviera hablando de una broma a algún amigo. "Aventé el cuchillo al suelo porque no podía agarrarlo para deshacerme de él después de que me apuñalé. Me quité los guantes y los escondí en mi zapato. Podía ver sangre por todas partes. Sabía que era mía y la de Emily—nuestra sangre junta. Vea, necesitaba tanto a Emily. Me debió hacer caso. Me debió haber amado."

Daniel deja de hablar, cierra los ojos y solloza. Los policías se lo llevan afuera de los brazos, seguidos por Mundo. Cuando están por irse, se asoman los vecinos detrás de cercas y coches estacionados. Los únicos sonidos son sus susurros, las comunicaciones de radio de la policía, y el ruido de los insectos. Levanto la vista— una mujer pequeña con arrugas en la cara observa por una ventana en frente de la casa. Me ve, rápidamente cierra las cortinas, que parecen las alas de un ángel fantasmal que se da la vuelta.

má, tú haces el mejor mole," confieso.

Sunni y yo estamos festejando. Mi reportaje está en la primera página del *Eastside Star* con fotos de la casa de Emily y todo. Y dónde más podríamos estar celebrando si no en la casa de mamá, disfrutando su cocina estilo poblano, bebiendo unas *chelas,* y gozando la buena vida en el barrio de la *White Fence.*

"Es cierto, señora, qué bueno está," añade Sunni.

Mi padre está callado pero de vez en cuando mira hacia el periódico abierto de par en par sobre la mesa. Sé que tiene en alguna parte un grano de orgullo. El no lo dirá, pero creo que mi vida de escritor ha establecido una pauta alta en mi familia.

El artículo apareció la semana después del arresto de Daniel. Era mejor que ningún otro artículo sobre Emily. Hasta me ofrecieron la oportunidad de matricularme en un programa de periodismo para nuevos escritores en la Universidad de California, Berkeley. Nadie en el barrio ha tenido tal oportunidad.

"Hiciste un reportaje *chingón*, Benny," Sunni repica. "Sólo que si me hubieras hecho caso antes, te habrías dado cuenta que el loco celador lo había hecho desde hace mucho tiempo."

"¿De qué estás presumiendo ahora?" respondo. "Tú no sabías que él tuviera nada que ver. Insistías en que había sido un asesinato pagado y jueces del concurso que querían colgar a la gente y toda clase de tonterías."

"No te metas conmigo ahora joven Benny. Te estaba dando la dirección general en donde pudieras buscar—sólo que fuiste muy tonto para descubrirlo."

"Tonto yo . . . el que tiene el reportaje en la primera página, al que lo están reclutando para ir a la Universidad de California en Berkeley. Sí, claro, yo soy el tonto."

"No me presumas con eso—puede que pienses que eres muy listo, pero te puedo madrear por toda la calle, ése," grita Sunni. Mientras tanto mi padre se acerca a su comida y mi madre prácticamente corre a la cocina para calentar más tortillas.

"Hablas mucho y no haces nada—es todo lo que haces," digo metiéndome una tortilla llena de mole y pollo a la boca.

"Vamos entonces, buey," se para Sunni. "Ahorita mismo te la rompo—en frente de tu familia, de Dios y de todo el barrio. Te voy a enseñar quién es el que no hace nada aquí."

Me paro, me limpio la boca con una servilleta y salgo a fumar.

LA OPERACIÓN

Más vale ser cabeza de ratón y no cola de león

(REFRÁN POPULAR)

Cuatro hombres empapados en sudor examinaban silenciosamente la portezuela de un camión plataforma, casi zafada por completo de sus bisagras. Poco antes habían empujado el camión desde un muro de cantera donde lo tenían estacionado. Habían pensado llevarlo hacia un coche cercano para darle corriente con los cables a la batería muerta para cargarla. Pero Julio, de unos veinte años y de melena revuelta, había dejado la puerta del chofer abierta. Se había olvidado de una vieja bañadera de hierro esmaltado, con un círculo de suciedad, que estaba en el suelo al lado del camión. La portezuela se había atorado en la tina y se había doblado cuando los hombres empujaron con más fuerza. Sólo porque se detuvieron al oír los gritos angustiados de Julio no habían acabado de desprender la puerta.

Los hombres se pararon frente a la puerta abollada, observándola durante un buen rato. Güicho, el hermano menor de Julio, de cabello igual de alborotado, quería decir algo pero al ver a su hermano y a sus cuñados Domingo y Rafas, se dio cuenta que no era el momento de hacerlo. Se meció en los talones, se cruzó de brazos, y se puso a contemplar el daño con los otros.

Güicho y los demás sólo se quedaron parados; no se gritaron, no se culparon, ni se pusieron a arreglar el daño. Quizás se les presentaría una solución con sólo mantenerse callados, mediante esa especie de meditación campesina que habían aprendido en Cerro Espinoza, su pueblo del sur de Chihuahua en México. Aún así, Güicho se imaginó lo que les esperaba por haber hecho semejante pendejada, incluso la regañada de su padre furibundo que de seguro les caería. Esto sí le pesaba.

Se ganaban la vida con el camión. Carlos Padilla, el papá de Güicho, se lo había comprado a un vecino poco después de establecerse en las lomas del Este de Los Ángeles. Aunque descompuesto y oxidado desde hacía al menos diez años, Carlos y los otros hombres trabajaron en él noche y día. Por fin, de milagro llegó a arrancar. Le instalaron también barandales de madera para poder acarrear gente y bultos pesados.

Los hombres cobraban por llevar carga al basurero en los confines de la loma. También les acarreaban muebles a los vecinos cuando hacía falta. A veces llevaban a las mujeres y a los ancianos de sus casas aisladas a las paradas de autobús en las calles principales como la Avenida Gage, la Chávez o la City Terrace Drive. Aunque Domingo y Rafas trabajaban de jornaleros para suplementar sus escasos ingresos, el camión era su medio principal de ganarse el pan.

Carlos, sus hijos y sus yernos pertenecían a dos familias de Cerro Espinoza—los Orona y los Padilla—recién llegados a los Estados Unidos. Varios miembros de estas familias emparentadas se alojaban en viviendas improvisadas detrás de las casas de la calle De Garmo. El barrio fue bautizado por la pandilla local como La Juárez Mara. Las familias habían construido sus casuchas de tablas, acero corrugado, tablones enyesados y alambre de gallinero. Aprovechaban ilegalmente la electricidad y el agua de las pocas casas que había en la calle.

Los hermanos Julio y Güicho Padilla vivían en dos de las chozas con su padre y con sus respectivas esposas, Juana y Marta. Sus hermanas Laurina y Josefina, los esposos de éstas, Domingo y Rafas Orona, hermanos ellos también, y una pequeña prole de niños morenos vivían en las otras dos. Los alambres al descubierto pendían de casa en casa para luego conectarse a un poste de electricidad. No tenían teléfono ni agua caliente pero podían usar los baños de las casas de enfrente, donde residían los nacidos en Estados Unidos o los que se habían hecho ciudadanos estadounidenses, que les alquilaban los lotes baldíos junto a un barranco de polvo y piedras.

Los servicios del camión familiar se extendían hasta el otro lado de la Avenida Gage donde había más lomas amontonadas de casas—algunas, como las suyas, construidas rápida y provisionalmente—en el Barrio Loma Gerahty. Adornando los muros de las calles que serpenteaban en su camión se veían los nombres de los *vatos* del barrio: Thumps, Woody, Froggy, Scooby, Surdo, Sharks y Payaso.

La gente de por aquí llegó a conocer a los Padilla y los Orona por los servicios que prestaban, el sudor de su frente, y la fuerza del motor de su camión.

Los Padilla y los Orona eran de los millones de mexicanos en los Estados Unidos que continuamente mandan gran parte de su sueldo a sus pueblos y ranchos de allá. Por todas partes se han formado Clubes Sociales "del otro lado." Al fin del siglo xx existían más de 500, representando muchos estados y pueblos. Provenían de Oaxaca, Guerrero, Nuevo León, Chihuahua, Sonora, Guanajuato, Sinaloa, Michoacán y Zacatecas—de casi todos los estados de la República. Gran parte de sus pueblos no contaba ni con agua corriente ni luz eléctrica—algo que el gobierno oficial no había podido o querido proveer por muchos años—hasta que los Clubes Sociales empezaron a mandar dinero. Muchos estados ahora contribuyen la misma cantidad, peso por peso, de la que mandan del otro lado.

Este sábado claro y despejado, libre del smog de costumbre, Güicho miró hacia arriba de donde él y los otros hombres asesoraban el estado del camión. Le gustaba ver los rascacielos del centro que con sus múltiples capas se elevaban sobre las lomas mientras los rayos del sol se reflejaban en el acero y cristal. Güicho pensó que a pesar del aislamiento y la miseria, el barrio tenía sus encantos. A la vuelta había un vehículo de remolque para acampar descompuesto que estaba entablado; al lado y bajo el nivel de la calle, había un pequeño cobertizo habitado, rodeado de tubos y caballos de madera tallada que probablemente habían formado parte de un carrusel.

Hacia abajo había un barrancón donde se aglomeraban desordenadamente un sinnúmero de casas, techos melancólicos, leñeras derruidas, y otras estructuras. Los gallos cantaban, los perros aullaban y los niños gritaban dentro de este paisaje saturado de sol.

A pesar de la distancia de su pueblo, y de estar tan lejos de una vida mucho más tranquila, Güicho se encontraba bien aquí, mientras tuvieran trabajo.

El trabajo era lo único que conocían estas familias. Primero de campesinos en Cerro Espinoza, donde en un tiempo habían tenido su propia milpa, al igual que sus antepasados por milenios. Pero al pasar del tiempo, con las fluctuaciones en el mercado del grano, y al caer el precio del maíz, lo perdieron todo. Al poco tiempo las familias tuvieron que irse a buscar trabajo a otra parte.

Después de seguir la rotación de las diferentes cosechas y algunos proyectos de construcción—ganando entre dos y cuatro dólares diarios—acabaron en Ciudad Juárez, en la frontera entre Texas y Chihuahua. Para ganar dinero los Orona y los Padilla se aventuraron y fallaron en muchas empresas en Juaritos (como llama la gente de ahí a su ciudad), entre otras vendiendo mercancía, excavando zanjas y componiendo goteras de los techos.

Al fin Carlos los convenció a todos que se arriesgaran a emprender el peligroso viaje al otro lado. Era el único recurso que les quedaba para poder sobrevivir. Carlos sabía que tenían que llegar hasta Los Ángeles o Chicago, las grandes ciudades donde, debido principalmente a su gran número los paisanos se las arreglaban para hallar trabajo o para esconderse de las autoridades.

Para Carlos la frontera era una tierra viva, de carne y hueso, rajada profundamente por las conquistas, la mentira, la política y los intereses raciales. Era una herida que no se curaba, ni se cerraba ni cicatrizaba. Aquí todo cambiaba constantemente. En ambos lados de la frontera las colonias aparecían y desaparecían. Los vecinos que parecían haber echado raíces se esfumaban al amanecer. El amor no duraba. Era un amor fugaz, indocumentado, momentáneo y migratorio. Las mujeres resultaban especialmente vulnerables a los depredadores, incluyendo los que matan, como lo prueban los cientos de cuerpos de mujer enterrados en diferentes lugares de Ciudad Juárez y sus alrededores.

La frontera hablaba su propio idioma, idioma de refugiado, escrito en costrosos y fracturados pies. Se expresaba en las caras ennegrecidas y las arrugas que surcaban los ojos de la gente joven. Hablaba de muerte. De los centenares que han muerto cruzándola. De los tantos que han muerto atropellados en las carreteras y autopistas recién pavimentadas. Otros que se han ahogado en las rápidas aguas del Río Bravo. Los que morían golpeados en los lotes de estacionamiento; a los que balaceaban los pseudo vigilantes; a los que asaltaban las pandillas locales. A veces los mataba la Patrulla de Fronteras, la policía, o como en un conocido caso, por los infantes de marina (que mataron a un pastor del lado tejano de la frontera "por error").

En el desierto de Arizona el sol se siente como si se acuclillara sobre la tierra, quemando el suelo, los techos, la piel. Semanas antes que el verano embista, el calor puede subir a una temperatura despiadada de 125 grados. En un espacio más extenso que los estados de Connecticut y Rhode Island combinados, no hay más que un infierno ralo—interrumpido a veces por cerros, sedientos arroyos, saguaros, huizaches retorcidos, quiebrahacha y de vez en cuando un árbol de palo verde. Y aún así miles de inmigrantes pasan por aquí año tras año. Muchos han sucumbido por exponerse a la intemperie. Los casos de la muerte de inmigrantes a quienes el coyote había encerrado en vagones de tren o en camiones son plenamente conocidos. A veces sencillamente son abandonados en el campo abrasador.

Esto es lo que les esperaba a los Orona y los Padilla, y a sus esposas e hijos, si asentían al plan de Carlos. Por su parte Carlos confiaba que sus experiencias cruzando la frontera, aunque limitadas, les podrían servir. Cuando era más joven, Carlos se había pasado varias veces para trabajar en los campos de los valles Imperial y Coachella en California.

Así que por unos días Carlos se metió en las viviendas improvisadas de cartón, plástico y madera prensada de los recién refugiados. Les hablaba a los desesperados que aguardaban el anochecer para cruzar. Se enteraba de lo más reciente sobre los huecos del muro fronterizo, o sobre los polleros de confianza que, como se mencionó antes, seguido resultaban informales o chuecos.

Fue un salvadoreño—Héctor Calderón—quien les ofreció la mejor ayuda. Delgado, nervudo y lleno de energía, Héctor le dijo a Carlos que era experto en cruzar fronteras ilegalmente—mojado tres veces, declaró con orgullo—ya que había cruzado la salvadoreña, la guatemalteca y la mexicana en numerosas ocasiones.

"Sólo llevo grupos pequeños, gente cuya cara me inspira confianza," explicó Héctor. "Y les voy a decir que he aprendido a confiar más en las caras que en las palabras."

Carlos había aprendido lo mismo y creyó que se podría confiar en Héctor.

Cuando acordaron un trato, los Orona y los Padilla juntaron quinientos dólares, todo lo que les quedaba después de haber pasado varios meses sin trabajo y lejos de Cerro Espinoza. Esto era mucho menos de lo que se esperaba que pagara cualquier otro grupo de pollos (como se les dice a los inmigrantes). Pero Héctor también tenía tratos a largo plazo con sus "clientes" ya que verdaderas ganancias le llegaban cuando los inmigrantes mandaban dólares a su lugar de origen. Héctor se encargaba de esto, mandando así gente al norte y dólares al sur.

"Andamos de noche," Héctor le dijo a Carlos. "Y de día descansamos."

Héctor los mandó a todos a vestirse de colores oscuros, para poder esconderse en las tinieblas y el terreno opaco. Los llevó por caminos enlodados a lo largo de una cerca de metal a la que ya le habían arrancado pedazos por todos lados. Sin linterna o direcciones escritas, sin nada de comer o de ver, los hizo caminar varios kilómetros hacia unas cabañas en despoblado donde Héctor había dejado provisiones. En algunas paradas se encontraba con amigos que tenían vehículos usados que pedía prestados para adelantar más kilómetros.

Héctor resultó de confianza, lo que tranquilizó las preocupaciones de las familias de que los fuera a abandonar a morir en pleno desierto. Tenía un sistema que era el mejor modo de pasar a los Estados Unidos evitando las paradas de la Patrulla Fronteriza y sus carros que rondaban, sus helicópteros, sus luces infrarrojas y aparatos que detectaban el calor del cuerpo. Es la frontera más militarizada del mundo "libre," les había dicho Héctor.

Hambrientos y cansados, con la prole chillando atrás en los vehículos cerrados, durmiendo sobre pisos de concreto o grava ardiente junto a los nopales y las rocas, temiendo no tener su "pan nuestro de cada día," los Orona y los Padilla se arrastraban lentamente a su meta: el extenso, brillante y verde sitio—de palmeras y extraordinarias buganvillas y jacarandas—conocido como Los Ángeles.

Antes de llegar allí, pararon en Riverside donde los amontonaron en otro camión. Una hora más tarde, Héctor se los entregó a una familia de chicanos del este de la ciudad.

Para entonces se le había acabado el dinero a Carlos pero Héctor le ofreció una ayuda.

"Mientras trabajen van a salir del paso," fue lo último que les dijo Héctor. "Páguenle a la gente que los va a instalar aquí. Si necesito que Uds. me ayuden más adelante ya sé dónde están. ¿De acuerdo?"

Así los Orona y los Padilla hicieron todo lo posible por trabajar, incluyendo lo que conseguían con el camión plataforma. Se esforzaron hasta lo máximo en ese país donde todo el mundo siempre parecía estar vigilándolos y esperando que tarde o temprano fracasaran.

A ver Teresa, di las vocales en voz alta para la clase," le pidió Pascual Sotelo, hombre de mirada profunda, de 55 años, vestido de pantalón y camisa vaqueros. Estaba parado al frente de una clase repleta, en una escuelita casi acabada de remodelar.

Teresa, niña delgada, morena, de pelo largo y vestido estampado de anaranjado, dio unas paraditas en el aire bajo el pequeño pupitre y recitó algo aprendido de memoria:

"Ma, me, mi, mo, mu."

"Muy bien Teresa," exclamó el señor Sotelo. "Ya veo que has estado practicando."

La escuela estaba en plenas obras. Había paredes sin pintar, ventanas sin cristales y le faltaban cachos al techo. Su clausura se había decretado hacía unos cuantos meses. Pero gracias a tanta familia de Cerro Espinoza que trabajaba en Estados Unidos y que mandaba dinero, se salvó la escuela, ayudando así a que muchos de los niños que quedaban recibieran una educación que de otra forma no hubieran tenido. Teresita, que no había asistido hasta entonces a la escuela, se encontraba entre ellos.

Los antiguos habitantes del pueblo, obligados a abandonarlo al perder sus medios de sustento, habían contribuido los fondos no sólo para hacer las renovaciones que tanta falta hacían en las escuelas sino para las carreteras, un pozo, un jardín y casitas nuevas para los maestros. Había planes también para la reconstrucción de unas partes de la iglesia. Estaban creando una economía paralela a la del pueblo, así como una administración bien estructurada para mantenerla.

Cerro Espinoza era un pueblito de mestizos, de indios rarámuri y de vagabundos que pasaban por el Cañón del Cobre de la Sierra Madre.

El señor Sotelo salió de la escuela esa tarde y regresó a pie a su choza de troncos y adobe. Pasó por pinos altos, mesquites, y nopales secándose al sol. Atravesó milpas pequeñas, algunas con surco pero sin siembra. Los campos estaban separados por muros de piedras amontonadas sin mortero. Por el camino se encontró con un chiquillo a caballo en una carretera de dos carriles, también construida con fondos del Club Social de Los Ángeles. Al cruzarse, el señor Sotelo y el muchacho se saludaron agitando la mano.

Saliendo de un camino de tierra, un grupo de mujeres jóvenes, unas cargando canastas en la cabeza, se le acercaron al señor Sotelo.

"¿Qué tal, muchachas?" saludó. "Qué calor, ¿no?"

"Pos sí, señor Sotelo pero qué remedio, hay que lavar la ropa," respondió una de ellas.

"Pues sí," respondió él. "Yo tampoco puedo dejar de dar clase cuando llueve."

Siguió andando hasta que notó a un rarámuri—vestido a la usanza de la tribu, con taparrabos, pañoleta roja, huaraches de suela de llanta y camisa de algodón con mangas hamponas—que lo observaba de detrás de un arbolito enclenque.

El señor Sotelo se detuvo y saludó, Kwira va, en rarámuri. Sabía que el hombre, un verdadero pagano, no respondería. Los fuertes y morenos rarámuris vivían en los escondrijos más ocultos del cañón, frecuentemente en cuevas pero también en viviendas de piedra, madera o adobe. Eran huraños, desconfiados de los chabochis o fuereños, aunque éstos fueran indios por su piel y comportamiento. Si no eran rarámuris del todo, eran chabochis.

De por sí, Pascual Sotelo no era de esa región. Era hijo de ferrocarrilero y había aspirado a estudiar y hacerse maestro cuando vivió en Chihuahua. Pascual llegó a la Sierra Tarahumara, como se le decía a esta zona, bien entrados sus veinte años. El primer día de su estancia—una temporada que le permitiría recuperar las olvidadas raíces rarámuri de su familia—empezó al bajarse del tren colorido de la línea Chihuahua-Pacífico en Creel, el pueblo más grande del Cañón del Cobre.

Dio un paseíto desde la pequeña y austera estación hasta el sitio donde una vieja iglesia que incitaba a la meditación y una placita marcaban el centro del pueblo. Allí se reunían familias enteras, hombres solteros, hembras seductoras, ancianos de bastones encorvados y turistas para descansar tranquilamente. Varias niñitas de ojos almendrados y de piel enloquecedoramente bella y morena, de pintorescos vestidos bordados y pañuelitos en la cabeza, saludaron a Pascual; llevaban muñequitas de madera, de rostro negro y vestidas como las niñas que las llevaban.

Observó a las niñas casi entrando en trance cuando le trataban de vender las muñecas. Tendrían entre nueve y diez años. Salió de su encantamiento cuando una de ellas dijo con dulce vocecita cantarina, "Tengo hambre. ¿Me da un peso por favor?"

Tenía hambre. Sus palabras, bien ensayadas y manipuladoras, rogaban con un tono de abandono. Todo esto se le reflejaba en la cara al mismo tiempo.

Pascual permaneció en Creel por una temporada. Un día se le ofreció un puesto mal pagado de maestro de los indios del pueblo de Cerro Espinoza. Decidió aceptarlo. Cerro Espinoza estaba a varios kilómetros dentro del área de los cañones, a un nivel de tres mil metros. A diferencia de otros pueblos cercanos, de nombres rarámuri como Guachochi, Uruáchic y Norogachic, este pueblo lo habían fundado vaqueros, mineros, y pequeños agricultores hacía más de cien años.

Con el tiempo Pascual se enamoró del pueblito que contaba con doscientas familias trabajadoras, pero casi todas en la miseria. Cerro Espinoza era la última parada antes de entrar a las majestuosas y traicioneras montañas que constaban de cinco cañones, casi todos más profundos que el Gran Cañón. Le encantaba lo imponente y la variedad natural de la región: cómo la roca volcánica creaba formas mitológicas, como si estuviera poblada de seres extraterrestres. Adoraba las ceremonias y los juegos de los rarámuri, incluyendo las tesquinadas, o celebraciones en las que se bebía cerveza de maíz, y que mucha gente de fuera ha adoptado.

Sin embargo, lo más importante fue que Pascual se enamoró

de una muchacha mitad rarámuri de nombre Angélica. Criada, junto con sus hermanos, por los jesuitas de la iglesia del pueblo, Angélica se casó con él y fue el ancla que mantuvo a Pascual trabajando y viviendo en Cerro Espinoza. Ya tiene más de treinta años allí.

Pasando unos cuarenta minutos, Pascual subió sin prisa por un declive rocalloso. Del otro lado estaba el asentamiento donde vivía Angélica, sus dos hijos adolescentes, y un niño de brazos. En el bolsillo trasero de Pascual había una carta que le había traído un mensajero de Creel a la escuela.

"Angélica, ya llegué," anunció Pascual. "Y te traigo carta de tu hermano, Carlos."

"Carlos, de Los Ángeles. Ay Pascual, ¿qué dice?" preguntó Angélica saliendo de uno de los cuartos con un pequeño niño de piel morena en brazos. Mujer guapa con cuarenta y pico de años llevaba una larga falda de algodón bajo una camiseta descolorida que decía *'Chicago Bulls'* que había llegado en una caja de ropa donada a la iglesia del pueblo.

"Buenas noticias. Todos hallaron trabajo. Parece que ese camión les deja mucha ganancia," le participó Pascual a Angélica, pasándole la carta. "Ya mandarán más dinero para el pueblo."

"¡Qué bueno! Siempre me preocupo por ellos que están tan lejos," dijo Angélica. "Pero Carlos es listo y trabajador. Siempre lo fue. Parece que ha organizado mejor al Club."

"Sí, tienes razón. Están trabajando realmente juntos ahora," dijo Pascual, jalando un banco para sentarse. En ese momento sus muchachos altos, Mauricio de dieciséis y Tomás de trece años, entraron a la choza, y detrás un perro flaco de pelo amarillo, llamado Cantinflas por el legendario comediante mexicano.

"*Mijos,* escribió su tío Carlos y dice que pronto van a ser lo suficientemente grandes como para irse con él y sus primos mayores a Los Ángeles," anunció Pascual quitándose los polvosos zapatos cafés y arrojándolos a un rincón del piso de tierra.

"Ay, ya me anda, *apá,*" respondió Mauricio. Le dio una patadita a Cantinflas para indicarle que se fuera a su lugar cerca de una vieja estufa de leña.

"Va a ser muy duro," interpeló Angélica. "Pero allí tienes familia y parece que hay bastante trabajo."

"Ya llevo mucho tiempo con ganas de irme," añadió Mauricio.

En unos cuantos años se había hecho costumbre que los muchachos sanos de Cerro Espinoza se fueran a los Estados Unidos con sus familiares. Mauricio quería contarse entre los próximos pueblerinos en salir. Quería irse a vivir al Este de Los Ángeles.

Dejando que Julio y los otros decidieran qué hacer, Güicho le dio la espalda al camión y a la portezuela. Se fue caminando con calma hacia su casita, la más cercana al risco de tierra, donde Marta, su mujer, calentaba tortillas en una estufita al lado de una sartén de huevos con chorizo.

"Fíjate que esos *pinches* güeyes casi le arrancan la puerta del camión de mi papá," dijo.

"Esos brutos tienen más fuerza que cerebro, sobre todo tu *carnal,*" contestó Marta.

"Pues yo no quiero estar presente cuando llegue mi papá a la casa y se dé cuenta."

"¿Van a trabajar hoy?"

"Si es que conseguimos que arranque el camión pero creo que no va a ser fácil componer esa puerta. La vamos a tener que amarrar con un mecate y a ver si aguanta."

Güicho entró a la única recámara que tenían que estaba separada de la sala por una plancha de yeso comprimido que pendía con alambres de una pared mal construida. Varias cajas de cartón estaban clavadas a la pared y les servían de repisas para su ropa interior, toallas y cosas para el baño. De una de esas cajas, Güicho sacó una camiseta con la cara de Tupac Shakur. Se la puso tras quitarse la mojada que traía puesta. Ya hacía calor a pesar de que todavía era temprano.

De repente Güicho oyó un escándalo afuera. Miró a Marta que se encogió de hombros. Salió y vio que unos oficiales de la patrulla fronteriza, de uniforme verde, se llevaban a Domingo, Rafas y Julio.

"Escóndete o haz algo, Marta. Es la Migra."

"¿La Migra aquí, en De Garmo?"

"¿Qué crees que lo estoy inventando? Te digo que te escondas."

Pero antes de que se pudiera salir por atrás los agentes rodearon la casa. Un patrullero chicano les anunció en español que era una redada del Departamento de Inmigración de los Estados Unidos, y que todos tenían que salir. Güicho obedeció e hizo una mueca cuando Marta lo siguió. Pero qué podía hacer ella. No había donde esconderse.

Los agentes de inmigración los sacaron a todos a empujones a la calle, alejándolos de las casuchas de atrás. Un *bulldozer* esperaba en la calle angosta, sin banquetas. Güicho se dio cuenta de que iban a perder sus casas construidas sin permiso. De algún modo las autoridades se habían enterado de cómo vivían los Orona y los Padilla.

Grace, señora cuarentona de pelo rizado, de bata de casa azul, ciudadana norteamericana y la gente que vivía en las casas de enfrente, salió a confrontar a los agentes.

"¿Qué pasa aquí? —preguntó. "Esta es propiedad particular. No tienen derecho de meterse."

Uno de los agentes, acompañado por un asistente de sheriff, dio un paso hacia adelante.

"Traemos órdenes federales de destruir todas las viviendas ilegales y de detener a todo indocumentado que viva aquí," exclamó el agente, escondiéndose tras sus lentes de espejo. "Allí tienen a Mr. Miner, oficial de viviendas del condado. Lo que hay aquí es una serie de infracciones a la ley federal, estatal y del condado. A Ud. se le puede hacer responsable de ellas. ¿Dónde quiere que empiece?"

Grace se le quedó mirando y pensó, ¿en qué película crees que estás actuando?

Mientras tanto, se les amontonaba a varios de los Orona y los Padilla en camionetas verde claro, con las manos atadas atrás con esposas de plástico. A sus hijos también los habían acorralado y metido en otro carro. Dos lloraban suavemente mientras que una agente les hablaba en cuclillas.

Dos bolillos malencarados registraban a Marta y Güicho y les hacían una serie de preguntas. Güicho decidió quedarse callado. Marta sólo asentía con la cabeza. Julio y los otros hombres permanecieron también callados. Ya Julio empezaba a hacer planes para escurrirse de nuevo a este país.

Al ver las luces, al oír las voces y las pisadas, varios vecinos se acercaron. Cuatro cholos se pararon en la esquina, pero se alejaron por la calle De Garmo cuando vieron que un asistente de sheriff se fijó en ellos. Aún así, uno de ellos, con JM, las iniciales de su pandilla tatuadas en la frente, se acercó a la tela metálica de una de las camionetas. Le ofreció su cigarro a Güicho que tenía la cabeza más cercana a la ventanilla.

"Gracias *mano*," le dijo Güicho con el *frajo* colgándole de la boca. No podía usar las manos para quitárselo. El muchacho le quitó el cigarro, le dio una chupada, y se lo volvió a poner a Güicho en los labios.

"No hay de qué," observó el joven.

Grace habló con más agentes, tratando de averiguar lo que podría hacer para detener lo que estaba pasando. Mr. Miner le dijo que era una nueva operación de la Patrulla de Fronteras, diseñada para eliminar las viviendas ilegales, los bares y los salones de baile que se habían multiplicado en los barrios donde vivían muchos indocumentados.

"Se llama Operación Limpieza," dijo con cierto orgullo.

"¿Quiere decir que es algo así como Operación para Conseguir Trabajos o la Operación para el Mejoramiento de las Calles? Sólo engaños para convencer a la gente de otra acción asquerosa más del gobierno," añadió Grace. "Las operaciones son para curar a los enfermos ¿no? ¿Es eso lo que Ud. quiere decir?"

"Señora, estas personas están violando la ley . . . Estas viviendas son ilegales," respondió Mr. Miner. "Sólo estamos obligándolas a cumplir con las leyes de esta nación. Ahora, si no tiene inconveniente, favor de dejarnos terminar nuestro trabajo."

Poco después de haber detenido a los Orona y los Padilla, Mr. Miner dio la señal para que el *bulldozer* siguiera por la cuesta empinada hacia la parte de atrás donde estaban las casuchas. Güicho y Marta vieron con impotencia que el tractor arrasaba su pequeño, pero cómodo, hogar. Vieron sus pocas pertenencias volar por el aire junto con las paredes de yeso, el alambre y las cajas de cartón. De allí el tractor aplastó las otras viviendas. Los vecinos parados allí cerca daban gritos ahogados al oír los chirridos y el crujir de la madera, el estaño, el yeso y el cemento que acompañaba cada embiste de la pala del tractor. El polvo se levantaba a su alrededor, tragándoselo todo—las plantas, los cables de la luz, y los contornos de los edificios del centro que se sugerían a la distancia. Unos vecinos se fueron enojados, sin poder resistir presenciar la destrucción.

Después, Güicho se sorprendió al ver que varios vecinos se acercaban a los agentes. Unos cuantos gritaron que se largara la Migra. Uno le tiró una botella al *bulldozer*. Los dos policías que estaban presentes trataron de controlar al grupo, pero siguieron los gritos. Un policía corrió a su radio para pedir auxilio. Este no era buen sitio para que las autoridades de inmigración o las pandillas enemigas se vararan.

Todo lo vio Güicho desde el calor abrasador de la camioneta. Se sentía terriblemente incómodo y sudaba por todos los poros. Pero no quería que vieran los gabachos que no aguantaba lo que le hacían. Se asomó a ver si sus sobrinos estaban bien. Ya se los habían llevado en camionetas verdes. Luego Güicho vio que la gente se estaba alborotando más y más. Una mujer gritó, "¡Justicia!" Otro residente exclamó, "¡No hay ser humano ilegal!"

Güicho ignoraba todas estas palabras. Sólo entendía de no comer y no trabajar.

Pronto llegaron más patrullas. Salieron gendarmes con cascos. Empujaron a la multitud hacia atrás, que ya había aumentado como a treinta personas. Unos policías forcejearon con los residentes. Un par de ellos acabó en el suelo, esposado. Un camión llegó en reversa por la calle de tierra. La pala del tractor empezó a amontonar la basura en el camión para que se la llevara. Los oficiales del condado empezaron a irse. Sólo los policías se quedaron para asegurarse de que los residentes no se siguieran interponiendo. Un helicóptero sobrevolaba sobre los árboles. La multitud se dispersó al irse los oficiales y al ver a los asistentes caminar por la calle dándose aires con sus macanas.

Al fin se fueron las camionetas. Sin embargo, al ocurrir todo esto, Güicho sintió algo de alivio. Por lo menos la gente trató de hacer algo, pensó. Y se preguntó qué pasaría con Carlos, su padre, y lo que pensaría cuando llegara a casa y no encontrara nada. ¿Se enojaría de todos modos por lo de la puerta del camión?

Usando el *bulldozer* durante cuatro días, Moisés y otro rarámuri, derribaron árboles, quitaron piedras y arbustos del borde de una montaña. No había habido caminos antes allí. Alejandro Quintero, un conocido comerciante de Creel, había contratado a los indios para hacer la ardua y aparentemente imposible tarea de crear un camino a la cima, por diez pesos diarios.

Pero poco después de que los hombres llegaran a la parte baja de la montaña, subieron camiones con materiales y albañiles por el nuevo camino. El señor Quintero iba a construir un hotel, en pleno despoblado, sobre un cañón profundo que el Río Urique había labrado durante milenios.

Moisés era chaparrito, taciturno e incansable. Era el encargado de la mayoría de los proyectos de construcción en esta parte de la Sierra. Tenía muchos años de experiencia trabajando en ciudades como Chihuahua y Ciudad Juárez.

Moisés sabía mucho más de lo que aparentaba. Sabía que el señor Quintero estaba vinculado a los capos de la droga que habían sacado a tantos rarámuri de sus ranchitos y sus cuevas. Un pueblito cercano fue abandonado cuando encontraron a un líder indigena torturado y ahorcado en el camino de tierra de la aldea.

También sabía Moisés que el señor Quintero estaba construyendo el hotel para aprovecharse de otro negocio más lucrativo, el turismo. El gobierno había estado anunciándolo durante años como el futuro de la región. Ya se habían designado millones de dólares para la construcción de hoteles y otro tipo de sitios de alojamiento. Esta cantidad de dinero nunca había estado disponible para la luz eléctrica, el agua potable o los caminos pavimentados. El objetivo era hacer del Cañón del Cobre un sitio más atractivo para los turistas que el Gran Cañón de Arizona.

Sin embargo, los rarámuri, ya aislados y sospechosos, tendrían que ceder más de su tierra ancestral. A Moisés no le parecía bien nada de esto. Aparte de los capos y los constructores, los indios habían batallado con las compañías de tala de árboles, los mineros y los ganaderos. Todos querían la Sierra Tarahumara, pero sin tomar en cuenta a la gente que les había dado a las montañas su nombre, su misterio, su alma.

Un día Moisés tocó a la puerta construida de pequeños troncos del señor Sotelo.

"Sí, pásale," respondió Pascual Sotelo para que Moisés pudiera entrar. Pero éste no se movió. Pascual se dio cuenta que tendría que abrir la puerta y meter al hombre a la casa él mismo.

"¿Qué pasa Moisés?" preguntó Pascual.

"Como tú habías dicho. Se están preparando para construir el hotel."

"Es una pena," murmuró Pascual al ver entrar a Angélica.

"Hay que convocar una junta del ejido," dijo Moisés. "Tuve que hacer ese camino pero vamos a tener que decidir cómo hacerle para que se detenga este proyecto."

El ejido era el centro de gobierno de los indígenas, organizado por éstos pero también con los campesinos mestizos y dueños de rancho. Sus juntas se convocaban en el patio de la iglesia, hablándose casi siempre en rarámuri.

"Ya lo sé. No te culpo por el trabajo que has hecho," añadió Pascual. "Pero parece que ni la ley ni ningún oficial se va a poner de nuestra parte. Hasta lo que hemos construido con fondos del otro lado lo están disputando. Quieren campamentos, hoteles y puestos de chucherías. Como dijo el sacerdote, 'Cuando llega el desarrollo comercial, se destruye la cultura.' "

Angélica miró preocupada a los hombres que salieron de la choza para hablar con los jefes del ejido. Le preocupaba que Pascual, que se estaba convirtiendo en un miembro vocal de la comunidad y era amigo de los indios, fuera a arriesgarse a que se fijaran en él y lo fueran a herir.

"¿Mujé chuiri chi'lébari?" preguntó Angélica en rarámuri (¿Dónde vas?) Pero Pascual no le contestó, concentrándose en lo que les iba a decir a los jefes del ejido.

Como casi nadie tenía coche, caminaban kilómetro tras kilómetro sobre terreno áspero. Los rarámuri eran conocidos por esto, lo que explica su nombre de gente de pie volador. Pero en cuanto Pascual y Moisés llegaron al camino pavimentado, el mismo que el Club de Los Ángeles había pagado, dos hombres con gorra de beisbolista, pantalón blanco y chaqueta, se les acercaron. Pascual vio que cada uno llevaba pistola de seis tiros en el cinturón grabado.

"Quiubo *compas*. ¿Qué los trae a los tarahumaritos por aquí?" preguntó uno de los hombres, usando el diminutivo de la palabra mestiza para rarámuri.

"Nomás pasando," contestó Pascual mirando las armas. Moisés contempló el horizonte sin mirar a los hombres en la cara.

"Está cerrado el paso," respondió el otro sin rodeos. "Tienen que regresarse por el otro lado."

Pascual pensó discutir con ellos pero no le duró mucho la idea. Cogió a Moisés del brazo y lo alejó de los hombres armados. Sabía que algunos capos muy poderosos ya se habían adueñado de varias zonas de estos cañones. Si Cerro Espinoza iba a sobrevivir, tendrían que buscar ayuda de otras comunidades.

Ya se había hecho tarde cuando Pascual y Moisés se dirigieron a la choza de uno de los jefes del ejido. No había luz eléctrica en esa zona y por eso estaba oscuro. Tenían que llegar a la casa del jefe antes de que anocheciera. Les llegó el olor a *madera* quemada. Pascual empujó a Moisés detrás de unos arbustos. Varios hombres con sombreros de cowboy y blandiendo armas de fuego tenían cercado al jefe que estaba de rodillas, frente a ellos, junto a su casa quemada.

"¡Dios mío!" le susurró Pascual a Moisés. "Vámonos de aquí."

Moisés se quedó en cuclillas y empezó a rezar en rarámuri.

Pascual vio a los ensombrerados acercarse al jefe del ejido. Uno traía una pistola de cañón largo que puso en la sien del jefe. Pascual miró hacia el cielo donde vislumbró la cara de su bebé, sin esfuerzo mental. Esta imagen, grabada en los ojos, fue lo último que vio antes de que un disparo irrumpiera en el aire tranquilo del bosque.

Al caer la tarde, Carlos Padilla regresó en su coche llevando bolsas de cemento, palas y un par de sillas para el jardín en el asiento de atrás. Se había ido más temprano ese día con la idea de comprar los materiales para hacer un patiecito para poner las sillas, y quizás también una parrilla.

Llegó a la calle Meisner desde City Terrace Drive. En cuanto dio vuelta en De Garmo algo le dio mala espina. Las casas del frente estaban como siempre pero mirando entre ellas se dio cuenta de que atrás todo estaba totalmente distinto. También vio el camión con su portezuela zafada, mal parado entre la maleza.

Carlos estacionó y se bajó lentamente del coche. Grace abrió su puerta de tela metálica, se cerró la bata azul, y se le quedó mirando. No le dijo nada al viejo robusto y fornido que también la miraba fijamente. Pronto comprendió. Anduvo hacia el portal, frunció el ceño con expresión de dolor y se sentó. Grace le puso la mano en el hombro y los dos contemplaron al sol que se ponía, rayando el cielo de matices rojos, sobre las casas de techo plano, entre la apenas iluminada silueta de la ciudad, y las palmeras secas a la distancia.

A VECES SE BAILA
CON UNA SANDÍA

Ayyyyy!

La voz de un hombre, el sonido de un cuerpo cayendo por las escaleras como un costal de papas.

"*Pinche* cabrón, hijo de la . . ."

Una voz de mujer.

"¡Borracho! ¡Vete de mi casa!"

En la casa vecina a la de ese alboroto, Rosalba, con el espejo frágil de sus sueños hecho astillas, se daba vueltas en su cama que rechinaba.

"¡Perro! ¡Lárgate de aquí!" Los chillidos de la mujer se seguían oyendo por la ventana de la recámara mezclados con un irritante balbuceo:

"Pero muñeca," el hombre arrastraba las palabras con voz borrosa, "Dame otra oportunidad, amorcito. Déjame entrar, por favor."

"Esta casa no es para sinvergüenzas como tú," chilló la mujer.

Un fuerte crujir de hojas entró vibrando por la ventana cuando el hombre cayó hacia atrás. A sus quejidos le siguieron los lloriqueos de unos niños pequeños tras una rota puerta de mosquitero. Rosalba abrió los ojos con cuidado. Los rayos de luz matutina se filtraban al cuarto oscuro por los agujeritos del papel de aluminio con que tapaban la ventana para que Pete, el esposo actual de Rosalba, pudiera dormir. La mujer le dio la espalda a ese cuerpo pesado, encogido como feto.

Rosalba tenía cuarenta años. Era de tez morena sin mancha ni arruga, y un cuerpo que mucha gente creía ser el de una muchacha de veintitantos. Desde niña la larga cabellera le caía en una ondulada cascada hasta la cintura. Ahora sólo algunas canas se asomaban entre las negras madejas.

Pete trabajaba el turno de medianoche en una empacadora de carne cerca de su departamento en el Olympic Boulevard. Dormía de día y trabajaba de noche hasta llegar a su casa dejando atrás el calor y el hedor de la planta. En cuanto llegaba se tumbaba en el colchón que habían puesto sobre unos bloques de concreto, y se acurrucaba junto al tibio cuerpo de Rosalba.

Cuando bajó el ruido hasta quedar un ambiente tranquilo aunque inquieto, Rosalba sintió ansias de ir a alguna parte, a cualquier parte. Salió con cuidado de entre las cobijas pesadas y se puso una bata rosa sucia, deshilachada de la bastilla. De puntillas pasó por el cuarto, miró hacia la cama y abrió la puerta de la recámara con un frustrante potpurrí de rechinantes bisagras. Pete, hecho bola, se dio otra vuelta y se quedó quieto.

Rosalba entró en la sala y pasó por encima de los cuerpos que dormían sobre los colchones que cubrían el suelo. Allí estaba su hija Sybil de 24 años; los cuatro hijos de ésta, incluyendo a Chila, la mayor, de nueve años. Además, estaba Stony, el novio de Sybil, un bueno pa' nada siempre desempleado.

Rosalba se hizo camino hacia la cocina y abrió una alacena.

Las cucarachas salieron huyendo buscando otras oscuridades. Los estantes casi vacíos hacían poco caso de las necesidades de su estómago, igual de vacío. La familia subsistía desayunando principalmente leche en polvo descremada, almorzando tortillas con mantequilla, y cenando *corn flakes*, alimentos que compraba Sybil con los cupones que recibía del gobierno.

"Esto está acabando conmigo," murmuró Rosalba, mirando fijamente las alacenas vacías.

Rosalba interrumpió su inútil búsqueda de algo que comer y pensó en los veinte años que habían pasado desde que cruzó la frontera, procedente del interior de México, del estado de Nayarit. Su hija Sybil tenía cinco años y Rosalba, fuerte pero inocente, veintiuno.

Rosalba se había escapado de su pueblo y del marido violento con quien sus padres la habían obligado a casarse a los dieciséis años de edad. Dejó atrás a un padre que la había amenazado con repudiarla si se atrevía a irse. Rosalba decidió finalmente que se moriría sofocada con todo eso, más que de estar sin padre, sin marido y hasta sin su madre que permanecía inmóvil e impotente contra los hombres que las orillaban a la parálisis a las dos.

Con Sybil, una valija estropeada y remendada con mecate y tela adhesiva, y con su ánimo, Rosalba se agenció un aventón en un autobús viejo y desvencijado cuyos gases de escape se colaban hasta donde estaban sentados los pasajeros debilitándolos. Sin plan ni "palanca" Rosalba se bajó del camión en Tijuana, ciudad fronteriza con Estados Unidos, junto con una multitud de mujeres, niños y hombres solteros que arriesgaban todo buscándose una vida nueva.

Su primera noche en la calle, Rosalba lloró. En su soledad, pensó en su rancho, donde vivió criando cabras, pollos, y un par de caballos. Pensó en su sólida casa de adobe y vigas, con su horno de techo movible en el patio. Se acordó de los alacranes y cómo tenía que sacudirles el polvo a las sábanas. De la vez que, de niña, su madre le cortó la piel y le chupó el veneno cuando la picó un alacrán. Todavía tenía la cicatriz donde su mamá le había cosido la herida con hilo y aguja.

Rosalba también se acordaba de cuando era niña y llevaba la cubeta al pozo comunal y la llenaba de agua para cocinar o bañarse. Recordó cuando caminaba descalza por los caminos de tierra, balanceando bultos de ropa o canastas llenas de maíz en la cabeza.

Se acordó de cuando todo estaba claro y todo en su lugar— una época en sintonía con los ritmos del universo, cuando al parecer sentía el amor materno y la protección paterna, y una profunda ansiedad interna de hacer, de aprender, de ser.

Todo cambió conforme fue madurando. Cuando se hizo mujer, y le bajó su primera regla, empezó a desear cosas para ella misma. Todo había girado siempre alrededor de los hombres— las tareas y los "deberes" de esposa y mujer. Cuando se escapó de su casa, se dio cuenta que también se había alejado de sus recuerdos queridos. Rosalba dejó de llorar y se prometió no permitir nunca que esos recuerdos la hicieran abandonar sus intenciones, obligándola a regresar al sitio donde también se sentía agobiada.

Sola y con una niña pequeña, Rosalba sabía que estaba en peligro si se quedaba en Tijuana. Siguió a otros inmigrantes por la porosa línea que separa a los dos países. Después de ponerse en manos de gente extraña, y de pedir aventones, acabó en Los Ángeles. Se dio cuenta de que tenía que olvidar cualquier intención de regresar a Nayarit y a su familia desde ese momento.

Por desgracia, Rosalba pasó muchas noches aterrorizada en

hoteluchos sucios con otros inmigrantes—principalmente muje-res—en el centro de Los Ángeles. No sólo no tenía hombre que la ayudara sino tampoco experiencia. Lo único que sabía era lo que había aprendido en el rancho. Tuvo que sobrevivir en medio de ese universo de neón y ruido. Aquí los borrachos y los desampa-rados vivían en la calle. Las mujeres se vendían para comer o dro-garse y sólo los borrachos y los locos le dirigían la palabra en los autobuses.

Andando en esto conoció a Elvia, una joven de veinticuatro años, algo gordita pero vivaracha. Tenía un hijo también de cinco años, un varoncito. Rosalba y Elvia se hicieron íntimas amigas. Ahora tenía con quien compartir sus cuitas, sus apetitos, sus sue-ños. Elvia era soltera también y se había escapado de un mundo semejante al de Rosalba, aunque un poco más urbanizado, del puerto de Ensenada, Baja California.

Rosalba le cuidaba al niño a Elvia con frecuencia, mientras ésta trabajaba en una fábrica que cosía ropa en el distrito de Pico Rivera, al oeste del centro. Le gustaba ver a Sybil jugar con al-guien de su edad para variar, y saber que podría gozar algunos placeres de la niñez. Todo parecía ir bien, y Rosalba pensó que tal vez podría contar con un poco de felicidad y estabilidad.

Pero esta parte de su vida terminó con una tragedia horrible. El hijo de Elvia se cayó accidentalmente de un tercer piso. Se cayó por una ventana abierta mientras Rosalba se bañaba a medio día. Elvia, inconsolable, se fue y nadie supo más de ella. Cuando Rosalba se acordaba de estas cosas se ponía triste, así es que mo-viendo lentamente la cabeza de izquierda a derecha, Rosalba vol-vió a fijarse en la alacena vacía que tenía enfrente.

"*Chingados,* en ese entonces tampoco había qué comer," Ro-salba le refunfuñó al aire. Aunque Pete ahora estaba trabajando, su pequeño cheque no le alcanzaba más que para pagar la renta, comprar ropa, y boletos para el camión. No le importaba que la gente grande no comiera pero los niños . . . estaba dispuesta a morirse de hambre para que los niños pudieran comer. A Rosalba no le importaban Sybil y Stony. Estaba segura que andaban metidos con las drogas y otros asuntos ilegales. No se podía explicar por qué Sybil había acabado con un criminal como Stony. De niña había sido tímida y respetuosa. Le habían comentado lo bien educada que parecía cuando dormía en sus brazos en el asiento rajado del camión apestoso en que iban de Nayarit a Tijuana. Hasta en sus primeros años en los hoteles destartalados del centro, Sybil nunca le dio dolores de cabeza a su madre. Se quedaba en un rincón, entreteniéndose solita. A veces la muchachita le acariciaba la cara a Rosalba con cariño para despertarla cuando dormía mucho rato en el sofá. Y a pesar de la tragedia del niño de Elvia, Sybil mantuvo su buen carácter.

Eso no duró mucho. A los diez años ya se quejaba de todo. Pasaba más ratos en las banquetas y los callejones, con otros hijos de inmigrantes, con locos, drogadictos y vagabundos. Empezó a responderle a su madre y a escaparse cuando no le daba la gana hacer lo que le decían. En esa época Rosalba trataba de enseñarle a ayudar al prójimo llevándola del otro lado de la frontera entre los Estados Unidos y México. Acompañaban a los inmigrantes por la maleza y los nopales, y los ayudaban a integrarse a la vida urbana. Pero esto agravó las cosas puesto que Sybil se expuso a un mundo lleno de peligro y de personajes raros. En vez de repugnarle, le fascinó la emoción y la incertidumbre.

Poco después Sybil empezó a andar con hombres mayores que ella. Uno de ellos, un indocumentado que tenía hijos en Sinaloa, la embarazó con Chila a los dieciséis años, la misma edad que tenía su madre cuando ella nació. A ese hombre lo deportaron después y desapareció de sus vidas. Después de eso Sybil empezó a frecuentar los cabarets y los salones de baile. Trajo a la casa un sinnúmero de tipos raros. Uno de ellos le hizo los otros tres hijos que tuvo, y la dejó cuando se fue a Houston con otra mujer.

Rosalba, quien creía que su hija había aprendido algo de estos tropiezos, se sintió aún más traicionada cuando Sybil trajo a Stony a la casa. A primera vista tenía aspecto de buena gente. Pero en cuanto sonreía, su boca chimuela y sus ojos como cuentas de abalorio le daban un aire maligno. Parecía lagartija con colmillos. A Rosalba le parecía que Stony tenía la apariencia típica de muchos chicanos acabados de salir del bote. Nunca trabajaba pero cuando uno le insistía, se las arreglaba para sacar dinero para comprar cerveza. Rosalba pensó que Stony vendía los cupones del gobierno para comprarse el trago.

Contemplando la alacena vacía, Rosalba sintió aún más hambre. Cerró las puertas y se fue hacia la ventana de la cocina que daba a un callejón detrás de su casa. Estaba repleto de colchones quemados, llantas calvas y muebles descoloridos y rotos. Rosalba apoyó la cabeza contra el cristal empañado. Los mechones se le extendieron por la cara. Miró el cielo de Los Ángeles, manchado de *smog*, tapando toda montaña o campo verde en la distancia. En un patio de tierra, jugaban unos niños, mal pronunciando una mezcolanza de inglés y español, esa jerga que se habla cuando se mezclan y chocan dos culturas.

Qué incomprensible lugarcito es éste Los Ángeles, se dijo Rosalba. Todo el día pitan las fábricas, la maquinaria ensordecedora, los coches y camiones acompañándolo todo con una enfermiza sinfonía de claxon, llantas que frenan y motores que fallan. A esto se le sumaban los olores nauseabundos de las empacadoras de carne. Rosalba sentía el aire pesado de tensión, como una liga gigante sobre la calle, lista para reventarse en cualquier momento.

Dos borrachitos pasaron tambaleándose. Se sentaron en la banqueta. Uno de ellos sacó una botella de vino marca *Thunderbird* de una bolsa de papel. Del otro lado una muchacha joven empujaba un carrito del mercado por la calle con sus tres hijos pequeños en la canasta. Frente a los quioscos de periódico y de las tiendas, mujeres recién llegadas de México o El Salvador, de vestidos estampados y delantal, vendían comida preparada y otras cosas en puestos pintados de colores vivos.

Otros días irrumpían los pleitos familiares, los niños que corrían de las casas, los gritos intermitentes de hombres y mujeres, y las patrullas que doblaban las esquinas con rapidez. Rosalba pensó en la pandilla llamada Varrio Nuevo Estrada—*chavos* duros de ambos sexos, tatuados, masticando su caló, de actitud y ropa estrafalaria. Casi todos venían del multifamiliar Estrada Courts, siempre estaban peleando contra alguien—otras pandillas del barrio, policías o contra ellos mismos.

A pesar de que la vida de Rosalba en el pueblo de Nayarit había estado llena de privaciones y maltrato, el mundo donde acabó auguraba más peligros. Pero lo pensó mucho y lo llegó a aceptar. No podía volver atrás. Esta era su vida de ahora, en el Este de Los Ángeles, con Pete. Compartía lo que tenía con Sybil, Stony, Chila y sus otros tres nietos. No, no volvería jamás.

Pero aunque trató de evitarlo, seguía recordando las imágenes, las voces y los olores de su pueblo en Nayarit. El día que me muera, se prometió, que me regresen a México. Que me entierren en un hoyo profundo en Nayarit, en mis cerros rojos, junto a los nopales. Que me peinen de trenzas largas y me pongan un huipil. Que me entierren entre mis antepasados, los valientes y sabios, en la tierra mojada de mi origen. Me llevaré estos dedos que han amasado una tierra nueva, estos ojos que han visto nuevos mundos, este corazón que ha amado, ha perdido y ha vuelto a amar, recordando que una vez viví y sufrí en los Estados Unidos.

Frecuentemente Rosalba pensaba en Pete. Es buen hombre, dijo casi en voz alta. Pete no era como los tipos que siempre parecían seguir a su hija. También era distinto a sus dos maridos anteriores. El de Nayarit pensaba sólo en su comida, y el de Los Ángeles era un alcohólico que vivió por poco tiempo en el subsuelo de su casa hasta que lo mataron de un balazo en una pelea de cantina.

Pete era un hombre cabal para Rosalba. Trabajaba de noche, destripando reses y puercos, sacándoles las entrañas grasosas y metros y metros de tripas. Echaba la sangre y porquería por un drenaje, con una manguera gigantesca. Todo lo hacía por Rosalba y ella estaba consciente de ello.

Hoy Rosalba tenía que escaparse. La mañana la invitaba a salir, a hacer algo, cualquier cosa. Se sentó a la mesa de la cocina, llena de trastes sucios, y trocitos de tortilla endurecida del día anterior, y elaboró su plan.

Rosalba podía llevarse el camión abollado de Stony y pasar por las tiendas de muebles viejos y ropa usada del Boulevard Whittier o la Calle Primera. O podía irse hacia el este recogiendo periódicos, cajas de cartón, latas de aluminio o lo que pudiera cambiar por dinero. Lo había hecho tantas veces que los hombres del basurero recibían con gusto sus visitas, su cara sonriente y su actitud de desafío, así como la manera en que mezclaba el inglés y el español.

Rosalba se vistió rápido, juntando unos cuantos billetes y cupones en una bolsita vieja de nylon. Pasó por encima de los cuerpos acostados en la sala, donde dormía Chila. Contempló los ojos cerrados de la niña y le acarició la manita.

"*Buelita,*" murmuró Chila al despertar. "¿Qué pasó?"

"Vente *mija*. Necesito que me ayudes."

Después de un buen rato y mucho trabajo, Chila pudo vislumbrar la cara de su abuela en la oscuridad de la sala. La última vez que había visto así a su abuela, la había convencido a que robaran lámparas y sillas viejas y estropeadas de los botes del Goodwill.

"Ay *buelita*. Estoy muy cansada."

"Mira nomás. ¿Conque cansada, eh? No sabes lo que es estar cansada. Vístete y vente conmigo."

Rosalba se irguió y se fue a la cocina. Chila gruñó protestando pero se quitó la cobija, sin cuidado de los otros niños que dormían junto a ella, y se salió del colchón. Chila sabía que una vez que la abuelita se decidía a hacer algo no se podía discutir con ella.

Chila se arrastró hasta el baño mientras su abuela preparaba unos tacos con sobras de carne en el refrigerador para más tarde. Pequeña para sus nueve años, la niña tenía cara de pilla y ojos castaños grandes.

"¿Qué vamos a hacer, abuelita?" preguntó Chila, tratando de darse alguna forma al cabello. Se había puesto arisca a esa edad y, al contrario de Rosalba, se negaba a trenzarse el cabello. Le gustaba el pelo largo y suelto.

"*Adio,* a donde quiera Dios," respondió Rosalba. "¿Qué te importa?"

"Uy, nomás estaba preguntando . . ."

A pesar de hablarse así, Rosalba y Chila eran *cuatas.* Nadie en la casa se llevaba tan bien para hablarse de esa manera.

Rosalba salió rápido a revisar el camión *picop.* La cochera, llena de amontonadas refacciones grasosas, cajas de periódicos amarillentos, y cajas empapadas de lluvia, contrastaba agudamente con la alacena vacía de la cocina. Llegó al camión y se metió, dio vuelta a la llave de arranque y el camión gruñó y rezongó. Por fin arrancó el motor, echando una humareda sobre el basurero de la cochera.

"Vámonos, *mija,*" gritó Rosalba sobre el ruido del motor. "¡Vamos volando!"

Para entonces se habían levantado otros miembros de la familia. Stony fue el primero en asomar la cara no afeitada por la ventana.

"¡Óigame, no lo acelere tanto o me lo va a quemar," pudo gritar.

Rosalba aceleró más y echó humo más espeso. Pensó que ningún novio de su insolente hija—dormilón, ex convicto y bebedor de cerveza—le iba a estropear su bello día. Era un día que la inspiraba a hacer algo, cualquier cosa.

Chila salió volando de la casa dejando golpear la puerta metálica tras su paso. Rosalba sacó el camión mientras Chila le gritaba que bajara la velocidad para poder subirse del lado derecho. El camión salió resoplando de la cochera a la calle. Siguió adelante, humeando mientras Stony gritaba por la ventana: "¡Méndiga loca!"

El Ford pasó ruidosamente por calles y avenidas del barrio del Este, cruzando el río de concreto a la calle Alameda donde algunos mexicanos ancianos vendían fruta en las calles mientras unos trabajadores de fábrica se paraban frente a las cercas de alambrado esperando que vinieran los camiones a recogerlos para contratarlos por el día. Rosalba decidió ir al centro. Pasaron las largas cuadras de *Skid Row*, los indigentes en las esquinas o dentro de sus "condominios" cubiertos de cartón y cobijas en las aceras. Pasaron por los hoteles de asistencia social de ladrillo y piedra y de amargos recuerdos. Pasaron almacenes y escaparates de fábricas de ropa donde se explota al obrero. Rosalba se incorporó lentamente a la acumulación de coches y hombres en la calle que unos llaman la "Broadway Española."

Avanzando a paso de tortuga en el tráfico, Rosalba tuvo tiempo de ver a un canoso pastor negro por la ventanilla. Con una biblia gastada en la mano estaba predicando un sermón en la acera. Notó a un vendedor de periódicos en una esquina estudiando a la gente que pasaba mientras veían las últimas noticias de los periódicos mexicanos, incluyendo fotos que enfocaban cuerpos destazados y acribillados de los pasquines. De todas partes se oían los ritmos de norteñas y de cumbias que salían de las tiendas de discos.

"¿Una boleada . . . no quiere una boleadita?" preguntó un hombre medio ciego. "Para que tenga los zapatos bien brillosos."

Las calles estaban atestadas de familias, indigentes y madres solteras de compras. Rosalba observó a un hombre que salía tambaleándose de un bar tejano, seguido de otro hombre. Este derribó al otro al suelo y le dio repetidos golpes. Nadie se detuvo o trató de pararlo.

Otro señor sacó a su niño de entre un grupo de gente que esperaba el autobús y lo puso a orinar en el desagüe.

Rosalba y Chila subieron por la Broadway, alejándose de las intersecciones más congestionadas. Había cholos parados, quietos como un muerto en nichos de ladrillo; ancianas que caminaban cuidadosamente cargando bolsas pesadas; borrachos tirados junto a su propia basca recién vomitada. Más indigentes sin rasurar empujaban carritos de las tiendas llenos de latas aplastadas, bolsas de plástico y cartón. Se oía el español rápido de los compradores mexicanos y centroamericanos, las groserías de los trabajadores que descargaban la mercancía de camiones de seis ruedas cubiertos de grafito de las pandillas, y los tonos seductores de muchachas bonitas en sus pantalones apretados instando a la gente a comprar ropa.

Rosalba se fijó en un espacio desocupado y se estacionó allí rápido. Un letrero en la banqueta decía que se prohibía estacionarse y que se usaría grúa. Pero puso el freno de mano y apagó el motor.

"*Buelita*, el letrero dice que . . ." empezó a decir Chila pero se dio cuenta que no importaba. Rosalba se había ido como si el letrero fuera a desaparecer, sólo porque ella no le había hecho caso.

"Que haga lo que quiera," murmuró Chila y se apresuró para alcanzar a su abuela que corría.

El día estaba que hervía. Rosalba y Chila se sentían como chiles tostándose en el comal para pelarse. El paseo se volvió una tortura, sobre todo porque Rosalba se paraba de vez en cuando a mirar y regatear sin la intención de comprar gran cosa. Lo que Rosalba quería era salirse de su casa y encontrarse con el mundo, aunque fuera sólo para regatear. Chila, por el contrario, solamente pensaba en el colchón y la almohada que había dejado.

"Que calorcito que hace," finalmente admitió Rosalba. "¿Qué te parece si compramos una sandía, *mija*?"

"Juega."

Rosalba y Chila se pararon en un puesto de fruta del Mercado Central. Frente a ellas, como obra de arte, se difundían los colores de las papayas, los mangos, las sandías, las manzanas, los plátanos y las naranjas. Rosalba escogió una sandía moteada de verde oscuro, bastante grande. Discutió el precio con un hombre que tenía aspecto de aburrido. Por fin juntó su cambio y la pagó.

"Ándale Chila. Cárgala."

A Chila de repente le pareció que la sandía era como de un cuarto de su tamaño. La levantó con sus brazos flacos y velludos, y se la puso en el vientre, empujándola con la rodilla. Siguieron caminando pero como a las dos cuadras el peso de la sandía, la muchedumbre y el torrente de olores—el calor y el ruido—se les volvieron una inaguantable sopa hirviente.

Se sentaron a descansar en un banco en una parada de autobús.

Chila le echó a su abuela ojos de pistola.

"Ya me cansé, *buelita*. La sandía me pesa mucho."

Rosalba se puso de pie y miró a Chila con enojo, con gotas de sudor en la nariz. Luego se le ocurrió cómo hacerle más ligera la carga a la niña. En ese momento pensó en Nayarit, cuando era chiquita y caminaba muchos kilómetros cargando bultos sin ayuda de hombre o bestia. Volteó a ver la sandía que estaba acomodada como una piedra en el regazo de Chila. La abuela le quitó la sandía a la niña. Chila dejó escapar un largo suspiro de alivio. Rosalba caminó un poquito y se detuvo. Con mucho cuidado, se puso la sandía en la cabeza, y muy despacito quitó la mano. La sandía se resbaló un poco, casi cayéndose y estrellándose en mil pedazos verdes, rojos y negros en la banqueta. Rosalba se acomodó bien la tambaleante fruta, y la soltó. Dio unos cuantos pasos más. Esta vez se quedó bien firme, como sostenida por una mano invisible.

Chila contemplaba a su abuela boquiabierta.

Lo más sorprendente era que Rosalba trataba de bailar la rumba con la sandía en la cabeza mientras sacudía los pies y la cadera con gracia por la acera de cemento.

Una multitud se reunió a su alrededor mientras se abría paso por tiendas de artículos de a dólar, bufetes de inmigración, ropa colgada y discos compactos en exhibición cerca de la calle. Los vendedores salían de sus tiendas mirando incrédulos; los predicadores detenían sus peroratas y los que esperaban el ómnibus estiraban el cuello para ver.

La gente le tocaba el claxon, la saludaba con las manos. Algunos sencillamente se quitaban del paso.

Rosalba se mecía de un lado al otro, moviéndose al compás de la música de salsa que salía de una tienda de aparatos eléctricos. Se rió y la gente se rió con ella. Chila se hizo para atrás, hacia lo oscuro, boquiabierta, y sacudió la cabeza.

"Ayyyyyyyy," gritó Rosalba.

Hacía años que Rosalba no se veía tan feliz. Danzaba por las bulliciosas calles del centro de la ciudad bulliciosa con su falda acampanada y sus huaraches. Bailaba bajo la sombra de una casa victoriana de muchos pisos, bailando para un esposo odioso, y otro muerto. Bailaba para una hija que no se tenía autoestima lo suficiente para buscar el amor de un verdadero hombre. Bailaba para Pete, carnicero de animales y tierno compañero. Danzaba para sus nietos, sobre todo esa traviesa de la Chila. Bailaba para su gente, dondequiera que estuvieran regados, y para este país que nunca iba a entender. Bailaba, el cabello aplastado de sudor, recordando una vida más sencilla en un rancho todavía más sencillo en Nayarit.